# HISTOIRE
# D'UN ALLEMAND DE L'EST

DU MÊME AUTEUR

*Histoire d'un Allemand de l'Est*, Actes Sud, 2010.

Illustrations intérieures :
collection paticulière de Maxim Leo

Titre original :
*Haltet Euer Herz bereit*
*Eine ostdeutsche Familiengeschichte*

ISBN 978-2-330-02277-8

MAXIM LEO

# Histoire d'un Allemand de l'Est

récit traduit de l'allemand
par Olivier Mannoni

BABEL

# PROLOGUE

Lorsque j'entrai dans sa chambre d'hôpital, Gerhard se mit à rire. Il voulut dire quelque chose. Des mots étranges, gutturaux, sortirent de sa bouche. Puis il rit de nouveau. Je ne me rappelle pas que mon grand-père ait jamais pris pareil plaisir à me voir. Le médecin m'expliqua que l'attaque avait endommagé la zone du langage de son cerveau. Qu'excepté des sentiments, il ne pouvait désormais plus rien exprimer, et que le rationnel était bloqué. Je me suis dit que jusqu'ici ça avait toujours été exactement le contraire.

Gerhard s'adressait à moi. Je fis mine de comprendre quelque chose. Je finis par lui dire qu'hélas, je ne comprenais rien du tout. Gerhard hocha tristement la tête. Il avait peut-être espéré que je pourrais le libérer de son mutisme. Comme je l'avais si souvent, jadis, aidé à se sortir de la rigidité de ses sentiments, avec une plaisanterie ou une remarque insolente qui ébranlait son autorité. J'étais le clown de la famille, celui auquel on ne prête jamais de mauvaises intentions. Je pouvais chatouiller un peu le héros familial, l'homme que nul n'osait contredire.

La lumière claire du printemps brillait à travers la fenêtre de la chambre d'hôpital. Le visage de Gerhard était flasque et vide. Nous nous taisions. J'aurais aimé discuter avec lui. Je veux dire : discuter vraiment. Le plus souvent, au bout de dix minutes au maximum, les conversations avec Gerhard se transformaient en monologues sur ses derniers succès en date. Il parlait des livres qu'il était en train d'écrire, des conférences qu'il avait tenues, des articles de journaux qui parlaient de lui. J'ai tenté à plusieurs reprises de lui en faire dire plus – plus que les histoires connues de tous. Mais il ne voulait pas. Il est possible qu'il ait eu peur d'une trop grande proximité. Qu'il se soit habitué à être un monument.

Désormais, il est trop tard. Cet homme, pour lequel le langage a toujours été l'essentiel, est devenu muet. Je ne peux plus l'interroger. Ni moi, ni personne. Il gardera ses secrets.

Gerhard a été un héros avant même d'être un adulte. A dix-neuf ans, il s'est battu dans la Résistance française, la SS l'a torturé, des partisans l'ont libéré. Après la guerre, il est revenu victorieux en Allemagne et a contribué à la construction de la RDA, cet Etat dans lequel tout était censé aller vers le mieux. Il est devenu un journaliste important, un pilier du nouveau pouvoir. On avait besoin de gens comme lui à l'époque. Des hommes qui avaient fait tout ce qu'il fallait pendant la guerre, des hommes dont on pouvait se réclamer quand on voulait expliquer pourquoi cet Etat antifasciste devait exister. Ils l'ont envoyé en tournée dans des écoles et des universités. Il y racontait sans cesse son combat contre Hitler, la torture, la victoire.

C'est avec ces histoires-là que j'ai grandi. J'étais fier d'appartenir à cette famille, fier que ce grand-père soit le mien. Je savais que Gerhard avait eu un pistolet et savait manier les explosifs. Lorsque je rendais visite à mes grands-parents à Friedrichshagen, il y avait toujours de la tarte aux pommes et de la salade de fruits pour le goûter. Chaque fois je demandais à Gerhard de me raconter le passé. Gerhard parlait des nazis effrayants et des partisans courageux. Parfois, il bondissait sur ses jambes et jouait une scène, passant d'un personnage à l'autre. Quand Gerhard interprétait un nazi, il faisait une grimace et parlait d'une voix profonde, une sorte de gargouillement. Après la représentation, le plus souvent, il m'offrait du chocolat Milka. Aujourd'hui encore, je ne peux m'empêcher de penser à ces nazis monstrueux quand j'en mange une barre.

En présence d'adultes, Gerhard n'était pas aussi drôle. Il ne supportait pas que quelqu'un de la famille "louvoie avec la politique", comme il le disait. En réalité, tous ceux qui, à l'inverse de Gerhard, ne croyaient pas en la RDA louvoyaient avec la politique, d'une manière ou d'une autre. Le pire, c'était Wolf, mon père, qui n'était même pas au parti mais avait épousé la fille préférée de Gerhard, Anne, ma mère. Ils se disputaient beaucoup, le plus souvent à propos de choses que je n'ai vraiment comprises qu'ultérieurement : l'Etat, la société, la cause, comme on les appelait à l'époque. Notre famille était une sorte de RDA en miniature. C'est là que se déroulaient les affrontements qui ne pouvaient pas avoir lieu ailleurs. C'est là que l'idéologie rencontrait la vie. Ce combat fit rage pendant toutes ces années. C'est à cause de lui qu'à la maison ma mère pleurait secrètement dans la cuisine et que Gerhard devint pour moi un étranger.

Gerhard et moi restâmes encore assis un moment ensemble, en cette journée de printemps, dans cette chambre d'hôpital qui sentait la cantine et les désinfectants. Dehors, l'obscurité tombait peu à peu. Gerhard était replié sur lui-même. Son corps était là, mais lui paraissait être ailleurs. Cela semblait peut-être étrange, mais j'eus l'impression qu'à ce moment-là seulement, la RDA était vraiment au bout du rouleau. Dix-huit ans après la chute du Mur, ce n'était plus le sévère héros que j'avais assis devant moi, mais un homme aimable et désemparé. Un grand-père. Pour nous dire au revoir, nous nous prîmes dans les bras l'un de l'autre, ce que nous n'avions encore jamais fait, je crois. Je courus dans le long couloir de l'hôpital, je me sentais à la fois triste et plein d'allant.

Ce jour-là, pour la première fois, j'ai souhaité pouvoir retourner en RDA. Pour comprendre ce qui était vraiment arrivé à l'époque. A mon grand-père, à mes parents, à moi. Qu'est-ce qui nous avait éloignés les uns des autres ? Que pouvait-il y avoir d'important au point de nous rendre étrangers les uns aux autres, ce que nous sommes encore aujourd'hui ? La RDA est morte depuis longtemps, mais dans ma famille elle est encore assez vivante. Comme un spectre incapable de trouver le repos. A un moment, lorsque tout fut fini, on ne parla plus des combats de l'époque. Nous avons peut-être espéré que les choses se régleraient d'elles-mêmes, que les temps nouveaux soigneraient les plaies anciennes.

Ensuite, c'est devenu une obsession. Je suis allé dans les archives, j'ai fouillé dans les armoires et dans les caisses, j'ai trouvé de vieilles photos et des lettres, un journal oublié depuis très longtemps, des dossiers secrets. J'ai interrogé les membres de ma famille, l'un après l'autre, des semaines durant. J'ai posé des questions qu'en temps normal je n'aurais jamais osé formuler. J'en avais le droit parce que j'étais devenu un chercheur, un spécialiste de ma propre famille. Et tout d'un coup notre RDA en miniature était ressuscitée, comme si elle avait attendu l'instant où elle pourrait ressurgir, se montrer à nouveau sous toutes les coutures, rectifier deux ou trois choses et peut-être effacer un peu de la colère et de la tristesse qui étaient toujours présentes.

Lors de ce voyage dans le passé, j'ai refait la connaissance de Gerhard, Anne et Wolf. Et j'ai découvert Werner, mon autre grand-père, dont j'ignorais pratiquement tout jusque-là. Je crois que cette journée passée auprès de Gerhard, à l'hôpital, a déclenché quelque chose. Un homme qui ne maîtrisait plus le langage nous a rendu la parole.

# I

## LA BOUTIQUE

Je suis le petit-bourgeois de la famille. Cela tient avant tout au fait que mes parents ne l'ont jamais été. Lorsque j'avais dix ans, mon père se promenait avec une chevelure teinte alternativement en vert ou en bleu, et une veste de cuir qu'il avait lui-même ornée de motifs peints. Il aboyait lorsqu'il voyait dans la rue des enfants en bas âge et de belles femmes. Ma mère, elle, portait de préférence un bonnet d'aviateur soviétique et un manteau sur lequel mon père avait projeté de l'encre noire. Ils donnaient toujours l'impression, l'un comme l'autre, d'être tout juste descendus d'une scène de théâtre et de ne faire qu'une brève visite dans la vraie vie. Mes camarades trouvaient mes parents relax et me considéraient comme un chanceux. Moi, je les trouvais embarrassants et je ne souhaitais rien tant que de les voir devenir un jour aussi normaux que les parents des autres. Si possible semblables à ceux de Sven, mon meilleur ami. Le père de Sven avait une calvitie et un petit bedon, Sven était autorisé à l'appeler papa et à laver la voiture avec lui le week-end. Mon père à moi ne s'appelait pas papa, mais Wolf. Ma mère, je devais lui dire "Anne", bien qu'elle se fût prénommée Annette. Quant à notre voiture, une Trabant grise, on ne la lavait pas souvent, Wolf jugeant que décrasser une voiture grise n'avait aucun sens.

Il avait en outre peint des cercles jaune et noir sur les ailes, pour qu'on puisse la voir de loin. Certaines personnes croyaient qu'il s'agissait d'une voiture pour aveugles*.

Les parents de Sven avaient une télévision couleur, des meubles de salon et un placard où trônait la télévision. Dans notre séjour, il n'y avait que des étagères de livres et un coin salon que Wolf avait bricolé à partir de planches empruntées à une chambre à coucher baroque. C'est assez inconfortable, parce que selon Wolf on n'avait pas besoin d'être à son aise lorsqu'on avait quelque chose à se dire. Un jour, j'ai dessiné un plan de notre appartement tel que je l'aurais aimé. Un appartement avec des meubles de salon, une télévision couleur et un placard. Lorsqu'il vit mon dessin, Wolf éclata de rire : le policier et sa famille qui avaient vécu dans l'appartement avant nous l'avaient aménagé exactement comme sur mon plan. Il m'expliqua qu'il était idiot, et parfois même dangereux, de toujours faire comme tout le monde : dans ce cas-là, ce n'était pas la peine d'avoir une existence personnelle. Je ne sais pas si j'ai compris, à l'époque, ce qu'il voulait dire par là.

En tout cas, dès le début je n'eus pas d'autre choix que de devenir un homme raisonnable et rangé. A quatorze ans je repassais mes chemises, à dix-sept ans je portais une veste et je tentais de parler un allemand classique et élégant. C'était pour moi la seule forme possible de révolte contre mes parents. C'est par leur faute que je suis devenu un gentil révolutionnaire bien habillé. A vingt-quatre ans j'avais mon premier emploi, à vingt-huit j'étais marié, à trente j'avais mon premier enfant. A trente-deux ans j'étais propriétaire. Je suis

* Le jaune et noir était le signe distinctif des malvoyants en RDA. *(Toutes les notes sont du traducteur.)*

un homme qui a dû devenir adulte de bonne heure.

Lorsque je me tiens sur mon balcon et me penche par-dessus la rambarde, je peux voir la boutique dans laquelle je suis né. Elle n'est qu'à deux immeubles de là, en bas à droite, au coin de la rue. On pourrait dire que je n'ai pas beaucoup bougé dans mon existence. Trente mètres en trente-huit ans. Je n'ai plus de souvenirs de cette boutique, nous l'avons quittée lorsque j'avais un an. Wolf dit que, lorsque j'étais bébé, ils m'installaient souvent sur le trottoir dans ma poussette, tant l'air était humide dans la boutique. Cette boutique, c'était le premier appartement de Wolf. Lippehner Strasse 26, Berlin, Prenzlauer Berg. A l'avant, il avait son atelier, à l'arrière, côté cour, une grande chambre sombre et une petite cuisine. L'hiver 1969, celui où Anne et Wolf se rencontrèrent, a sans doute été assez rude. Il y avait un mètre de neige à l'extérieur, et de la glace au petit matin dans le verre à dents. Lorsque Anne lui rendit visite pour la

Anne, Wolf et Maxim durant l'été 1971 à Basdorf.

première fois, Wolf avait allumé le poêle dans la chambre à coucher et posé un chocolat en forme de grain de moka sur le dessus-de-lit, comme à l'hôtel. Le reste de l'appartement étant glacial, ils se sont assez rapidement retrouvés au lit. Deux mois plus tard, Anne était enceinte. Elle dit toujours que j'ai été un accident. Et de la manière dont elle le dit, cela ressemble plus à Tchernobyl qu'à un heureux coup du sort. Il est possible qu'ils aient eu besoin d'encore un peu de temps à deux.

La boutique héberge aujourd'hui un bureau d'ingénieurs. Chaque fois que je passe devant, un homme aux cheveux gris est assis, immobile, à son bureau. On ne voit que sa tête et ses pieds : entre les deux, la grande vitrine de la boutique a été rendue opaque. Je me dis parfois que cet homme est un leurre. Un ingénieur sans tronc. C'est peut-être pour cette raison que je n'ai jamais demandé l'autorisation de visiter la boutique.

Dans la maison voisine, autrefois, il y avait une boucherie. La vendeuse glissait discrètement à mon père des chutes de rôti de porc, sachant qu'il n'avait pas de quoi se permettre ce genre de choses. Un juriste, un noble du Sud de l'Allemagne qui a acheté la maison il y a quelques années, joue à présent parfois du saxophone dans la pièce vide où les murs sont encore recouverts des carreaux d'autrefois.

De l'autre côté de la rue, pas tout à fait en face, se trouvait une boutique de savons dont la directrice notait minutieusement quelles femmes entraient et sortaient de chez Wolf, et, pour ce motif, lui faisait parfois la leçon. Aujourd'hui, les lieux sont occupés par une agence de design dirigée par une Américaine, qui porte une frange asymétrique et écoute de la musique d'opéra à plein volume.

Sur les photos que Wolf a faites de la rue à cette époque, on voit des murs gris et lépreux, des trottoirs sans voitures en stationnement. Le scooter de Wolf est garé devant la boutique. Tout paraît vide, abandonné. Aujourd'hui, la rue est un rêve aux couleurs pastel. De l'or feuilleté brille sur les façades en stuc et l'on a du mal à trouver une place pour sa voiture. Dans les appartements vivent des couples qui approchent de la quarantaine mais ont plutôt la sensation d'être à la veille de leurs trente ans. Ce sont des hommes équipés de lunettes de soleil coûteuses et des femmes qui portent des vestes de sport sur leurs jupes courtes. Elles avancent derrière des poussettes tout-terrains, achètent leur viande chez le boucher bio et rayonnent de ce sentiment un peu fatigant de toujours paraître décontractées. C'est ici que je vis, et pour être honnête je ne détonne pas dans ce décor.

C'est aussi l'opinion de Wolf, qui se moque parfois de moi parce que j'ai besoin de tant de choses pour être heureux. Parce que désormais je fais partie des "autres". De ceux de l'Ouest. Il observe avec étonnement ce que sont devenus son fils et sa rue.

Je m'étonne moi-même, à vrai dire. J'ignore comment tout cela est arrivé, comment l'homme de l'Est a disparu en moi. Comment je suis devenu un habitant de l'Ouest. C'est certainement le fruit d'un processus rampant, analogue à ces maladies tropicales hautement contagieuses qui mettent des années à se propager dans le corps sans se faire remarquer et finissent par prendre le pouvoir. Les temps nouveaux ont transformé ma rue ; ils m'ont changé, moi aussi. Je n'ai pas eu à me déplacer : c'est l'Ouest qui est venu à moi. Il a fait ma conquête à domicile, dans mon environnement familier. Il m'a facilité le départ dans une nouvelle vie. J'ai une épouse qui vient de France et deux enfants qui ignorent totalement qu'il y a eu un jour un mur à Berlin. J'ai un emploi bien payé dans un journal, et mon souci principal du moment est de savoir si nous devrions poser du parquet ou du carrelage dans notre cuisine. Je n'ai plus besoin de donner le change, je n'ai pas à m'engager, aucun point de vue de classe ne m'est nécessaire. La politique peut être un sujet de discussion si l'on ne trouve rien de mieux. Ce n'est pas la société, c'est moi qui suis devenu le thème principal de mon existence. Mon bonheur, mon boulot, mes projets, mes rêves.

Cela paraît tellement normal, et ça l'est peut-être effectivement. Malgré tout, j'ai parfois mauvaise conscience et l'impression d'être un transfuge. Un homme qui a trahi son passé. Comme si je devais encore quelque chose à ma première vie, comme s'il était interdit de faire un trait sur ce qui s'est produit autrefois. Cette vie en RDA me paraît aujourd'hui irréelle et étrange. Il me semble que je parle d'une époque lointaine qui n'a pratiquement plus rien à voir avec moi. Je me fais l'effet de l'un de ces vieux messieurs qui racontent l'encerclement de Stalingrad dans le décor rouge pâle du studio de Guido Knopp*. J'ai été un témoin de cette époque : un homme qui a vécu quelque chose autrefois. Comme mon grand-père, comme tous les autres qui ont été quelque chose d'autre dans leur jeunesse.

Mais en vérité l'Est est à deux pas. Il s'accroche à moi, il m'accompagne. Il est comme une tribu dont on ne peut se débarrasser, dont on vous demande des nouvelles et qui ne cesse de faire parler

* Journaliste très connu en Allemagne, spécialisé dans la vulgarisation historique.

d'elle. Même dans ma petite famille, l'Est est toujours présent. Je le sens lorsque je rends visite à Wolf, qui vit à présent à quelques rues de là dans une mansarde qui fut jadis son atelier. Il y a emménagé, il y a cinq ans, lorsqu'il s'est séparé d'Anne parce que la relation de couple bourgeoise devenait trop restrictive pour lui. Outre son coin de travail, il y a un lit, une table à manger ronde, deux chaises, une douche qu'il a construite lui-même et des toilettes séparées de la pièce par un rideau. Wolf dit que cela lui suffit. Il est contre le luxe, contre la consommation, contre toute dépendance à l'égard de l'argent et du statut social. Il veut vivre modestement et être libre, comme au début dans sa petite boutique. Il lui serait de toute façon difficile de vivre autrement parce que depuis la chute du Mur il n'a pas vraiment gagné beaucoup d'argent et qu'il ne touche que six cents euros de retraite. Du point de vue financier, dit Wolf, c'était beaucoup plus raisonnable en RDA qu'à présent, parce que les choses comme le logement et la nourriture étaient presque gratuites : seul le luxe coûtait cher. Nous l'avons toujours incité à faire des économies pour ses vieux jours. Mais Wolf a refusé de s'occuper de l'avenir. "A soixante ans, j'espère bien être mort, je n'ai aucune envie de pourrir dans une maison de vieux", nous a-t-il dit. Il en a à présent soixante-six et se porte comme un charme.

Voir Wolf dans sa mansarde ne me met pas à mon aise, raison pour laquelle c'est le plus souvent moi qui l'invite. Comparé à la modestie de son existence, notre confort nous paraît totalement outrancier. J'ai toujours le sentiment de devoir me justifier. Cela me pose peut-être plus de problèmes qu'à lui, car Wolf se contente vraiment de peu. Il partage désormais sa vie avec une compagne assez jeune et a tout le temps qu'il veut. Il dit ne pas s'être porté aussi bien depuis longtemps.

En RDA aussi, Wolf avait beaucoup de temps – c'est du moins toujours l'impression qu'il me donnait. Il gagnait très bien sa vie et pouvait se permettre de ne travailler que quelques mois par an pour l'argent. Le reste de l'année, il faisait de l'art. Et il prenait des vacances. Nous avions une petite maison avec un grand jardin à Basdorf, au nord de Berlin. Nous y passions les deux mois des vacances d'été, et le plus souvent aussi le mois de vacances d'hiver. Mon petit frère Moritz, Wolf, Anne et moi. Nous faisions du vélo, du canoë ou du ski. Toute mon enfance me fait aujourd'hui l'effet d'une période de vacances sans fin. Wolf jouait bien au football, savait grimper aux arbres, construire des grottes et rester longtemps sous l'eau. En fin de compte, j'ai tout de même voulu un peu devenir comme lui. Aussi libre et aussi fort.

Anne est beaucoup plus tranquille et raisonnable que Wolf. Elle ne se prend pas non plus tant au sérieux, ce qui est vraisemblablement la condition pour vivre avec un homme qui se considère comme le centre du monde. Lorsque je repense à mon enfance, je vois une femme assise dans un coin avec un livre et une tasse de thé, rayonnant d'une tranquillité et d'une satisfaction tellement profondes qu'il fallait vraiment avoir un problème important à régler pour l'arracher à sa rêverie. Anne dit qu'au début, elle ne savait pas trop par quel bout me prendre. Elle avait vingt-deux ans à ma naissance, et sur les photos de l'époque elle ressemble à une princesse fragile à laquelle on aurait plutôt dû épargner tout contact avec la vie réelle. Sur une photo, elle me tient dans ses bras. Son joli visage blême se détourne légèrement de moi et ses yeux sombres regardent le néant avec nostalgie. Il a fallu que je sache lire pour qu'elle commence à s'intéresser à moi pour de bon. Elle m'a donné les livres qu'elle lisait avec passion dans son enfance, et me voir les dévorer avec le même enthousiasme lui procurait une grande joie.

Anne et Maxim, 1970.

Lorsqu'elle fait la connaissance de Wolf, Anne est impressionnée par son naturel âpre et rebelle. Il est tellement différent des hommes qu'elle a rencontrés jusque-là. Il est insolent, c'est un artiste, il ne respecte pas les règles auxquelles elle se tient. Et c'est un bel homme, avec des yeux malicieux et une barbiche qui lui donne un air audacieux. Lorsqu'ils sortent ensemble pour la première fois, ils traversent à pied le parc enneigé qui commence au bout de ma rue. Les chemins sont glissants et Anne, comme toujours, n'a pas les bonnes chaussures. Wolf la prend par la main et la guide à travers le parc – d'une certaine manière, il est clair qu'elle a trouvé un protecteur. Et qu'il ne la laissera plus partir.

Ils discutent de politique, du pays où ils vivent. Wolf explique quel effet épouvantable lui fait cette RDA, à quel point il se sent mal, combien lui pèse la tutelle de ces vieux hommes. Anne dit qu'elle est membre du parti. Alors Wolf s'immobilise, lui lâche la main et se tait. "On ne pouvait pas tout avoir", dit-il plus tard. C'est le début d'un long amour et d'une longue querelle. Pour mes parents, les deux sont toujours allés de pair.

Anne parle de son père Gerhard, le communiste qui a combattu les nazis en France. Elle brosse le tableau d'un tendre héros qui aime son parti et sa fille. Wolf parle de son père, Werner, le petit nazi devenu un petit stalinien. Un homme dont il ne sait pas grand-chose et avec lequel il a rompu. Wolf dit qu'à l'époque, il a souhaité se trouver un nouveau père. Le tendre héros que décrit Anne lui plaît.

Avant que Wolf ne soit invité pour la première fois chez les parents d'Anne, ceux-ci se renseignent auprès de leur fille pour savoir si son nouvel ami est lui aussi au parti. Lorsque Anne répond par la négative, le visage de son père s'assombrit et sa mère lui conseille de ne pas prendre trop au sérieux n'importe quelle amourette. Wolf dit aujourd'hui qu'au fond, tout était déjà clair avant même qu'il n'ait vu les parents d'Anne. Laquelle trouve cela exagéré.

En tout cas, c'est l'anniversaire d'Anne, et ses parents les invitent à venir dîner chez eux, à Berlin-Friedrichshagen. Anne a à peine dormi la nuit précédente parce qu'elle avait été convoquée avec d'autres étudiants pour une "intervention d'assistance socialiste" auprès de la Reichsbahn.

Il s'agissait de dégager la neige sur des rails gelés. En réalité, ils n'ont pu que traîner sur place sans rien faire parce qu'il n'y avait pas suffisamment de pelles. Anne trouve idiot que l'on fasse participer les étudiants à ce genre d'interventions. Gerhard réagit avec irritation. “Dans le socialisme, dit-il, lorsqu'il y a un problème, tout le monde doit apporter son aide.” Sa voix est d'une dureté inhabituelle. Anne ne comprend pas pourquoi il réagit ainsi. Elle se défend, un mot entraîne l'autre. Wolf assiste à la scène en silence et se demande si c'est vraiment de cet homme-là qu'Anne lui a dit tant de bien. Gerhard finit par dire à Anne : “Le jour où les choses tourneront mal, tu seras de l'autre côté de la barricade.”

Cette phrase, je l'ai souvent entendue par la suite, le plus souvent dans la bouche de Wolf, qui ne cesse de la citer pour prouver que c'est la faute à Gerhard si la famille n'a jamais vraiment pu se souder. Lorsque nous étudiions la Révolution française au lycée, une illustration de mon livre d'histoire représentait une barricade dans les rues de Paris. Je m'imaginais mes parents d'un côté, mes grands-parents de l'autre. Et je n'étais pas capable de dire où je me situerais. En réalité, je voulais juste que tout le monde s'entende, que nous formions une vraie famille. Sans barricades.

Anne ramasse ses vêtements, emporte une épaisse couverture et va s'installer dans l'appartement-boutique de Wolf. Sa mère tente encore, un certain temps, de détacher Anne de son nouvel amour. Elle dit que Wolf est un artiste fantasque auquel on ne peut pas se fier. Et qu'il n'est pas assez intelligent pour elle. Ses parents n'abandonneront pas le combat avant de la savoir enceinte. Le mariage a lieu au service de l'état civil de Prenzlauer Berg. Sur la photo de noces, Anne porte une robe courte à fleurettes sous laquelle le ventre se bombe déjà légèrement. Elle a relevé ses cheveux et ressemble à une petite fille. Wolf porte un costume noir et sourit à l'appareil photo. A côté de lui, Gerhard a le regard grave.

On célèbre les noces dans la maison d'été des parents d'Anne. Un ami français de la famille fait griller de la viande marinée, on sert des escargots rôtis, de la baguette, des olives et un bon bordeaux. Les invités parlent français et anglais, ils portent des costumes au prix exorbitant et font des plaisanteries sur la RDA. Wolf est impressionné par cette assemblée. Il n'a encore jamais participé à une gril-party. Il ignore que les escargots sont comestibles. Il voit pour la première fois un moulin à poivre : il en sort les grains et ne sait plus quoi en faire. Les autres rient, il rougit. Anne lui présente les amis de ses parents, ce sont des écrivains ou des journalistes qui ont vécu en exil sous le nazisme, en France, en Amérique, au Mexique ou à Shanghai. Wolf écoute leurs histoires ; elles parlent de combat, de fuite et de souffrance. Il n'a encore jamais rencontré des gens comme ceux-là. Des héros, des survivants du grand, du vaste monde, qui ont trouvé leur nouvelle patrie dans la petite RDA. Parce qu'ici, on ne les persécute plus, parce qu'ils y sont en sécurité. Leurs histoires sont si différentes de celles de sa famille. Tout est tellement étranger. Wolf se demande s'il pourra jamais faire partie de ces gens, de cette famille, et appartenir à cette femme qu'il vient d'épouser. Gerhard lève son verre dans sa direction, sans le regarder. Ils boivent au bonheur conjugal et se souhaitent une longue vie.

## II

## SECRETS

J'ai toujours été ravi qu'Anne vienne de l'Ouest. Cela lui donnait un côté singulier – qui était aussi le mien. Enfant, il m'arrivait de vider son sac et de regarder tout ce qui s'y trouvait. On lisait sur sa carte d'identité : née le 25 février 1947 à Düsseldorf. Anne m'expliqua que c'était une ville assez riche, située en Rhénanie. Je savais que tante Hannah et oncle Paul vivaient à Düsseldorf. Ils avaient une Ford, un break blanc, et nous avaient un jour offert un circuit automobile Carrera, ce dont je leur suis encore très reconnaissant aujourd'hui. La seule chose que je n'aie jamais comprise était comment l'idée stupide de passer à l'Est était venue à Anne. Je savais qu'il y avait des gens qui faisaient le trajet vers l'Ouest. Mais je n'avais encore jamais entendu dire que qui que ce soit effectue de son propre gré le trajet inverse. Anne disait que je pouvais m'estimer heureux : je n'aurais jamais existé si elle était restée à Düsseldorf. Ce qui paraissait logique.

Lorsqu'elle se trouve encore à Düsseldorf, Anne se tient parfois à la fenêtre avec son arrière-grand-mère Bertha et observe les gens dans la rue. Bertha classe les passants en personnes convenables et en personnes non convenables. On reconnaît les non-convenables au fait qu'ils balancent les bras en marchant.

La famille d'Anne habite Jürgensplatz, dans un gigantesque appartement de maître que Gerhard s'est vu attribuer après son retour de France. En signe de reconnaissance pour son combat dans la Résistance, Gerhard a été promu lieutenant dans l'armée française et, en Allemagne, tout officier des forces victorieuses a droit à un logement conforme à son grade. Il vivait dans l'appartement d'une famille nazie que les Anglais avaient internée. Les parents d'Anne avaient gardé l'ameublement parce qu'eux-mêmes ne possédaient rien. Ce devait être étrange, de vivre dans les meubles des ennemis – mais à l'époque c'était sans doute le cadet de leurs soucis. Sur des photos de son enfance, on voit Anne allongée sur une peau d'ours brun. Gerhard appelle ce trophée "notre ours aryen". Il est employé comme journaliste au quotidien communiste *Freiheit*, "La liberté", où la mère d'Anne, Nora, occupe elle aussi un poste de secrétaire. Le week-end, Anne va à la piscine avec Gerhard. Elle jette un peigne dans l'eau, et il le lui rapporte comme le ferait une otarie dressée. Le soir, avant d'aller se coucher, Gerhard entonne de vieux chants de partisan ou joue de l'accordéon. Il sait raconter des histoires tout en en dessinant les illustrations. Pour Anne, il n'y a pas de père plus merveilleux au monde.

Gerhard et Nora, 1948.

Un jour, Gerhard a disparu. La mère d'Anne explique qu'il a dû aller travailler dans une autre ville et qu'il va bientôt revenir. On s'ennuie sans lui : la mère ne sait pas jouer de l'accordéon et n'a pas envie de raconter des histoires. Quelques semaines plus tard, en février 1952, Anne part avec sa mère faire du ski à Oberhof, dans la forêt de Thuringe. Elles logent au foyer de vacances du parti, un centre baptisé "Ernst-Thälmann*", et attendent Gerhard, qui arrive quelques jours plus tard. Ils célèbrent ensemble le cinquième anniversaire d'Anne. Le même soir, ses parents ont une conversation. Gerhard dit qu'il ne reviendra pas à Düsseldorf parce qu'il risque d'y être arrêté. Il lui annonce qu'ils vont aller vivre à Berlin-Est : les camarades ont déjà tout préparé. La mère d'Anne ne pose pas de questions. Il y a des choses qu'il vaut mieux qu'elle ne sache pas, elle en a l'habitude. Un chauffeur conduit toute la famille à Berlin, à bord d'une Volga noire. Ils se rendent dans une maison de la Pregelstrasse, dans l'arrondissement de Prenzlauer Berg. Ils y trouvent un appartement complètement aménagé, quelques affaires en provenance de Düsseldorf sont même déjà arrivées. On leur donne des papiers où figure un nouveau nom. Ils s'appellent désormais Oswald. Deux camarades expliquent qu'il est extrêmement important d'oublier leur ancien patronyme aussi vite que possible. Quelques mois plus tard, la grand-mère d'Anne, qui vit toujours à Düsseldorf, vient leur rendre visite. Elle dit à Anne qu'il est tout à fait courant de prendre un nouveau nom lorsqu'on s'installe dans une nouvelle ville. Anne trouve que cela va de soi.

* Du nom du célèbre leader communiste allemand d'avant-guerre.

Plus tard, dans la famille, on expliquera toujours ce déménagement précipité à Berlin par le fait que Gerhard, communiste, était persécuté à l'Ouest et préférait donc construire la RDA plutôt que de subir les brimades des réactionnaires. Je n'ai appris la véritable raison de sa fuite à l'Est qu'après la disparition de la RDA. Lorsqu'il n'était plus possible de garder secrets les mystères de mon grand-père.

A Berlin, devant l'immeuble, il y a un terrain de jeu et beaucoup d'enfants qui se rencontrent l'après-midi et se promènent dans le quartier sans leurs parents. Pour Anne, c'est tout neuf et excitant : elle ne tarde pas à oublier Düsseldorf. Un groupe de pionniers propose non loin de chez elle des séances de bricolage et de chant. Ses parents lui disent qu'ils vivent à présent dans un pays où tous les gens sont libres et égaux, où les bons sont au pouvoir et où même leur papa n'a plus à avoir peur. Deux ans plus tard, ils vont s'installer à Berlin-Friedrichshagen et retrouvent tout d'un coup leur nom de Leo. Les parents lui disent de ne jamais raconter à personne qu'ils se sont, jadis, appelés Oswald, afin que les méchants ne les retrouvent pas. Désormais, Anne n'ose même plus lire son livre préféré, *Le Singe Oswald*. A Friedrichshagen, les parents expliquent aux nouveaux voisins qu'ils viennent tout droit de Düsseldorf. Une fois, la propriétaire de l'immeuble rencontre Anne dans l'escalier et lui demande pourquoi, dans ce cas, elle a un tel accent berlinois. Anne répond, tétanisée : “A Düsseldorf aussi, ils parlent comme ça.”

Deux ans plus tard, Anne, sa mère et ses deux sœurs prennent le train pour Düsseldorf. Ce sera leur dernière visite auprès de leur famille à l'Ouest. A la frontière, à Helmstedt, la porte du compartiment s'ouvre d'un seul coup et un gros homme en uniforme réclame leurs papiers. Il feuillette un livre noir et demande à la mère le prénom de son mari. Au grand étonnement d'Anne, sa mère refuse de lui donner le moindre renseignement. L'homme devient hargneux, repose sa question une fois, deux fois... A un moment, son regard se pose sur Anne. Celle-ci se tortille nerveusement sur son siège et serre les lèvres. Elle a peur qu'ouvrir la bouche, même un tout petit peu, ne suffise à révéler le nom apparemment secret de son père. Les secondes qu'elles passent sous le regard investigateur de l'homme en uniforme lui paraissent interminables. Au bout du compte, le policier des frontières allemand referme la porte, furieux, et s'en va.

Tous ces mystères, cette peur que les méchants ne finissent tout de même par venir chercher un jour ou l'autre son père bien-aimé, ont certainement marqué Anne en profondeur. Bien avant qu'elle ne puisse comprendre ce qui se passe autour d'elle, la guerre froide est entrée dans son univers d'enfant et en a fait une camarade. Pour Anne, le monde est d'emblée divisé en deux camps. Il y a les bons, c'est-à-dire avant tout son père, et il y a les autres, ceux que l'on redoute et que l'on combat. Comme l'a fait Gerhard, comme le font les amis de celui-ci, comme devrait en réalité le faire quiconque possède au fond de lui-même la moindre étincelle de décence. Anne a longtemps pensé que la RDA était pleine de courageux combattants de ce genre, jusqu'à ce qu'elle comprenne qu'elle-même et ses parents faisaient partie d'une petite minorité – une minorité qui avait pris le pouvoir en RDA et se sentait tout de même étrangère dans cette Allemagne d'où on l'avait jadis chassée.

Non loin de chez eux, à Friedrichshagen, vit un grand homme aux cheveux blancs, propriétaire d'un chien de chasse anglais que les enfants sont parfois autorisés à caresser. Anne a le droit de tenir le chien en laisse. L'homme a avec elle des conversations sérieuses, il l'invite même un jour chez lui. Anne doit avoir dix ou onze ans à l'époque, et elle se sent très flattée. Il y a du chocolat chaud et de petits gâteaux ; tout d'un coup, l'homme se met à parler d'une nuit où de nombreuses maisons ont brûlé à Berlin. L'homme est survolté et lui répète à quel point cela lui a fait mal "de voir vos magasins en flammes". Anne est étonnée, elle ne sait pas de quoi parle cet homme. Les mains de son hôte virevoltent, imitant le mouvement des rouleaux de tissu qui brûlent. Anne croit voir l'incendie de cette nuit-là darder encore dans ses yeux. Elle le contredit, affirme que ses parents n'ont jamais possédé de magasin. Allons donc, répond l'homme, bien sûr que vous possédiez tous des magasins. Il parle aussi d'une petite fille qui vivait dans son immeuble et qui ressemblait à Anne. Il dit que cela lui a vraiment fait de la peine qu'elle soit "partie, ensuite".

Anne rentre chez elle l'esprit un peu confus et raconte à ses parents cette étrange rencontre. Eux aussi, tout d'un coup, sont tout émus ; ils lui expliquent que cet homme a sans doute parlé de la Nuit de Cristal. "Apparemment, il pense que, puisque nous sommes juifs, nous possédions des magasins, nous aussi", dit Gerhard. Anne ignore ce que signifie être juif. Elle sait seulement que Gerhard était encore un enfant lorsqu'il a dû quitter l'Allemagne. Elle ressent une oppression bizarre, un sentiment d'impuissance, d'étrangeté.

Les Holzmann, dont ses parents disent qu'ils sont juifs, vivent dans l'appartement du dessous. M. Holzmann a été au camp de concentration d'Auschwitz et y a perdu sa famille. Plus tard, il s'est remarié et a eu un garçon qui s'appelle Benjamin et a le même âge qu'Anne. Un jour, les Holzmann sonnent à la porte et leur offrent du pain azyme. Ils souhaitent une joyeuse fête de Pessah et une bonne santé à la famille. Ses parents n'apprécient manifestement pas beaucoup cette visite, ce qu'Anne ne comprend pas : les Holzmann sont des gens gentils, ils ont même apporté à manger. Anne demande ce qu'est Pessah, et sa mère lui explique que c'est le nom de Pâques chez les juifs. Il est clair qu'eux-mêmes ne veulent pas être juifs.

Gerhard m'a expliqué un jour que, s'il s'était battu pendant la guerre, c'était en tant que communiste et pas en tant que juif. Je crois qu'être juif, pour lui, signifie ne pas pouvoir se défendre, être une victime. Il m'a raconté un jour comment, en juillet 1942, en France, il a fui l'avancée des troupes allemandes et s'est caché quelque temps dans un foyer pour enfants juifs qui se trouvait dans un château, à proximité de Limoges. Un jour, des policiers français sont venus et ont emmené tous les enfants. Gerhard s'est enfermé dans une chambre située dans une tour et les a observés, d'en haut, faire la chasse aux petits. Quelques-uns ont essayé de s'enfuir, mais ont été repris par les policiers qui les ont mis dans des camions pour les conduire au camp d'internement de Drancy. Lorsque Gerhard m'a raconté cet épisode, il était très ému. Il est possible qu'il ait décidé, à cette époque, de ne pas se laisser capturer comme ça, mais de se battre pour ses convictions. Mourir en communiste lui paraissait honorable, être traqué en tant que juif lui paraissait peut-être indigne.

Enfant, Anne ne sait pratiquement rien de ce qu'a souffert sa famille sous le nazisme en raison de son judaïsme. Elle ignore ce qu'a vécu sa mère qui, en Rhénanie, a échappé de peu à la déportation.

Elle sait que son grand-père est mort à Auschwitz, mais elle n'a aucune idée de la raison pour laquelle il a connu ce destin. Elle n'a appris que par bribes successives l'histoire de son père. Il ne lui raconte jamais que les aventures périlleuses dont il est sorti vainqueur. Comment ils ont fait sauter les rails que devaient emprunter les trains de renforts allemands, comment ils se retrouvaient, le soir, assis autour du feu de camp, et chantaient des chansons paillardes, comment il avait abattu un SS qui l'avait poursuivi dans la forêt. Cela plaît à Anne, que son père soit un héros aussi rigolo. Les autres héros, ceux dont elle entend parler à l'école, sont le plus souvent de vieux messieurs sérieux. Gerhard garde pour lui les histoires tristes, douloureuses. Un jour, Anne entre dans la salle de bains au moment où il se brosse les dents. Elle remarque que Gerhard n'a plus d'incisives à la mâchoire supérieure. Lorsqu'elle lui demande pourquoi, il met son dentier en vitesse, éclate de rire et lui demande de quelles dents manquantes elle peut bien parler. Anne sait alors qu'elle a posé une question interdite et qu'il y a des choses dont il ne veut pas parler.

Anne préférerait être comme tous les autres enfants. Mais ce n'est pas si simple. Elle ne cesse de se heurter à sa différence. Parce qu'elle est la seule de sa classe à ne pas participer au cours de religion, parce que personne d'autre n'a un père qui tient des conférences politiques à l'école, parce qu'elle est d'emblée nommée présidente du conseil de groupe dans son organisation de pionniers. Anne est tellement pénétrée par le sentiment de défendre la juste cause qu'elle va jusqu'à faire des remontrances aux enseignants lorsque, à ses yeux, ils ne sont pas suffisamment fidèles à la ligne du parti. Ses condisciples l'évitent : elle est "la rouge", la fayote.

A treize ans, Anne part pour Genève avec ses parents. Gerhard a été nommé correspondant à l'ONU de l'agence de presse est-allemande ADN et, comme les camarades berlinois trouvent qu'il ne sied pas à des enfants est-allemands de fréquenter une école suisse, c'est sa mère qui sert de préceptrice à Anne. Dans la rue, Anne apprend le français ; plus tard, lorsqu'elle fréquentera l'école de l'ambassade soviétique, ce sera le russe. Le week-end, ils partent en voiture dans les montagnes ou se baignent dans le lac de Genève. Pour Anne, c'est une période palpitante et insouciante. La seule chose qui lui paraisse étrange, c'est que les gens, à l'Ouest, sont loin d'être aussi méchants qu'elle le croyait. La classe ouvrière n'est pas exploitée non plus, ce sont des gens riches. Le concierge qui vient parfois faire des réparations dans leur appartement conduit une voiture plus grosse que celle de son père.

Au bout d'un an, Anne doit rentrer en RDA, parce que l'école de l'ambassade soviétique s'arrête à la sixième. Les parents et ses deux sœurs cadettes restent à Genève. Normalement, Anne devrait entrer dans un foyer pour enfants de diplomates est-allemands, mais les parents jugent qu'il vaut mieux la laisser à Friedrichshagen, dans son environnement coutumier. Mme Schenk, une vieille femme du voisinage, vient s'installer dans l'appartement et s'occupe d'Anne. La vie n'est plus aussi palpitante à présent, Anne se sent souvent seule, mais elle accepte tout cela parce qu'elle n'a pas le choix. C'est tout récemment qu'elle s'est enfin demandé comment ses parents ont pu se résoudre à la laisser seule pendant deux ans, uniquement parce que le parti avait décidé que les enfants est-allemands ne pourraient pas fréquenter une école occidentale.

Le plus beau, pendant cette période, ce sont les vacances : on l'autorise à prendre l'avion toute seule pour Genève. Dans l'appareil, elle est assise au premier rang et les hôtesses la bourrent de chocolats de la Swissair. Lors de l'un de ces voyages, elle doit prendre une correspondance à Prague. L'ambassadeur de la RDA en Tchécoslovaquie, un ami de son père, vient la prendre au pied de la passerelle et la distrait pendant qu'elle attend en salle de transit. Lors d'un vol, elle est assise à côté d'un jeune Cubain dont elle tombe aussitôt amoureuse.

En août 1961, à l'époque où l'on construit le Mur, Anne passe ses vacances d'été à Genève et ne comprend pas du tout ce qui se passe. Qu'il y ait désormais une vraie frontière convient fort bien à ses parents. C'est à leurs yeux une muraille de protection capable de tenir les méchants à l'écart du pays. Lorsqu'elle rentre chez elle, après les vacances, Anne constate tout de même que les choses ont changé. Dans la classe, ses condisciples, qui ne sont désormais plus autorisés à se rendre à l'Ouest, font un barrage devant elle. Elle doit expliquer pourquoi elle, contrairement à eux, a encore le droit de voyager. C'est une sorte de tribunal. Elle sent l'hostilité et la colère des élèves. L'un d'eux crie que la RDA est une prison, une dictature minable dans laquelle les seuls à bien se porter sont les fonctionnaires rouges. Elle se retrouve toute seule devant la meute en colère, elle doit défendre quelque chose qu'elle comprend à peine. A quatorze ans, elle est l'ambassadrice d'un Etat qui tente alors de sauver sa peau.

Lorsqu'elle rentre chez elle, dans le grand appartement vide, elle fait longuement les cent pas autour de la table, dans la salle à manger, en marmonnant pour elle-même les arguments qui ne lui sont pas venus à l'esprit lorsqu'elle était en classe. Tout se passe comme si elle voulait se persuader de la justesse de son attitude. Elle n'a personne à qui parler de tout cela, avec qui elle pourrait partager son incertitude et son effarement. Ses parents sont loin. Chaque semaine, elle leur envoie au moins une lettre à Genève – mais, de cet épisode-là, elle ne leur dit rien. Peut-être pour ne pas les inquiéter.

J'ai trouvé dans une armoire, chez mes grands-parents, une lettre écrite par Anne à cette époque. D'une écriture bien propre de jeune fille, elle note tout ce qui se passe d'important à Berlin. Un jour, elle voit à la télévision, chez son amie Monika Scharf, un film qui raconte l'histoire du résistant Werner Seelenbinder. Anne écrit : "L'après-midi, notre chaîne de télévision diffusait le film *L'Un d'entre nous*. M. Scharf n'a pas manqué de s'énerver en constatant que ses enfants, pour une fois, découvraient la vérité. Il y avait par exemple une scène dans laquelle des communistes étaient matraqués par les nazis. M. Scharf a dit : «Voyons, ils exagèrent sacrément. Ce film, c'est n'importe quoi, ça n'était pas du tout comme ça.» Et Mme Scharf a dit : «Dans ce film, ils mettent tout à l'envers, et les gens y croient !» Ensuite, dans le film, de jeunes hitlériens défilaient. M. Scharf a dit : «Mais c'est exactement comme chez les pionniers*.» Alors j'ai dit : «Autrefois, les enfants étaient forcés d'aller aux Jeunesses hitlériennes, alors que chez les pionniers on est volontaires. Et puis les pionniers sont éduqués à la paix, et pas les jeunes hitlériens.» Le mercredi, j'ai regardé quelques livres de Monika. Il y en avait un qui s'intitulait *Le Livre de la jeune fille*. Je suis tombée sur la phrase : «L'Union des jeunes filles**

* Sur le modèle de l'URSS, il s'agissait de sortes de groupes de scoutisme et de formation idéologique.

** Le Jungmädelverband.

est une partie du mouvement *national-socialiste.*» Alors j'ai dit à Monika : «Tu sais quoi, on va coller du papier sur le mot national-socialiste, pour que personne ne le voie plus.» Et c'est ce que nous avons fait."

On dirait qu'à quatorze ans, elle se sentait déjà responsable de son Etat et de la vérité historique. Elle écrit, dans une autre lettre : "Je me dispute énormément avec Monika sur les questions politiques. Vous avez certainement déjà entendu dire que les Américains ont voulu faire de la provocation à la frontière, que des compagnies entières ont déjà franchi la ligne, avant de rebrousser chemin. Lors de cet événement, un *Volkspolizist** a été renversé par une voiture. Nous en avons parlé à l'école, et j'ai demandé à Monika ce qu'elle en pensait. Elle m'a dit qu'elle avait vu la scène à la télévision, que les Américains n'avaient fait qu'avancer jusqu'à la frontière, et que le policier n'avait pas du tout été écrasé. Il s'est avéré qu'elle avait regardé la télévision de l'Ouest, malgré l'interdiction."

Deux semaines plus tard, elle raconte que les Holzmann, la famille juive de l'immeuble, ont filé à l'Ouest. "Ce matin, peu avant d'aller à l'école, on a frappé à notre porte. J'ai ouvert ; dehors se tenaient deux hommes d'une entreprise de transport, ils venaient chercher quelque chose chez les Holzmann. Ils nous ont demandé si les Holzmann étaient là, et tante Schenk a répondu : «Le petit est déjà parti à l'école ; si personne n'ouvre, c'est qu'il n'y a déjà plus personne.» Quand les hommes sont partis, elle m'a dit : «Mme Holzmann est sûrement encore là. Si elle n'ouvre pas, c'est juste parce qu'elle n'est pas encore habillée.» Quand je suis

* "Policier du peuple", la police de la RDA, également surnommé *Vopo.*

revenue à la maison, après le lycée, la porte était scellée – les Holzmann sont à l'Ouest, maintenant." Ma mère ne comprend pas encore, à cette époque, que les deux transporteurs étaient en réalité des membres de la Stasi et que le petit mensonge de tante Schenk a peut-être facilité la fuite des Holzmann. Mais le thème du passage à l'Ouest la préoccupe beaucoup. Dans une lettre écrite peu avant Noël, elle parle d'un camarade de classe qui s'est enfui avec toute sa famille. A la fin de la lettre, elle écrit : "Je ne sais pas pourquoi ils font ça."

## III

## CONVICTIONS

A dix-sept ans, le lycée envoie Anne participer à une réunion de la direction de district du SED*. On les installe dans une grande salle, on leur sert des sandwichs au jambon et du café, et ils assistent aux conférences de camarades haut placés. Le chef du SED de Berlin est là, lui aussi. Il explique que si l'on a rassemblé ce jour-là dans cette salle les meilleurs élèves, les plus mûrs de la ville, c'est pour débattre de quelques questions sérieuses et importantes. L'ambiance est solennelle, on jurerait que ces lycéens vont, d'ici quelques instants, être initiés aux dossiers confidentiels du parti. Anne éprouve une certaine fierté à se trouver ici, parmi les meilleurs. Elle apprend que de grandes missions, des missions majeures attendent la RDA, et qu'on ne pourra en venir à bout qu'avec l'aide énergique de la jeunesse. Le stade de l'observation est terminé, dit le chef du parti, il s'agit à présent de faire quelque chose pour le pays et pour la paix. Le chef du parti fait une pause, regarde sur sa droite, puis sur sa gauche, et finit par dire d'une voix contenue qu'il y a une condition à remplir pour cela : devenir membre du SED. Lorsqu'elle entend ces mots, Anne ne peut s'empêcher d'éclater bruyamment de rire. Quelques élèves la regardent,

* Le parti unique de la RDA.

ahuris, et elle-même est effrayée par sa réaction. Mais cette tentative de recrutement lui paraît tellement lourde que toute la fierté qu'elle ressentait encore un instant plus tôt s'est envolée d'un seul coup. Elle était disposée à tout faire pour son pays et pour la paix. Elle se rassure à présent en se disant qu'elle a seulement dix-sept ans et qu'on n'admet que des majeurs.

Après les conférences, tout le monde doit composer un poème sur le thème "Je dois prendre une décision". Ensuite ont lieu des entretiens individuels. Anne se retrouve tout d'un coup face à cinq camarades qui lui demandent si elle peut s'imaginer en candidate pour devenir membre du parti, du Sozialistische Einheitspartei Deutschlands, le SED. Anne dit qu'elle s'y verrait très bien, mais qu'elle n'a que dix-sept ans et doit donc sans doute reporter sa décision d'une année. L'un des camarades lui adresse un regard grave et lui dit que, dans son cas, on pourrait faire une exception. Il est possible de demander une dérogation auprès du Comité central du parti. Anne sent son cœur battre plus vite, cette idée la remplit d'enthousiasme. Une dérogation établie à son nom par le Comité central ! Elle s'imagine la surprise qu'elle va faire à son père, à tout le monde. Elle signe aussitôt et quitte la pièce sur un petit nuage, avec le sentiment d'avoir vécu un moment grandiose. A la fin, le chef du parti berlinois reprend la parole. Il cite dans son discours un extrait du poème qu'Anne a composé. Elle est assise dans la salle, cramoisie, elle a l'impression d'être dans un rêve. Sur le chemin qui la conduit à la maison, elle regarde son reflet dans les vitrines. Elle se sent tellement différente, elle se dit que cela se voit forcément. Elle est sûre que désormais elle n'aura plus jamais ni chagrin d'amour ni autres problèmes ridicules. Parce qu'elle sera bientôt une camarade.

Pour Anne, le parti est plus qu'une organisation, il est plus que les hommes et les femmes qui le composent. C'est une sorte de créature surnaturelle, une entité aux dimensions monstrueuses et qui n'a plus rien à voir avec la vie de tous les jours. Lorsque Anne entend ses parents discuter du parti, elle devine leur respect, leur foi et leur dévouement. Quand son père aborde ce sujet, sa voix prend une intonation particulière. Il parle alors d'une voix plus basse, plus prudente, plus articulée, comme si le parti pouvait à présent l'écouter et lui adresser une mise en garde à la moindre réflexion erronée, au plus discret claquement de langue déplacé. Le parti, c'est la vérité absolue, la sagesse absolue, raison pour laquelle seuls ses ennemis peuvent avoir l'idée de le critiquer ou même de se croire plus intelligents que lui. Les individus membres du parti peuvent avoir des défaillances et commettre des erreurs. Le parti, lui, ne se trompe jamais. Cette foi dans le grand Tout, dans la "cause", comme on dit chez elle, sera sa consolation plus tard, lorsqu'il lui arrivera d'être désespérée par le quotidien banal de la RDA. Anne dit qu'à l'époque, elle aurait mis toute son existence au service du parti, elle se serait dissoute en lui.

Quand Anne me raconte tout cela, aujourd'hui, elle se met parfois à pleurer. Peut-être par rage d'avoir été si naïve, peut-être aussi par déception que cela n'ait pas fonctionné. Que cet Etat et ce parti qui lui ont pris tant d'énergie aient tout simplement disparu. Je crois que ma mère avait pour cet Etat une sorte d'amour adolescent et malheureux. Elle s'était enflammée, jeune fille, pour la RDA, et il lui avait fallu toute une vie pour s'en détacher. Il m'est difficile de comprendre tout cela, d'admettre que ma mère, cette femme intelligente et réservée, porte encore le deuil de ce premier grand amour vingt ans après la fin de la RDA. A quelle profondeur tout cela doit-il encore être enraciné en elle, cet espoir, cette volonté inconditionnelle d'être du combat pour libérer le monde du mal ! Pour ma part, je n'ai pas perçu grand-chose de sa foi. Cela tient peut-être au fait qu'elle n'était déjà plus assez forte lorsque j'eus l'âge où la politique commença à m'intéresser. Mais il est aussi possible qu'elle ait volontairement choisi de me tenir à l'écart de tout cela, sachant combien il est difficile de s'opposer aux convictions de ses parents.

C'est une chose étrange que d'interviewer sa propre mère. De la voir lutter contre les larmes. Anne était assise dans son bureau, dans le fauteuil dont un plaid en laine grise recouvre aujourd'hui le motif brun-jaune. Elle voulait dire quelque chose, mais sa voix ne lui obéissait pas, engloutie par les sentiments qui collaient à ses souvenirs. En temps normal, j'aurais cessé de poser des questions, je l'aurais laissée en paix. Les enfants sont habitués à avoir des égards, à ravaler leur curiosité. Les enfants ne veulent pas voir pleurer leurs mères. Je devais me forcer à ne pas être un enfant, mais un adulte menant des recherches sur une famille et posant des questions à l'un de ses personnages principaux. Même si j'avais eu envie de le faire, je n'aurais pas eu le droit de la serrer dans mes bras. Anne respira profondément et essuya ses larmes. Je vis les petites rides autour de sa bouche, les cheveux gris qu'elle fait à peine teindre parce qu'elle ne veut pas ressembler à sa mère qui a depuis quarante ans une chevelure noire comme jais. Cet après-midi-là, Anne me parut plus âgée que d'habitude. Peut-être parce que nous parlions justement de sa jeunesse. J'ai ces photos à l'esprit, son visage de jeune fille, ses grands yeux sombres. Je fus frappé de constater qu'en réalité, pour moi, Anne avait toujours eu le même âge. Une femme hors du temps. "Allez, on reprend", dit Anne, avant de continuer son récit.

Elle veut devenir journaliste. Elle connaît le métier par son père et trouve fantastique de pouvoir être payé pour être curieux. Les journalistes sont pour elle des gens qui ont un savoir incroyable et une plume magnifique. Son modèle est Egon Erwin Kisch, le fameux reporter qui était toujours en quête de la vérité et la trouvait dans la plupart des cas.

En 1966, elle entre comme stagiaire au *Berliner Zeitung*. Elle a dix-neuf ans. Et une fois de plus, elle a un statut particulier : tout le monde connaît son père, que l'on n'admire pas seulement en tant que grand résistant, mais aussi comme journaliste. Cela ne lui facilite pas particulièrement la tâche, parce que personne ne la prend vraiment au sérieux : quoi qu'elle fasse, elle reste la fille de Gerhard. Mais il y a bien pire : la déception qu'elle éprouve en découvrant le fonctionnement de ce journal.

Pour sa deuxième journée de travail, elle participe à une réunion au cours de laquelle le rédacteur en chef fait la liste des sujets à ne pas aborder pour le moment. La réunion porte le titre d'"assemblée d'argumentation", et a lieu chaque fois que le rédacteur en chef revient du Comité central, où on lui a transmis les dernières interdictions et mesures de censure en date. Il ne s'agit pas seulement de savoir comment on doit classer et comprendre certains épisodes dans l'esprit du parti. On énumère aussi les mots devenus indésirables parce que l'ennemi s'en est emparé, le nom des produits que l'on n'a plus le droit de mentionner parce qu'ils sont en pénurie. Il y a des mois où personne ne peut écrire "machine à laver" ou "pneus de voiture". La "social-démocratie" est proscrite pendant deux ans, le "Parlement" et le "Front populaire angolais" pendant six semaines seulement.

On dresse des listes sur lesquelles on actualise quotidiennement ce qu'il est permis ou interdit d'écrire. Si quelqu'un, malgré tout, rédige une phrase de travers, utilise une tournure suspecte, emploie un mot inhabituel, on convoque une nouvelle assemblée au cours de laquelle le collègue doit s'expliquer et où on lui fait la leçon en exigeant des remords publics. Un jour, un rédacteur d'un certain âge, travaillant aux nouvelles locales, explique que la combustion de la lignite dégage de la suie. Considérant qu'on pourrait le lire comme une critique contre la pollution de l'air provoquée par les poêles à lignite en RDA, le rédacteur en chef dénonce vivement ces propos en soi anodins. L'ennemi ne dort jamais, on ne cesse de le leur répéter, et le sommeil n'est manifestement pas non plus l'apanage du bureau de la Censure au Comité central.

Le premier poste d'Anne est au service politique. La plupart des textes qu'on y publie sont des proclamations du parti transmises par l'agence de presse ADN et qu'on n'a plus qu'à mettre en pages. Aucune des proclamations ne peut être coupée ni subir quelque modification que ce soit. Même les fautes d'orthographe sont laissées telles quelles, personne n'osant passer un coup de téléphone au Comité central pour une chose pareille. Anne note que la plupart des chefs de service ne sont pas de vrais journalistes, mais des soldats du parti en service commandé. Les bons journalistes n'en sont pas membres, ce qu'elle trouve étrange, puisque le parti est tout de même censé être l'élite. Comme il n'y a guère de place pour leurs textes à eux, la plupart sont presque totalement désœuvrés. A midi, on commence à boire dans les bureaux. Ce sont les chefs de service qui boivent le plus. Les collègues tentent de se mettre mutuellement des bâtons dans les roues. Il y a des intrigues, des dénonciations, des campagnes. Accessoirement, on fait un journal.

Anne est choquée par cette situation. Son père dirige à l'époque le service de politique étrangère à l'organe central du parti, *Neues Deutschland*. Elle lui demande si ce genre de choses arrive aussi chez lui. Comme chaque fois qu'un sujet l'incommode, Gerhard ne répond pas. Et comme toujours Anne n'insiste pas. Un ami de son père lui explique que c'est presque partout ainsi dans la presse de la RDA. "Et quand on ment, on boit", dit-il en souriant tristement.

Le soir du 8 mai 1968, Anne relève son premier mensonge dans le journal. Elle est du service du soir, installée à une longue table du service des dépêches. Le téléscripteur crépite dans la pièce d'à côté. Le chef de service lui tend un papier bleu clair, la couleur habituelle pour les communiqués officiels des organes gouvernementaux. Mais celui-là ne mentionne pas d'expéditeur, et rien n'en indique l'origine. Le chef de service lui demande de coller ce feuillet immédiatement sur une page blanche et de le porter à la composition. Anne colle le communiqué, le survole d'un regard et en reste bouche bée. Le texte est intitulé : "Des blindés américains à Prague." On lit en substance, dans ce texte bref, que des observateurs auraient vu des tanks américains dans les rues de Prague. Anne est au courant de ce qui se passe à cette époque en

Tchécoslovaquie, elle a entendu parler du mouvement réformiste que l'on appellera plus tard le "printemps de Prague". Elle connaît les directives sur ce sujet. Les journaux de la RDA écrivent que des forces hostiles au socialisme sont à l'œuvre dans la capitale tchécoslovaque et, sous prétexte de rénovation, veulent éliminer le pouvoir populaire. Elle-même ne sait pas vraiment ce qu'elle doit penser de ces événements, si tout cela est aussi dangereux qu'on le dit. Mais ce communiqué, elle en est certaine, ne peut pas refléter la réalité. Si l'armée américaine était vraiment entrée à Prague, ce serait une nouvelle sensationnelle, et on ne la publierait certainement pas en brève sur la deuxième page. Elle va voir le chef de service et lui demande ce que signifie ce texte. "Ne pose pas de questions, dit-il, note les références dessus et transmets-le en bas." Anne insiste : il y a quelque chose qui ne va pas dans cette histoire. Mais le chef de service l'écarte juste d'un geste de la main. "Donne-le à la typo, tout le reste ne te regarde pas." Elle est abattue, indécise, mais elle fait ce qu'on lui dit.

Le lendemain, une avalanche de lettres de protestation et d'appels indignés s'abat sur le journal. L'ambassade de Tchécoslovaquie se plaint elle aussi. La rédaction en chef transmet les coups de téléphone à Anne. C'est elle, la stagiaire, qui doit expliquer l'inexplicable aux lecteurs furieux. Elle n'ose pas se démarquer de ce communiqué. Lorsque tout est fini, elle se sent affreusement mal. Elle ne comprend toujours pas ce qui s'est passé ni la signification de tout cela. Deux jours plus tard, un autre communiqué arrive. On y lit que débute à Prague le tournage d'un long métrage sur la libération de la ville, ces jours où l'occupant fasciste a été chassé. Les blindés américains que l'on a vus dans les rues faisaient partie du décor. Anne mettra beaucoup de temps à comprendre le but de ces dépêches étranges : il s'agit de semer le doute, de suggérer le danger, de le provoquer. Elle comprend que, ce soir-là, elle a été un petit rouage dans une grande machine de propagande. Aujourd'hui, Anne dit qu'elle aurait dû, dès cette époque, renoncer au métier de ses rêves. Parce qu'elle aurait pu comprendre qu'en RDA, le journalisme sans mensonges n'existerait jamais. Mais elle n'en était pas encore là à l'époque.

Les récits de ma mère me paraissent lugubres. Je ne parviens pas à imaginer comment elle a pu travailler pendant deux ans dans ce journal sans perdre sa foi dans le Bien. Trente ans plus tard, j'ai moi-même fait mes débuts comme rédacteur au *Berliner Zeitung*. Ce fut mon premier vrai poste de journaliste. Le quotidien appartenait déjà à l'époque à une grande maison d'édition hambourgeoise, et tout y était tel qu'Anne l'avait rêvé. Parce que désormais chacun pouvait réellement écrire ce qu'il voulait. Parce qu'il ne s'agissait vraiment plus que de recueillir des informations et de les mettre en forme en rédigeant un article aussi prenant que possible. Certains de mes collègues avaient l'âge de ma mère, travaillaient au journal depuis trente ans déjà et avaient forcément dû vivre les mêmes choses qu'elle. J'aurais aimé savoir comment ils étaient arrivés à faire face et à devenir des journalistes libres après avoir passé tant de temps à diffuser des mensonges. Mais je n'ai pas osé le leur demander, j'aurais eu l'impression de m'ériger en juge et de poser des questions auxquelles il n'existe peut-être pas de réponses.

En août 1968, les blindés soviétiques entrent dans Prague, et cette fois ce n'est pas un film, mais la réalité. Anne travaille justement comme monitrice dans la colonie de vacances du *Berliner Zeitung*. La direction du centre convoque alors une assemblée et leur donne la version officielle des événements : l'armée soviétique a été appelée à l'aide par le gouvernement de la Tchécoslovaquie. Anne y croit. Quelques jours plus tard seulement, elle apprendra par la radio de l'Ouest ce qui s'est réellement passé : le gouvernement tchécoslovaque a été renversé par un coup d'Etat militaire soviétique. Le chef du gouvernement, Alexander Dubček, et ses ministres ont été emmenés à Moscou. On a tout simplement écrasé le mouvement réformiste. Anne voit à la télévision de l'Ouest des images de manifestants ensanglantés qui, à Prague, s'opposent courageusement aux blindés. On parle de morts, de blessés graves, de prisonniers. Quelque chose qu'elle ne parvient pas vraiment à nommer s'éteint en elle au cours de ces journées. Elle se sent trompée, trahie. Non seulement par la propagande de la RDA mais, bien plus grave, par le grand frère moscovite qui était jusqu'alors à ses yeux un allié pacifique et juste. A la rédaction, à Berlin, elle lit *L'Humanité*. Elle apprend ainsi qu'en France, les camarades protestent contre le coup de force. Et elle est un peu soulagée de savoir qu'apparemment, on peut être communiste et opposé à l'invasion.

Anne apprend aussi que des amis à elle ont été arrêtés à Berlin pour avoir distribué des tracts contre l'intervention. Il s'agit de Thomas Brasch, avec lequel elle est allée à l'école, et de Bettina Wegner, qu'elle connaît depuis longtemps. Tous deux sont issus d'une famille semblable à celle d'Anne ; elle a souvent partagé leur table et discuté avec eux du communisme et de la RDA. Elle sait que ni l'un ni l'autre ne sont des ennemis. Et elle se demande si elle-même aurait participé à la distribution de tracts – pour peu qu'elle ait été à Berlin et que ses deux amis lui aient demandé de le faire. Elle est à peu près sûre qu'elle leur aurait prêté main-forte. Non qu'elle soit particulièrement courageuse, mais parce qu'elle n'aurait pas cru que l'on puisse être mis en prison pour une chose pareille. Elle pensait que ce genre d'histoires n'arrivait qu'aux autres, aux "méchants". A ce moment-là, elle ne se sent plus aussi sûre d'elle qu'autrefois, lorsqu'elle était persuadée que rien ne pouvait arriver à une fille comme elle. Elle comprend que, lorsque les choses tournent mal, l'Etat ne fait plus le tri.

Plus tard, Thomas Brasch et Bettina Wegner passeront à l'Ouest. Brasch deviendra un poète connu, Bettina Wegner une chanteuse adulée. Mais pour l'heure tous deux se retrouvent dans une prison de la RDA, pour avoir inscrit quelques slogans au feutre sur des feuilles : "Touche pas à la Prague rouge" et "Un Dubček pour la RDA", voilà ce qu'on pouvait lire sur les tracts que Thomas Brasch glissait, de nuit, dans les boîtes aux lettres de Prenzlauer Berg. C'est son propre père qui l'a dénoncé à la police. Horst Brasch est, comme le père d'Anne, issu d'une famille juive, lui aussi avait émigré à l'Ouest sous le nazisme. C'est la même histoire, le même conflit, mais avec des conséquences plus dramatiques. Anne discute de ces arrestations avec ses parents. Gerhard estime que l'invasion de la Tchécoslovaquie était nécessaire pour la cause. Anne répond que, dans ce cas, cette cause-là n'est sans doute pas la sienne, car elle aussi aurait été prête à distribuer les tracts. Les parents la dévisagent avec effroi, comme ils regarderaient un enfant perdu. On ne reviendra plus jamais sur ce sujet.

## IV

## ACCUSATIONS

Anne veut faire des études d'histoire. Elle trouve que c'est une bonne chose pour une journaliste. Elle veut acquérir des connaissances ; une fois qu'elle sera spécialisée dans un domaine précis, elle pourra y consacrer des articles dans le journal et personne ne pourra plus s'interposer – le principal, pense-t-elle, c'est la compétence. Elle a déjà un peu refoulé dans sa mémoire les expériences faites au *Berliner Zeitung*. Elle dit qu'il ne faut surtout pas généraliser.

En septembre 1968, elle commence ses études à l'université Humboldt de Berlin. Dès la première semaine, on convoque son groupe de séminaire : tous doivent signer une déclaration saluant l'invasion de l'armée soviétique en Tchécoslovaquie. Il s'agit de tester leur état d'esprit. Anne s'assoit avec les autres étudiants dans une petite salle. Ils se connaissent à peine, aucun ne sait jusqu'où il peut aller ni comment le groupe va se comporter. La plupart semblent assez désemparés. Depuis des semaines, on discute partout de ce sujet, beaucoup d'Allemands de l'Est sont opposés à l'invasion, mais rares sont ceux qui osent le dire ouvertement. Les idées se bousculent dans l'esprit d'Anne. Quelques jours plus tôt encore, elle affirmait qu'elle aurait été prête à distribuer des tracts opposés au coup de force, et voilà qu'on lui demande de signer cette déclaration. Tout se hérisse en elle, elle ne veut pas céder si facilement ni trahir ses propres idées. D'un autre côté, un refus va lui valoir de gros problèmes. Elle sera renvoyée de l'université, et n'y rentrera peut-être plus jamais. Tout serait fini avant même d'avoir commencé. Elle pressent que cette journée pourrait l'inciter à prendre une décision cruciale. Quand on a courbé l'échine une fois, on ne cesse plus jamais de le faire ; mais une fois que l'on a été puni, on ne se débarrasse plus de sa marque d'infamie.

Anne propose de reformuler la déclaration. Le journal a annoncé que les réformistes tchécoslovaques arrêtés viennent tout juste de publier avec le gouvernement soviétique une déclaration dans laquelle ils sont convenus de prolonger le processus de réforme dans l'esprit du socialisme. Anne ne sait pas encore à l'époque que, pour les réformistes, cet accord est une capitulation. Anne écrit que le groupe du séminaire soutient énergiquement la déclaration de Moscou. Ils rayent le passage concernant l'approbation de l'intervention, parce qu'il n'est plus question du passé, mais de l'avenir. Tous signent avec soulagement. Ils n'ont pas approuvé le texte, et ne l'ont pas rejeté non plus. Ils ont réussi un petit tour de force diplomatique qui épargne leur carrière et leur conscience. Pour Anne, toutefois, cela reste une défaite : elle ne s'est pas montrée courageuse, juste rusée.

Lors de la première réunion du parti à l'université, les enseignants demandent à Anne si elle ne veut pas occuper le poste de secrétaire de section pour les étudiants de première année. Les professeurs ne la connaissent pas, mais ils ont lu son "dossier de cadre". On y lit, sous la rubrique "Origine", la mention "Intelligentsia progressiste". C'est la catégorie reine, une sorte de titre de noblesse communiste. Sous la rubrique "Cautions du parti" – une sorte de parrains politiques –, on mentionne Rudi Goguel, un fameux camarade très respecté, compositeur du *Chant des marais** et meilleur ami de son père, Harald Hauser, ancien combattant de la Résistance et écrivain de premier plan, ainsi qu'Ursel Herzberg, exilée à Londres parce qu'elle était juive, et devenue procureur par la suite. Ces références de premier ordre sont ses billets d'entrée dans la jeune élite du parti. Son certificat de fin de stage au *Berliner Zeitung* mentionne : "Au total, Annette doit être considérée comme un cadre capable d'évoluer, qui a l'intelligence suffisante pour devenir, si elle travaille bien à ses réalisations, un cadre utile dans notre société**." En clair : voilà quelqu'un qui détient sans doute des qualités tout à fait appréciables, mais qu'il faut encore former sous surveillance rigoureuse.

La première assemblée du parti à l'université est un spectacle macabre. On demande à deux maîtres de conférences de prendre place à l'avant de la table. Un camarade se lève et déclare que ces deux hommes ne méritent pas d'être membres du SED, le Parti socialiste unifié, parce qu'ils ont perfidement attaqué le parti et la classe ouvrière en tenant des discours réactionnaires. Leur comportement réactionnaire et révisionniste discrédite, dit-il, toute l'université. A voix basse, un camarade met Anne au courant de ce dont il s'agit. Les deux chargés de cours ont apparemment osé

* Chant composé par trois déportés au camp de Börgermoor ; il sera repris plus tard par le compositeur Hanns Eisler, et deviendra un chant international.

** Nous rendons fidèlement et dans sa lourdeur caractéristique le style original de tous les textes du SED et de la Stasi publiés dans ce livre.

exprimer des doutes sur le bien-fondé de l'invasion soviétique en Tchécoslovaquie. En réalité, ils n'ont pas protesté, mais se sont contentés de demander si le procédé utilisé par Moscou était compatible avec l'esprit de partenariat censé régner au sein de la communauté des Etats socialistes en vue de la paix. Chacun des camarades se lève alors à son tour pour leur lancer à la face sa critique et son mépris. Ils semblent tous deux pétrifiés, ils baissent la tête et n'osent pas, pour leur part, prononcer le moindre mot. Deux lapins qui font le mort pour ne pas être dévorés par le serpent.

Anne reverra souvent cette scène par la suite. Dans son imagination, les deux hommes sont coiffés d'un chapeau pointu et portent sur la poitrine des écriteaux où ils s'accusent eux-mêmes de leurs crimes. Cette réunion inspire à Anne une telle peur qu'elle se promet d'être désormais encore plus prudente. Elle comprend que la situation à l'université n'a rien à voir avec celle qui règne dans la rédaction où elle a travaillé. Au journal, personne ne leur a jamais demandé de croire en ce qu'ils faisaient. On fonctionnait, et c'était suffisant. Ici, à l'université, on contrôle même la pureté de la pensée. Quand on ne se livre pas à une profession de foi inconditionnelle, on est isolé. Il lui arrive par la suite de revoir au restaurant universitaire les deux maîtres de conférences sanctionnés : ils sont toujours seuls, personne n'ose leur parler, et encore moins s'asseoir à leur table. Ils ont toujours la tête penchée, ce sont des pénitents, des mises en garde vivantes à l'intention de tous les autres.

J'ai demandé à Anne si elle se sentait coupable d'avoir participé à tout cela. Elle a hoché la tête en silence, a regardé devant elle sans me voir, s'est tenue des deux mains aux accoudoirs de son fauteuil, comme si elle risquait de tomber. Dans le silence de son bureau, au bout de longues secondes, Anne a fini par dire que, d'une certaine manière, elle s'était tenue à distance de ce genre de choses. Cela l'avait occupée, oppressée, mais dans le même temps elle avait senti qu'elle devait se protéger elle-même contre une trop grande implication : elle ne l'aurait pas supporté. Elle avait vingt et un ans, elle voulait faire ses études et s'amuser, elle croyait encore à la grande cause, même si elle doutait au fond d'elle-même.

Anne se lie d'amitié avec quelques étudiants de troisième année. Ce sont des garçons intelligents, pleins d'esprit, qui lui paraissent bien plus courageux qu'elle-même. Ils veulent développer une nouvelle approche de la FDJ*. Moins idéologique, plus transparente, plus ouverte. Ils invitent Anne à y participer. Des rencontres doivent avoir lieu régulièrement dans un appartement. Cette proposition inquiète Anne, elle pressent le danger. Un mois plus tard, ce groupe des étudiants en troisième année est dissous, et les garçons sont radiés de l'université. L'un d'eux doit aller travailler pendant deux ans dans une usine d'électricité avant de pouvoir reprendre ses études. Un autre a plus de chance. Son père étant directeur de département à l'Académie des sciences, une année suffit pour qu'on l'autorise à revenir. Anne s'entretient avec l'un des proscrits. Il dit qu'il ne s'était pas attendu à ce que l'on réagisse aussi durement à ces conversations anodines. Il ajoute qu'il ne le referait pas, que c'était une erreur. Le jeune garçon plein d'esprit est devenu un homme brisé.

* La Freie Deutsche Jugend ("Jeunesse allemande libre"), l'organisation de jeunesse du parti.

Le professeur qui dirige le groupe de séminaire auquel Anne participe exhorte les étudiants à condamner leurs camarades radiés. On prépare une déclaration qui condamne ces sujets hostiles et désireux de pervertir l'esprit de la Freie Deutsche Jugend. Cette fois, Anne ne reste pas muette : elle sait pertinemment que ces accusations ne tiennent pas. Elle se lève et dit qu'elle connaît ces étudiants, que ce ne sont pas des ennemis et que l'on commettrait par conséquent une erreur en les condamnant. Surpris d'entendre de tels mots dans la bouche d'une secrétaire de section, le professeur perd contenance. Et voilà que d'autres prennent la parole à leur tour pour s'opposer à une condamnation. L'un d'eux affirme qu'il ne faut pas interpréter la moindre critique comme une marque d'hostilité, sans quoi personne n'osera plus rien dire. Le professeur rétorque que les étudiants radiés ont fait signer une pétition contre la démolition de l'église de la Garnison à Potsdam. "En tant qu'étudiants en histoire, vous savez sûrement que Hitler a conclu dans cette église un pacte avec le clergé. Quand on s'oppose à la démolition de cette église, on fait cause commune avec les fascistes."

Face à un argument pareil, personne ne trouve plus rien à dire, même pas Anne. Elle sent bien que l'argumentation du professeur est biaisée, parce qu'elle suppose des intentions qu'aucun des étudiants sanctionnés n'a vraisemblablement jamais eues. Mais d'un autre côté il n'y a rien de pire qu'être ne serait-ce que soupçonné de faire cause commune avec les fascistes. C'est plus tard, seulement, qu'elle l'a compris : pour les idéologues du parti, le fascisme était toujours l'argument ultime, celui auquel on avait recours lorsque plus rien d'autre ne fonctionnait. Son père faisait la même chose lorsqu'il ne savait plus quoi faire, lorsque l'absurdité qu'il défendait dépassait les limites. "J'ai risqué ma vie pour ça", telle était la phrase qui faisait taire Anne lorsqu'elle était dans sa famille. C'était un argument massue, il traçait une frontière qu'elle n'osait pas franchir.

Moi aussi, je me rappelle un cours d'"éducation à la citoyenneté" où notre enseignante nous expliquait que si la chanson *Train spécial pour Pankow** d'Udo Lindenberg était interdite en RDA, c'était parce qu'elle était fasciste. L'enseignante cita un passage du texte de la chanson, dans lequel Udo Lindenberg laisse entendre que notre secrétaire général, Erich Honecker, enfile parfois une veste de cuir pour aller discrètement écouter la radio de l'Ouest aux toilettes. "C'est une allusion sans équivoque aux manteaux de cuir de la Gestapo, et ce Lindenberg calomnie ainsi un homme qui a passé des années en prison sous le national-socialisme. Nous ne voulons pas entendre ce chant nazi chez nous." Je savais à l'époque que cette manière de présenter les choses était parfaitement débile. Mais moi non plus, je n'ai rien osé dire. L'expression "chant nazi" semblait vraiment dangereuse.

Ce qu'elle avait vécu à l'université avait rendu Anne prudente, mais pas muette. Le 11 décembre 1968, elle lit dans le journal *Junge Welt* un article qui l'indigne. Il y est question du chansonnier Wolf Biermann, violemment pris à partie à l'époque par les médias de la RDA parce qu'il avait tenu des propos négatifs sur le pays au cours de ses concerts. On cite dans l'article des passages de poèmes de Biermann pour montrer de quelle insupportable

* La chanson avait été écrite après le refus opposé à Udo Lindenberg d'aller donner un concert en RDA, en 1983. Elle s'adressait directement à Erich Honecker, auquel Lindenberg offrirait un peu plus tard une veste de cuir.

hostilité cet homme fait preuve envers la RDA. Anne envoie une lettre à la rédaction. Elle écrit : "Vous dénigrez des poèmes que personne ne connaît. Vous étayez votre critique avec des bribes de ces poèmes. C'est inadmissible, car le vers suivant pourrait signifier le contraire. Vous voulez donc que les jeunes, sans réfléchir de manière indépendante (ils ne peuvent pas lire eux-mêmes les poèmes que vous attaquez), acceptent votre opinion sans aucune objection. Je ne pense pas que ce soit dans notre intérêt. Je trouve que vous avez raison de critiquer son attitude. Mais vous provoquez l'effet radicalement inverse avec votre article rempli d'expressions rebattues et non objectives. Vous poussez certains jeunes aux côtés de Biermann, parce que la plupart d'entre eux n'aiment pas les phrases toutes faites et ne vous croiront pas."

Il me semble que cette lettre décrit fort bien la position d'Anne à cette époque. Elle ne critique pas le fait qu'un auteur-compositeur ne soit pas autorisé à exprimer son opinion en RDA. Cela, elle l'accepte, parce qu'elle croit elle aussi que l'opinion de Biermann est dangereuse. Ce qu'elle trouve insupportable, en revanche, c'est la manière dont on combat le chanteur. Elle écrit : "Vous vous livrez à l'égard de Biermann à des invectives qui ne correspondent pas à une position souveraine et supérieure. Vous parlez de sa «grande gueule». Est-ce nécessaire ? S'en prendre à quelqu'un en ces termes ne me paraît pas bienvenu." Au bout du compte, Anne reste fondamentalement fidèle à la cause et ses objections ne portent que sur la forme. Parce que les ennemis sont aussi des êtres humains. Quelques décennies plus tard, Anne retrouvera cette lettre dans son dossier de la Stasi. Elle apprend qu'à cette époque, on comptait lancer contre elle une “procédure opérationnelle*”. Mais cette décision fut suspendue peu après. “Le père de la susnommée est collaborateur du Comité central du SED”, lit-on dans le dossier. L’affaire était classée : dans la plupart des cas, on n’ouvrait pas d’enquête contre les collaborateurs importants du parti ni contre leur famille. Quel cours aurait bien pu suivre l’existence d’Anne si elle n’avait pas eu la protection de son père ?

Ce qui m’étonne, c’est que la Stasi n’ait pas été suffisamment maligne pour comprendre à quel point ma mère était fidèle au régime. D’autres, par la suite, se sont eux aussi régulièrement trompés à son sujet. Cela tient peut-être au fait qu’il s’agissait d’un cas tout à fait exceptionnel. Une ardente partisane du socialisme qui tient des propos hérétiques. Une fille de notable du parti qui, forte de la solidité de sa foi, se permet d’exprimer une opinion personnelle. Favorable à la cause, mais aussi à la vérité. Persuadée que l’une et l’autre doivent aller de pair. Anne dit que sa position politique lui a toujours valu d’être assez isolée. Aux croyants, elle n’apparaissait pas suffisamment croyante ; aux yeux des critiques, elle n’était pas suffisamment critique. Elle aurait aimé se trouver dans un camp déterminé, mais ce n’était pas possible.

Wolf dit qu’il était parfois désespéré par la naïveté d’Anne, par ses convictions tellement inébranlables. Il la voit souffrir de sa foi et se battre avec elle-même. Lorsque le chancelier ouest-allemand Willy Brandt** se rend à Erfurt, en 1970, ils sont

* *Operativer Vorgang*, le plus haut niveau de surveillance prévu dans les procédures de la Stasi.

** Partisan de l’*Ostpolitik*, le chancelier Willy Brandt fut l’artisan du rapprochement politique entre les deux Allemagnes. C’est pourtant un espion de la RDA infiltré dans son cabinet qui le forcera à abandonner son poste.

tous les deux installés devant la télévision. Sur la chaîne de la RDA, on voit le président Willi Stoph, et les habitants d'Erfurt qui crient "Willi, Willi". Sur la chaîne de l'Ouest, on constate qu'en réalité, les gens se mettent à crier seulement au moment où Brandt apparaît à la fenêtre. Ce mensonge ordinaire de la propagande de RDA achève Anne. Assise dans son fauteuil, elle ne fait que pleurer. Wolf dit : Mais enfin, tout le monde le sait, qu'on dit des mensonges à l'Est ! Elle fait non de la tête sans rien dire.

Anne, 1970.

La première véritable dispute entre Anne et Wolf éclate à propos des gens qui quittent illégalement la RDA. Sont-ils des traîtres, devraient-ils être punis ? Anne trouve qu'il faut défendre la frontière. Si l'on ne sanctionne pas ceux qui la violent, dit-elle, autant raser le Mur tout de suite. Au cours de cette discussion, bien qu'il ait du mal à en croire ses oreilles, Wolf conserve un calme relatif, compte tenu de sa personnalité. Peut-être par frayeur. Il se dit qu'au fond, il est impossible de vivre avec une femme pareille ; mais il a simultanément le sentiment que ne pas vivre avec elle serait tout aussi impossible. Il se rappelle qu'à l'âge de dix-neuf ans, fin août 1961, deux semaines après l'édification du Mur, il s'est retrouvé avec son ami Manfred au point de fermeture de la frontière à Teltow, en se demandant s'il devait passer ou non. Les barbelés mesuraient deux mètres et demi de haut, et ce n'était pas encore une véritable barrière, plutôt un ensemble de cinq fils espacés de cinquante centimètres. Il aurait suffi de soulever un peu les barbelés au milieu, et l'on serait passé. Des mauvaises herbes poussaient à bonne hauteur derrière la clôture, le poste frontière suivant était très loin. Il n'y avait en réalité aucun risque, juste la peur de faire quelque chose de mal, de laisser sa mère toute seule, d'interrompre sa formation de retoucheur. Mais il est aussi possible que tout cela n'ait été que prétexte, qu'en réalité il n'ait simplement pas su ce qu'il voulait. Qu'il n'ait pas trouvé le courage. Tout était pourtant si clair. Il connaissait la RDA, il aurait dû savoir ce qui l'attendait s'il restait. La plupart de ses amis étaient déjà partis. Pourquoi a-t-il hésité ? Plus tard, Wolf s'est souvent demandé s'il avait commis ce jour-là la plus grosse erreur de sa vie. Aujourd'hui encore, il ne le sait pas.

Après être restés une demi-heure durant devant la clôture à se demander s'ils doivent ou non passer, Wolf et son ami Manfred voient arriver deux gardes-frontières qui les arrêtent. On les interroge, ils passent la nuit dans une cellule de caserne, et finissent par être libérés. On a peut-être cru qu'ils ne voulaient pas ficher le camp, qu'ils étaient juste en train de rêvasser. Wolf dit qu'à l'époque, il ne croyait pas que cette frontière durerait. Un mois plus tard, il reçoit sa convocation pour le conseil de révision de l'Armée nationale populaire*. Il fait partie de la première classe, des premiers hommes qui devront manier les armes au service de la RDA. Désormais, il est pris, il n'en sortira plus.

Wolf a dix-neuf ans lorsque le Mur est construit, l'âge que j'avais lorsqu'il est tombé. Il est possible qu'il ait tout aussi peu compris la portée historique de ce moment que moi lorsque je me trouvais à Berlin, à Checkpoint Charlie, le 9 novembre 1989. La première chose que je me sois dite en mettant le pied sur le sol de Berlin-Ouest était que j'avais oublié mes cigarettes à la maison. Cela m'a considérablement agacé, parce que je fume toujours lorsque je suis excité. Je n'avais pas d'argent de l'Ouest pour acheter des cigarettes, et je n'osais pas en demander une à un passant. Je me disais : Qu'est-ce qu'ils vont penser de moi, les gens de l'Ouest, si je me mets à faire la manche trois pas à peine après être passé dans le monde libre ? Je me suis demandé si je devais revenir en vitesse à l'Est, aller chercher un paquet et repasser ensuite la frontière. Mais je n'étais pas certain qu'ils me laisseraient sortir une deuxième fois. Je me disais d'ailleurs qu'il n'était pas sûr non plus qu'ils me laissent repasser à l'Est. Si, à cet instant précis, un

* Nationale Volksarmee, ou NVA, l'armée de la RDA.

reporter de l'Ouest m'avait demandé ce que je ressentais, je lui aurais vraisemblablement dit que cette chute du Mur était une source de stress absolu. Je ne suis d'ailleurs pas resté bien longtemps à l'Ouest, parce que je devais reprendre le travail de très bonne heure le lendemain matin. Encore aujourd'hui, j'ai honte lorsque je me rappelle que le 10 novembre 1989, à sept heures précises, je suis arrivé dans mon laboratoire à l'Académie des sciences, où ne se trouvait, à part moi, qu'un collègue qui n'avait pas encore vu les informations.

## V

## ENFANTS DES RUES

J'étais assis avec Wolf à la table à manger ronde de sa mansarde. Le silence régnait, on entendait seulement de temps en temps les bruits de l'extérieur qui arrivaient par vagues de la fenêtre ouverte. Wolf semblait nerveux. Il se dandinait sur sa chaise et cherchait par où commencer. Un début à sa vie, qu'il s'apprêtait à raconter. Il parlait lentement, avec concentration ; parfois il fermait les yeux un bref instant, partait en quête des souvenirs, redevenait le garçon qui courait avec ses copains dans les ruines de la Freienwalder Strasse. Wolf était né à l'Ouest, comme Anne, à Berlin-Gesundbrunnen. Il parlait de rues couvertes d'herbes folles, de l'odeur de livèche qui flottait partout. Des soldats américains jouaient au football avec leurs casques, et dans les jardins ouvriers abandonnés à eux-mêmes s'était installé un campement tzigane avec une vieille cartomancienne qui lisait l'avenir dans la main pour vingt pfennigs. Mamie Sigrid, la mère de Wolf, y est allée un jour prendre conseil. Le paiement fut sans doute un objet de litige, en tout cas la diseuse de bonne aventure lança son regard noir à mamie Sigrid et lui annonça que son mari la quitterait. Il s'avéra hélas, quelques années plus tard, que la vieille Tzigane connaissait effectivement quelque chose à l'avenir. Depuis, et aujourd'hui encore, mamie

Sigrid n'aime pas les gens qui ressemblent, même de loin, à des Tziganes.

Pour les enfants, la ville est un gigantesque terrain de jeu. A l'âge de six ans, Wolf arpente le quartier du matin au soir avec ses petits camarades. Ils forment une bande, et une solide. Ils escaladent les montagnes de gravats, aménagent des cavernes dans les caves abandonnées et se balancent sur les poutres en acier qui pendent au-dessus des ruines. Ils attrapent des hannetons, les enferment dans des cartons à chaussures et parcourent la moitié de la ville pour trouver de la verdure et nourrir les insectes. La ville est active, il y a foule dans les rues. Sur les trottoirs, des invalides de guerre jouent de la musique, dans les arrière-cours travaillent des serruriers, des menuisiers, des crémiers.

Parfois ils sortent de la ville et se rendent à Marzahn, où l'on déverse dans une fosse les munitions trouvées. Ils font du feu, y jettent des cartouchières de fusils-mitrailleurs et se mettent à couvert. Le bruit des balles qui partent en sifflant dans tous les sens est si épouvantable que certains en font dans leur pantalon. Les grands cassent les détonateurs des obus de DCA et versent la poudre noire dans des sacs. Ils entrent dans des ruines dont les cheminées tiennent encore debout. Ils placent l'explosif en bas, dans le bac du poêle ; des lacets plongés dans du désherbant leur servent de mèches. Et lorsque, derrière eux, la charge éclate, lorsque l'immense cheminée s'effondre comme un géant touché à mort, ils crient et dansent de joie. Les adultes ne demandent jamais où ils étaient passés. Ils mènent leur propre vie.

Ils ne reviennent chez eux que lorsqu'ils ont faim, même si la faim ne les quitte jamais tout à fait dans les premières années. La mère de Wolf,

Sigrid, cuisine de la soupe aux trognons de betteraves, Wolf et sa petite sœur Rita ne peuvent s'empêcher de vomir lorsque les bouts de tige leur raclent la gorge. Ils logent dans une pièce et une cuisine, les toilettes sont un demi-étage au-dessous. La pièce est humide et le poêle de faïence est froid la plupart du temps : à Berlin, il n'y a plus rien à brûler depuis belle lurette. La plupart des arbres sont coupés et les plus épais, ceux auxquels personne n'ose s'attaquer, n'ont plus de branches basses. Lorsque le vent souffle fort, Wolf doit s'asseoir à sa fenêtre et surveiller la cime des arbres pour voir s'il n'y a pas de branche qui tombe. Et si c'est le cas, il n'est pas le seul garçon à courir pour la ramasser.

Toutes les deux semaines, Sigrid part "faire des provisions" à Velefanz, à proximité d'Oranienburg. Elle retourne les champs pour y trouver des betteraves et des pommes de terre. Sigrid revient toujours aussi avec un gros fagot de petit bois qu'elle porte pendant des heures sur son dos, dans l'angoisse constante de voir quelqu'un le lui chiper avant qu'elle ne soit arrivée à la maison. Werner, le mari de Sigrid, est encore à cette époque prisonnier de guerre en France. Elle doit faire vivre les enfants toute seule. Elle vend les jouets, les planches à tartiner, les tasses à café, en échange d'un peu de margarine et de pain. Il lui arrive de pleurer toute seule la nuit, tant elle trouve dur et injuste le traitement que lui inflige l'existence.

A la mi-octobre 1947 arrive un télégramme de Werner. Il écrit qu'on vient de le libérer de son camp de prisonniers et qu'il rentrera prochainement, sans doute vers le 18. Voilà que Sigrid se met à siffloter des chansons le matin au réveil. Elle annonce aux enfants que leur papa va bientôt revenir à la maison. Wolf a beau être content, il se rend compte qu'il n'a aucune idée de l'allure que peut bien avoir ce papa-là, ni du son de sa voix. Lorsque Werner est parti à la guerre, en novembre 1944, Wolf avait deux ans. Il n'en a plus le moindre souvenir. Wolf sait seulement que désormais tout ira bien. C'est sa mère qui l'a dit.

Sigrid achète au marché noir de la farine et quelques œufs. Une bonne partie du budget du mois file à cette occasion, mais peu importe, elle veut absolument préparer un gâteau pour le retour du père. Plusieurs jours avant son arrivée, ils briquent déjà l'appartement et lavent le linge. Sigrid repasse la nappe des grands jours, un voisin coupe les cheveux des enfants. La veille de la date prévue pour son arrivée, Sigrid pose un bouquet de fleurs et le gâteau sur la nappe. Wolf est tellement excité qu'il ne ferme pas l'œil de la nuit. Il pense qu'une fois son papa revenu, il n'aura sans doute plus jamais de chagrin.

Le matin, à huit heures, Wolf entend des voix dans la cuisine. Le voilà, debout devant lui, ce grand homme inconnu. Il caresse la tête de Wolf, il a apporté un carré de chocolat, et au fond tout se passe comme Wolf l'avait imaginé. Cela dit, il comprend rapidement que les choses ne vont pas être aussi faciles que cela avec Werner. Il est irritable et infiniment fatigué. Le moindre désordre, le moindre bruit, le moindre problème le désarçonne totalement. Il crie à la cantonade, tremble de rage, puis se rassoit sur sa chaise où il est capable de rester des heures, apathique. Werner, sous-officier de la Wehrmacht, a échappé à la mort sur le front et a été enfermé dans un camp où il a vu ses camarades mourir par centaines. Il a travaillé dur pendant plus d'un an chez un paysan de l'Ouest de la France. Il a fait un trajet de plusieurs semaines pour revenir à Berlin. Pour retrouver sa famille, sa vie d'autrefois, celle dont il rêvait en prison et qui lui a donné la force de survivre. Il y est enfin – et il n'en peut plus.

Pour Wolf, Werner reste longtemps un étranger. Sigrid lui avait parlé d'un bel homme, sportif, drôle et qui savait tout faire. Le Werner que découvre Wolf n'a plus que la peau sur les os, il est agité et nerveux. Le lendemain de son arrivée, Werner va déterrer des souches afin d'avoir de quoi alimenter le poêle. Une semaine plus tard, il va s'inscrire à la Bourse du travail. Il fait l'effet d'un homme qui a peur de se retrouver face à lui-même. Le matin à six heures, il se lève et balaie la pièce. Sa manie de l'ordre et de la propreté est angoissante. Les enfants l'irritent. Un soir où Wolf pleurniche parce qu'il ne veut pas aller se coucher, Werner lui tape dessus comme s'il était devenu fou. Le lendemain matin, Wolf ne peut plus s'asseoir, il a les fesses couvertes d'hématomes. Werner le rossera encore souvent par la suite, il tape si fort qu'il envoie promener Wolf d'un bout à l'autre de la pièce. Sigrid n'ose pas retenir son mari. Elle pense que tout est normal et laisse faire. Ils sont heureux lorsque Werner n'est pas là et lorsque le calme revient. Wolf dit qu'au fil du temps, on voit de moins en moins souvent Werner à la maison. La famille prend le petit-déjeuner en commun. Werner, en tant qu'ancien prisonnier de guerre, bénéficie d'une ration supplémentaire de beurre et d'œufs. Il pèle minutieusement les œufs, les découpe en tranches et les mange tout seul. Les enfants le regardent en avalant à la cuiller une maigre soupe au lait.

Un jour, Wolf se fait prendre avec ses copains en train de briser les vitres d'une usine. Le propriétaire exige qu'on lui rembourse les dégâts. Werner s'assoit avec Wolf à la table de la cuisine et calcule ce que représentent ces frais pour les comptes de la famille. A la fin, Werner dit que Wolf doit partir : ils n'auront plus de quoi nourrir tout le monde. Sigrid prépare un petit sac à dos, ils se font leurs adieux, et Wolf s'en va, persuadé qu'il va désormais devoir se débrouiller tout seul. Il voit ses parents debout à la porte, au-dessus de lui, et ne pleure même pas. Il se dit que c'est comme ça. Au coin de rue suivant, Werner va chercher son fils et lui explique que cette leçon était juste censée lui faire comprendre la gravité de son acte. On l'autorise à rentrer à la maison.

Je me demande si Werner a compris, à l'époque, quelle effroyable morale véhiculait cet exercice pédagogique. A quel point il est choquant qu'un enfant de six ans juge possible d'être chassé de chez lui par son père pour une plaisanterie idiote. Werner s'était vraisemblablement attendu à ce que Wolf fonde en larmes et implore son pardon. Mais Wolf n'était pas de ce genre-là. Quelques mois plus tard, Werner jouera la même comédie. Il enferme Wolf dans la cave, parce qu'il ne supporte pas que les enfants se disputent. Au lieu de se plaindre, Wolf s'enroule dans une bâche à vélo et s'endort au sous-sol. Ces deux-là sont faits pour se combattre.

Werner devient professeur auxiliaire dans un lycée professionnel de la Zone d'occupation soviétique* où le hasard a voulu qu'une place se libère. Son salaire est payé en marks est-allemands, ce qui pose un problème, parce qu'ils habitent à l'Ouest, où cette devise ne vaut pas grand-chose. Une fois par semaine, les enfants vont avec leur mère acheter des vivres à l'Est. Ils reviennent par le pont de Bornholm, les bras chargés de cabas.

* Le nom que porte l'Allemagne de l'Est entre la capitulation allemande et la création de la RDA en 1949.

Wolf déteste ce pont interminable. Lorsqu'il va chercher du lait tout seul, il fait toujours une pause au milieu. Il crache sur les rails déserts et s'imagine qu'il est cheminot et conduit une grande locomotive à vapeur noire à travers la ville. Une locomotive hors du commun, qui n'a pas besoin de rails et avec laquelle on peut acheminer les gros bidons de lait jusqu'à la porte de l'immeuble. En novembre 1949, ils vont s'installer à l'Est, Schönhauser Allee. C'est une décision pratique, pas politique. Personne ne peut encore prévoir, à l'époque, que ces secteurs différents deviendront un jour des pays différents.

A l'école, lorsqu'on choisit les enfants que l'on enverra en colonie de vacances, Wolf fait le plus souvent partie du lot. Il est plus maigre et plus faible que les autres garçons de sa classe. Un jour, il part pour Glowe, sur la Baltique. Le matin, il y a un salut au drapeau et cinq tartines de confiture. A midi, on sert de la soupe à l'huile de foie de morue. Ils logent dans un ancien camp de prisonniers. Il y a des baraques gigantesques et du barbelé sur la clôture du camp. Wolf s'y sent mal. Il veut prendre du poids, et le plus vite possible, pour ne plus avoir à revenir dans cet endroit.

Chez lui, Werner se met à parler du socialisme, qui ne tardera pas à mettre un terme à la pauvreté. Werner fait désormais ses études à l'Ecole supérieure pour l'enseignement de la RDA, qui vient d'ouvrir ses portes, et l'idée d'une nouvelle société l'enthousiasme. Il absorbe tout comme un assoiffé, un homme qui a, d'urgence, besoin de quelque chose à quoi il puisse croire de nouveau. Un jour, Werner revient chez lui après une séance de formation et déclare que la famille socialiste a elle aussi besoin de nouvelles règles. Désormais, les enfants ne doivent plus dire "papa" et "maman", mais Werner et Sigrid. On se baigne tout nu dans le lac, et les enfants s'inscrivent aux pionniers.

Le soir, Sigrid doit accompagner Werner à des conférences sur les origines du communisme. Elle ne comprend pas un traître mot à ce que l'on y raconte, mais elle s'y rend tout de même pour ne pas fâcher Werner. Le 1er Mai, la famille manifeste sur l'avenue Unter den Linden. Une femme glisse un œillet dans la boutonnière de la veste de Werner. Lui porte son costume sombre, Sigrid une robe à fleurs. Ils passent devant les ruines, traversent le parc du Tiergarten dans lequel il ne reste plus un arbre debout. Ils chantent des chansons où l'on exalte le front uni de la classe ouvrière, le renouveau des prolétaires qui ont enfin perdu leurs chaînes. Wolf se demande où elles ont bien pu passer. L'un des livres de sa bibliothèque raconte l'histoire d'un capitaine de pirates qui attaque les navires et libère les galériens. Les esclaves portaient des chaînes, eux aussi, et ils ont été heureux lorsqu'on les a enfin libérés. Cela semble donc être une bonne chose.

Au cours de l'été 1951, on organise un festival mondial à Berlin. La jeunesse du monde est conviée dans l'Allemagne d'après-guerre, où les traces des bombardements ne sont toujours pas effacées. Wolf parcourt la ville en chantant sur un camion, avec d'autres enfants. Le soir, ils chapardent sur un stand des paniers-repas qui contiennent entre autres un morceau de salami. Wolf n'en a encore jamais mangé. Il l'emporte chez lui, le découpe en fines tranches et le déguste tout seul.

Un week-end, Wolf va visiter avec Werner une exposition organisée à l'occasion du premier plan quinquennal de la RDA. A l'entrée, on distribue aux enfants un insigne de plastique bleu frappé du chiffre 5. Werner explique que, d'ici cinq ans, les gens n'auront plus d'argent en RDA parce que chacun n'aura qu'à aller prendre dans les magasins ce dont il aura besoin. Werner montre les plans et les tableaux accrochés aux murs de l'exposition. Ce sont les preuves de la supériorité du socialisme. Wolf a du mal à imaginer comment tout cela est censé fonctionner. Mais cinq ans, pour en enfant qui en a neuf, c'est une longue période. Il est bien possible que, d'ici là, le socialisme réussisse, qui sait ? En tout cas, eux mangent déjà à leur faim.

Chez les pionniers, ce n'est pas aussi drôle. Appels et défilés se succèdent sans interruption. Des agitateurs viennent tenir des discours que personne ne comprend vraiment. Wolf et sa sœur sont les seuls de la rue à porter la chemise blanche et le foulard bleu. Ce qui leur vaut les moqueries des autres. En novembre 1951, Werner quitte la maison. Il explique aux enfants que Sigrid et lui-même ne s'entendent plus et vivront donc désormais séparés. Sigrid pleure, debout devant sa planche à repasser. Wolf peut de nouveau l'appeler maman, n'est plus forcé de se baigner tout nu ni d'aller aux pionniers. Werner ayant emporté le lit, ils installent chaque soir un petit campement de matelas dans le séjour. Wolf est allongé près de sa mère. En s'endormant, il perçoit sa chaleur, il entend son souffle. C'est une belle sensation.

## VI

## BLOUSONS NOIRS

Après les cours, Wolf part avec ses copains pour Berlin-Ouest, ils entrent en resquillant dans les cinémas proches de la frontière, regardent des westerns et chapardent du chocolat et des bonbons. L'Ouest est coloré et passionnant. Il sent le café et le chewing-gum. Les soldats américains, qui leur en offrent parfois en douce, sont aussi décontractés que les cow-boys dans les films. Rien à voir avec les policiers est-allemands qui surveillent les points de passage de la frontière dans leur uniforme mal taillé. Les garçons font quotidiennement l'aller-retour, passant d'un monde à l'autre. Ils voient les réclames lumineuses et les calicots rouges, les coupés Daimler rutilants et les véhicules militaires russes, des femmes en bas fins, d'autres en tablier. Ils écoutent du rock'n'roll et des chants ouvriers. Wolf dit qu'à l'époque, n'importe quel enfant avait compris lequel des deux systèmes était supérieur à l'autre. L'Est leur paraît de plus en plus impuissant, de plus en plus pitoyable. Le 17 juin 1953*, il passe devant l'Alexanderplatz en tramway. Il voit les blindés russes, entend les coups

* Le soulèvement ouvrier du 17 Juin, déclenché quelques jours plus tôt par la hausse des cadences de travail, dégénéra très vite en émeutes contre le régime, qui fit appel aux Soviétiques pour le réprimer dans le sang.

de feu depuis la Keibelstrasse, là où se trouve la grande prison. Il rentre chez lui et se dit que désormais les jours de la RDA sont peut-être comptés. En moins d'une semaine, l'insurrection est terminée, et tout reprend son cours comme si rien ne s'était passé.

Un dimanche sur deux, leur mère fait passer leurs habits du dimanche à Wolf et à sa sœur ; ensuite, les enfants filent vers l'allée Staline. C'est là qu'habite Werner, dans la première rue socialiste de la République. Ils passent en courant devant le gigantesque monument de Staline qui se dresse sur un espace vert. Staline porte une veste militaire et a l'air aussi sévère que Werner lorsqu'il explique quelque chose d'important. Pour accéder à l'appartement de Werner, il faut emprunter un immense escalier revêtu de plaques de marbre. Il y a un ascenseur et un vide-ordures. C'est un palais. Mais un palais où, aujourd'hui, vivent les ouvriers et les paysans, dit Werner. En fait, lui, il dirige une école, ce qui est déjà d'un niveau supérieur, mais ça n'a pas tellement d'importance. L'important, selon Werner, c'est de se considérer comme ouvrier. Wolf n'aime pas ces visites dominicales. On se croirait en cours d'éducation civique. Werner demande comment ça se passe chez les pionniers, et ils n'osent pas dire qu'ils n'y vont plus depuis longtemps. Il leur lit des passages d'articles de journaux qui lui semblent instructifs. On y aligne des chiffres de production, on y annonce des succès dans la construction de logements. Il ne peut pas expliquer pourquoi il n'y a pas de jeans à l'Est. Quand on lui pose la question, il renvoie à la situation politique internationale et à l'Ouest qui met des bâtons dans les roues de la jeune république chaque fois qu'il en a l'occasion. Lorsque Werner parle du paradis des ouvriers,

Wolf pense aux vieilles femmes qui, chaque jour, attendent devant la boutique du marchand de charbon, de l'autre côté de la rue, que quelques briquettes tombent du camion. Il pense aux boutiques de Berlin-Ouest, où l'on trouve de tout en surabondance. La réalité qu'il connaît et celle que décrit Werner sont tellement éloignées l'une de l'autre.

Par la suite, Wolf ne se rendra plus dans l'allée Staline. Il ne peut plus supporter ces grandes leçons. Avec des amis, il a aménagé un endroit où faire la fête dans un ancien abri antiaérien de la Storkower Strasse. Ils dansent le rock'n'roll et se coiffent les cheveux en arrière avec de l'eau savonneuse. Pour s'exercer aux pas de danse, il s'accroche à la poignée de porte du séjour. C'est l'heure des premiers émois avec des filles, on se bécote, on se tripote aussi un peu. Pour les grandes occasions, Wolf porte une veste de velours rouge à boutons dorés et des pantalons noirs étroits dont le bas ne doit pas avoir plus de quinze centimètres de largeur. Désormais c'est un rocker, un blouson noir, un type auquel on ne la raconte pas. Un jour, pendant une fête populaire dans le Plänterwald, la police arrive au moment où ils dansent en solo. Or il est interdit de danser autrement qu'en couple en RDA. On sépare les garçons et les filles, on les embarque dans des camions et on les dépose dans une forêt à proximité d'Oranienburg. Ils rentrent à pied à Berlin, sous la pluie, humiliés, rabaissés. Quelques mois plus tard, ils s'installent sous une tonnelle abandonnée à Blankenburg. Ils écoutent Elvis et Bill Haley et dansent dans l'obscurité jusqu'à ce qu'ils n'en puissent plus. Là aussi, la police finit par arriver, confisque les bandes magnétiques, relève les noms et les numéros des cartes d'identité. Wolf dit qu'à l'époque, ils voulaient juste s'amuser : c'est cet Etat stupide qui avait donné à tout cela une dimension politique. Quand on porte des jeans ou des claquettes, on est un ennemi de la classe ouvrière. Quand on se tient au coin de la rue avec une radio portable, on est menacé par les auxiliaires de la Volkspolizei. Il est interdit d'écouter la radio de l'Ouest et de se regrouper. Quand vous portez une coiffure en banane, on contrôle votre identité après vous avoir placé contre un mur, jambes écartées. Wolf dit qu'à un moment, tout n'était plus qu'une question de principe. Ceux qui n'étaient pas pour étaient contre. "Ils vous montraient toujours que vous n'étiez pas des leurs. Ils vous transformaient en ennemi."

Au début, c'est le rôle que Wolf a joué. Il ne se considérait vraisemblablement pas comme un ennemi, mais plutôt au moins comme un individu qui n'accepte pas tout. Il est difficile d'expliquer cet équilibre entre conformisme et résistance, entre courage et trahison. Ces mots sont sans doute déjà trop grands pour décrire les petites actions dont il était le plus souvent question. C'était une zone floue de possibilités, dans laquelle on pouvait aller tantôt dans un sens, tantôt dans l'autre, où il n'y avait à proprement parler ni bon, ni mauvais chemin, mais dans le meilleur des cas le sentiment d'avoir trouvé un compromis acceptable. Lorsqu'on vivait ainsi entre deux eaux, on était forcé de réagir sans cesse, de réévaluer constamment les choses. On n'était ni un traître, ni un héros, on ne pouvait que tenter d'être aussi fidèle à soi-même que possible.

Je crois que Wolf ignorait souvent pourquoi il faisait certaines choses et pas d'autres. Il y eut par exemple cette histoire avec Walter Ulbricht*, que

* Ulbricht est alors secrétaire général du SED et président du Conseil d'Etat de la RDA, c'est-à-dire qu'il dirige le pays.

certains appelaient “Barbiche”. Au début des années 1960, Wolf occupe un poste d’apprenti retoucheur à l’imprimerie de *Neues Deutschland*, l’organe central du SED. L’équipe du soir voit arriver une photo d’Ulbricht qu’il faut retravailler rapidement pour la nouvelle édition. Ulbricht porte des lunettes sans monture qui donnent quelque chose de moderne à son visage barbichu. Mais le contraste n’est pas bon et Wolf redessine le bord des lunettes, jusqu’à donner l’impression que Walter Ulbricht porte des montures en écaille. Personne ne remarque la modification, le journal part à l’impression ; le lendemain, deux hommes de la Stasi se présentent à l’imprimerie pour poser quelques questions à Wolf. Ils veulent savoir qui lui a ordonné de défigurer le secrétaire général. Wolf répond que personne ne le lui a demandé, qu’il s’agit tout au plus d’une méprise. L’un des hommes dit que des méprises de ce genre ont déjà valu la prison à plus d’un. Mais ils finissent par le croire et se contentent d’une sévère admonestation.

Quelques semaines plus tard, on inaugure la nouvelle ligne de *S-Bahn*, le train de banlieue, à destination de Pankow. Le train n’emprunte plus le quartier de Gesundbrunnen, celui où habitait jadis son père : c’est là que se dresse le Mur, à présent. La nouvelle ligne est un symbole, un signal émis depuis la capitale socialiste. Une photo montre le premier train de cette ligne arrivant dans la gare, orné de fleurs : Wolf en retouche une partie, de telle sorte qu’il n’en reste plus que la locomotive, ce qui produit un effet un peu étrange. Cette fois, les gens de la Stasi ne sont pas aussi gentils, ils font subir à mon père des heures d’interrogatoire, ils veulent savoir qui le manipule. Il n’est pas capable d’expliquer comment s’est produite cette nouvelle bévue. Lui-même est un peu désemparé : il ne sait pas vraiment ce qui lui a pris. On est entre l'accident et la provocation. Les hommes de la Stasi voient bien son désarroi, mais ils constatent aussi qu'il a toute sa tête. L'air consternés, ils lui annoncent que désormais les portes de la prison lui sont grandes ouvertes. Propagande hostile, rabaissement des plus hauts représentants de l'Etat, il n'y a pratiquement rien de pire. Mais quelque chose les retient de le punir durement. Peut-être comprennent-ils qu'il n'a rien d'un ennemi de l'Etat, qu'ils ont juste affaire à un homme qui cherche les limites. Ou bien ils le trouvent intéressant et ont des projets pour lui. Cela pourrait expliquer les nombreuses tentatives de recrutement que l'on mènera par la suite. En tout cas, Wolf s'en sort une fois de plus sans trop de mal. On l'envoie à Leipzig avec le titre d'"auxiliaire socialiste".

Cet exil en province commence dans la joie. Wolf arrive à Leipzig à l'automne 1962, peu avant son vingtième anniversaire. C'est l'époque du carnaval. Il va danser presque chaque soir, et ce Berlinois qui a belle allure n'a pas de mal à se faire des relations qui rendent son séjour très agréable. Leipzig héberge encore une véritable bourgeoisie. Les jeunes filles de bonne famille viennent au thé dansant du samedi au café Ring. Wolf porte des chaussures pointues avec des talons de sept centimètres de haut, un pantalon pied-de-poule et des chemises cintrées. Les femmes le trouvent superbe et exotique. L'une d'elles l'invite dans sa maison, une villa à proximité du champ de courses. Il y a un piano à queue noir dans le salon, et le père convie Wolf à venir discuter dans la bibliothèque, où l'on est autorisé à fumer. Wolf est ensuite invité presque tous les week-ends, on écoute de la musique de chambre et des soirées-cocktails sont organisées. A l'opéra, la famille a sa propre loge. Wolf, qui y a aussi accès, finit par avoir le sentiment de ne plus vivre en RDA.

Son travail comme retoucheur au *Leipziger Volkszeitung* ne l'accapare pas particulièrement, et son statut d'"auxiliaire socialiste" lui permet de gagner plus d'argent qu'à Berlin. Il trouve en outre quelques commandes privées, si bien qu'il a plus d'argent qu'il ne lui en faut. Il roule en taxi plutôt qu'en tram, il mange au restaurant. Wolf fait faire ses chaussures de danse sur mesure, et aussi, bientôt, ses chemises et ses pantalons. La ville lui plaît, ce côté mondain, un peu bravache. Elle est tellement différente de Berlin, où la bourgeoisie s'est enfuie ou ne se montre plus, et où les ouvriers et les fonctionnaires de la Saxe ont pris le dessus.

Pendant l'été, Wolf se fait prescrire trois semaines d'arrêt maladie et va se baigner. Un jour, des policiers se présentent à sa porte pour l'emmener. Il s'avère qu'au même moment, sa mère et sa sœur ont pris des vacances. Un voisin, à Berlin, a remarqué l'absence des deux femmes et supposé qu'elles avaient fui à l'Ouest. Sur ce, la police a appelé l'employeur de Wolf pour vérifier qu'il était encore là. Lorsqu'on les informe que lui aussi est absent, les autorités lancent un mandat d'arrêt contre toute la famille. Mais elles ne tardent pas à le lever : Wolf est bel et bien là. Quant à sa mère et sa sœur, il est facile de vérifier qu'elles prennent le soleil de la Baltique. Cet événement le ramène un peu à la réalité, d'autant plus qu'il reçoit, peu après, une nouvelle visite de la police qui l'arrête immédiatement. Il a, avant de partir de Berlin, lancé avec un ami une lourde poutre en bois depuis la tour Flatow, à Potsdam*. Une plainte

* Une tour de près de cinquante mètres de haut, construite à la fin du XIXe siècle dans le parc de Babelsberg.

a été déposée pour dégradation de matériel. Elle sera retirée peu après compte tenu de la faible gravité des faits.

A cause de toutes ces histoires avec la police, c'est maintenant l'armée qui l'a repéré. Wolf reçoit un ordre d'incorporation. Il doit se présenter immédiatement à Berlin. A trois heures du matin, il se retrouve avec deux cents autres jeunes gens sur un parking vide, devant le commandement du district de défense installé dans une baraque de pacotille montée peu de temps avant dans la Nordmarktstrasse. Il fait sombre et froid, les réverbères plongent la place dans une lumière blafarde. Ils restent pendant des heures debout sur cette place. Lorsque le jour se lève, un capitaine les fait s'aligner en rangées de cinq, et ils partent au pas vers la gare. Wolf est fatigué, il n'a pas l'habitude de se lever tôt, et encore moins à une heure pareille. Il pense à ses amies, au lit douillet de sa chambre à Leipzig. C'est à cet instant seulement qu'il comprend que c'en est provisoirement fini de la belle vie. L'Etat l'a pris sous son aile, il veut faire de lui un bon socialiste. Il se sent oppressé, à l'étroit. Désormais, il ne pourra plus jouer à cache-cache. Il est livré à ces hommes en uniforme, à ces braillards idiots auxquels tout ce petit jeu de soldats semble même procurer du plaisir. Wolf trotte derrière les autres, parcourt les rues familières, voit la ville qui s'éveille tout juste. Il est heureux de ne pouvoir rencontrer aucune de ses relations civiles à une heure pareille. Il porte sous le bras un carton dans lequel il enverra ses vêtements chez lui. Le jour où il sera lui aussi un homme en uniforme, un parmi beaucoup d'autres.

Wolf est incorporé dans un régiment d'artillerie de DCA, à Sanitz, non loin de Rostock. La caserne vient d'être construite, la Nationale Volksarmee est encore jeune et entame tout juste sa croissance. Certains des officiers avaient déjà leurs galons sous le nazisme. Les uniformes ne sont pas très différents d'autrefois. Wolf ne peut s'empêcher de penser à Werner, à ce qu'il a vécu au cours de la guerre et qui ne remonte pas à si longtemps que ça. Le médecin de l'armée certifie que les genoux de Wolf n'ont qu'une aptitude limitée à servir, il l'affecte donc aux services administratifs, ce qui n'est déjà pas si mal. Le régiment cherche une personne sachant dessiner. Wolf présente sa candidature, et on lui demande aussitôt de réaliser une fresque pour la salle de cinéma. Le commandant souhaite avoir un soldat héroïque portant un casque lourd et un pistolet-mitrailleur, qui regarde vers le lointain, sûr de sa victoire. Sous cette image, on doit lire les mots "Nous défendons notre patrie". Wolf respecte ses vœux dans les moindres détails, on le félicite et on l'affecte à l'état-major. On lui assure en outre une formation de projectionniste, et on le nomme responsable de la bibliothèque.

Il y a, à côté de la cabine de projection, une petite pièce que l'on peut fermer à clef. Wolf s'y isole pour écouter des disques et lire des livres ; il peut y oublier un peu le monde de la caserne et se retrouver seul avec lui-même. Wolf constate que l'armée fonctionne exactement comme la totalité de la RDA. Là aussi, il y a des espaces de liberté, des niches dans lesquelles on peut s'éclipser. Ici comme ailleurs, la règle est celle du donnant, donnant. Wolf fait remporter à son régiment le grand concours de dessins de la division, ce qui lui vaut une dispense de participation aux exténuantes grandes manœuvres. Il peint des panneaux aux couleurs vives lorsqu'un général est de passage ; en contrepartie, on ne le sanctionne pas lorsqu'il s'avère que sa nouvelle petite amie a passé la nuit auprès de lui dans la caserne. Il aime bien ce jeu, cette manière de tester les limites. Peindre des images de propagande grotesques ne le dérange pas, pourvu qu'on le laisse en paix. Il observe les autres, qui ne croient pas non plus à la grande cause mais jouent tous le jeu. Wolf dit qu'en réalité, la seule chose qui comptait était la façade : l'Etat n'exigeait pas une véritable foi. Il n'était pas nécessaire de courber l'échine ou de se vendre, il suffisait de jouer à peu près son rôle dans cette grande pièce de théâtre qu'était le socialisme.

Je me demande si les choses étaient vraiment ainsi. Si l'on remarquait seulement le moment où sa propre frontière était franchie, où la conviction des autres s'infiltrait en vous, lentement, imperceptible. Et si, au bout du compte, ce n'étaient pas tout de même ceux-là qui définissaient les règles du jeu. Peut-être tous ces espaces de liberté, toutes ces possibilités n'étaient-ils qu'une illusion destinée à faire oublier que l'on avait tout de même trempé dans tout cela. Moi aussi, j'avais toujours l'impression de rester fidèle à moi-même, et je savais pourtant ce que je devais faire pour ne pas avoir de problèmes. Cette combinaison de réflexions insolentes et d'actes de brave citoyen, de petits mensonges et de grande vérité, s'apprend vite et il faut du temps pour s'en débarrasser. C'est une stratégie de survie, un mécanisme de protection pour les indécis.

Wolf, lui, ne cesse de transgresser les règles, comme s'il voulait à tout prix déterminer où se situe le point où les autres seront enfin forcés à réagir. Il ne le fait pas consciemment, cela le prend comme ça et il est le plus souvent surpris par l'audace de ses actes. Il roule à moto avec son amie, commet un excès de vitesse ; les policiers qui le contrôlent découvrent qu'il n'a ni permis de conduire, ni bon de permission. La police militaire le ramène à la caserne, menottes aux poignets, il doit être inculpé pour désertion. Mais il s'avère que Wolf n'a jamais prêté le serment de fidélité au drapeau. Le jour de la présentation, il s'était, par précaution, barbouillé les paupières avec une crème irritante. Son œil s'était mis à gonfler et on l'avait transporté dans une clinique à Rostock. Il avait ainsi évité de prêter serment, et personne ne pouvait donc le poursuivre pour ce délit. On tentera à diverses reprises de lui faire prêter serment par la suite, mais chaque fois quelque chose s'y opposera, si bien qu'au bout de dix-huit mois, Wolf quittera l'armée sans avoir juré fidélité à la République. Son habileté lui aura permis de se dérober sans devoir refuser le service publiquement.

Wolf nous a offert d'excellents numéros, plus tard, avec ses histoires d'armée. J'aimais qu'il nous raconte ses aventures au sein de la NVA. On lui demandait sans arrêt d'imiter la tête du lieutenant au moment où il avait découvert un slip de femme dans le lit de Wolf. Il racontait régulièrement la nuit où, ivre, il avait escaladé le mur de la caserne. Chaque fois, il ajoutait quelque chose à ses récits. J'ignore quelle part de toutes ces anecdotes était exacte, et Wolf cessa vraisemblablement de le savoir, lui aussi, à un moment ou à un autre. La période où mon père avait été à l'armée me faisait en tout cas toujours l'effet d'une gigantesque partie de rigolade, et Wolf celui d'un clown invincible qui donnait aux autres l'air encore un peu plus bêtes qu'ils ne l'étaient. Je me dis aujourd'hui que Wolf tenait peut-être plutôt du poisson agile qui rêve de la mer et oublie ainsi qu'il nage toujours dans l'aquarium.

Je crois qu'à l'époque, Wolf n'était pas un homme particulièrement politisé. Il n'avait encore aucune conviction qui l'aurait opposé au régime. Il se préoccupait avant tout de sa propre personne, de ses besoins, de sa dignité. Il n'aimait pas se laisser dicter sa conduite. Il était allergique aux règles imposées par autrui, il voulait mener son existence à son gré. Quand on tentait de faire pression sur lui, il se braquait. Lorsque quelqu'un l'énervait trop, il lui mettait son poing dans la figure. J'ai toujours vu en lui un homme fort, indépendant. Un homme qui tient à sa personnalité. De telles caractéristiques peuvent bien sûr rapidement prendre un tour politique dans un pays où règne le collectif et où le moi doit être aboli. Et pourtant même les camarades avaient bien compris comment fonctionnait Wolf. Plus tard, il découvrira dans son dossier de la Stasi qu'on le considérait comme un esprit critique, mais pas hostile. A moi aussi, la liberté qu'il s'arrogeait finit un jour par me paraître normale. Sans lui, je ne serais sans doute jamais devenu un Allemand de l'Ouest.

Après son service militaire, Wolf fréquente une école spécialisée en graphisme appliqué. L'établissement n'accueille presque que des filles. Il ne tarde pas à retrouver l'existence légère qu'il menait autrefois. Il y a une fille avec laquelle il va au théâtre, une qui lui fait la cuisine, une autre avec laquelle il couche. Ses études ne lui demandent pas particulièrement d'efforts, parce qu'il maîtrise déjà la majeure partie de ce que l'on y enseigne. A la maison, sa mère et sa sœur le gâtent. Pour Sigrid, il est devenu une sorte de substitut ; pour sa petite sœur, une figure paternelle. Lorsqu'il arrive à ses vingt-trois ans, l'appartement de deux pièces et demie devient trop étroit pour lui. Il va s'installer dans la boutique de Prenzlauer Berg. Sigrid le lui reproche encore aujourd'hui.

Wolf commence à travailler comme graphiste indépendant, ce qui n'est pas simple : il y a justement pénurie de papier en RDA, et les commandes sont rares. Wolf porte le peu d'argent qu'il possède sous forme d'une pelote de billets dans sa poche. Il lui arrive de ne plus avoir un sou dès le début du mois. Il mange peu, et même un trajet en tram devient un luxe. L'incertitude lui pèse, il est nerveux, sa tension lui joue des tours. Lorsqu'il s'énerve, il s'évanouit ; en cas de stress, il s'endort. Il dit aujourd'hui que cette nouvelle liberté était bien jolie, mais qu'elle le plongeait aussi dans l'angoisse. Peut-être tout cela lui rappelle-t-il trop l'époque de l'après-guerre où la famille n'avait pas d'argent et avait faim. Il lui manque ce sentiment fondamental de sécurité, cette confiance primitive dans le fait que la vie continuera d'une manière ou d'une autre. Je l'ai d'ailleurs souvent constaté par la suite. Lorsqu'il achetait dix boîtes de viande au saindoux sans être capable d'expliquer pourquoi. Lorsqu'il stockait des tonnes de charbon dans la cave, au cas où la situation changerait. Lorsque le Mur est tombé, et que l'avenir est devenu imprévisible, Wolf a acheté des sous-vêtements chauds pour toute la famille. Lui-même savait que c'était absurde, mais il ne pouvait pas s'en empêcher.

A un moment, même ses nombreuses aventures féminines commencent à le dépasser. Il décide de rompre avec toutes ses maîtresses et de concentrer son énergie. Le soir où il a fait ses adieux à la dernière d'entre elles, il rend visite à son ami Hansi. Celui-ci a déjà un autre invité, une belle femme à la peau blême et aux longs cheveux bruns, qui, dans un premier temps, ne remarque pas vraiment Wolf et qui l'oblige à faire des efforts pour capter son attention, une jeune fille qui a un je-ne-sais-quoi de juvénile, de timide, mais aussi un air décidé. Elle l'attire comme par magie. Il oublie ses bonnes résolutions. Lorsqu'ils vont se promener dans le parc enneigé et qu'il lui prend la main, il lui semble que les choses ne pourraient pas se passer autrement.

Wolf et Anne, 1969.

## VII

## TRACES

Enfant, je classais les gens en fonction de leurs voitures. Les amis de mes parents, je ne les connaissais pas par leur nom, mais je savais s'ils roulaient en Wartburg Tourist blanche ou en Lada 1500. La plupart conduisaient une Trabant, ce qui posait de gros problèmes d'identification. Il m'arrivait bien de noter la couleur ou des équipements particuliers, mais au fond les conducteurs de Trabant n'étaient pas spécialement intéressants. Une Skoda bleue avec feux antibrouillards et housse en skaï sur le volant se gravait en revanche définitivement dans ma mémoire. Tout comme une Moskvitch rouge avec un canard en peluche accroché au rétroviseur. Mais ma préférence absolue allait à la Citroën Pallas GSA beige. Celle-là appartenait à Gerhard. En RDA, c'était une sorte de Ferrari. Lorsque mes grands-parents nous rendaient visite, ma plus grande joie était de pouvoir aller m'asseoir dans la Citroën, pendant que toute la famille buvait le café. Je restais des heures assis derrière le volant, à imaginer que j'étais le chauffeur d'Erich Honecker. Je n'ai aucune idée de ce qui avait pu me mettre une idée pareille en tête ; cela tenait peut-être au fait que la voiture était d'un luxe incroyable et que seul un chef d'Etat pouvait en être digne. Parfois, Gerhard s'asseyait à côté de moi et nous jouions aux pilotes de course. J'étais le capitaine : c'était donc à moi qu'il revenait de démarrer le moteur et de tirer le levier qui faisait s'élever la voiture sans un bruit. Mon grand-père communiste n'aurait pu me donner un argument plus puissant en faveur de la supériorité du capitalisme.

A l'époque Citroën, qui ne fut que brièvement interrompue par une phase Peugeot, mes grands-parents vivaient à Paris. Gerhard y était correspondant du journal *Neues Deutschland*. Je ne le voyais en réalité qu'à Noël et aux vacances d'été, lorsqu'il nous apportait des boîtes de Lego, des jeans et des pull-overs en velours. Gerhard était le grand-père de l'Ouest, celui qui pouvait exaucer pratiquement n'importe quel vœu. Wolf, lui aussi, recevait toujours des cadeaux, je ne comprenais donc pas pourquoi il trouvait Gerhard aussi idiot. Chez nous, on se disputait beaucoup à propos de Gerhard. Wolf disait que c'était un stalinien et, lorsque je demandais le sens de ce mot, Anne évacuait la question d'un geste de la main et changeait de sujet. Je sentais que quelque chose n'allait pas, mais sans comprendre de quoi il s'agissait exactement. Parfois j'entendais mes parents se disputer dans la cuisine ; ils se taisaient lorsque je les rejoignais. Quand je demandais ce qui se passait, Anne répondait qu'il s'agissait de politique. Je me disais à l'époque que la politique devait être quelque chose d'assez stupide pour mettre ainsi tout le monde de mauvaise humeur. Bientôt, Wolf a cessé de nous accompagner lorsque nous rendions visite aux grands-parents. Moi aussi, je voyais Gerhard de plus en plus rarement. Lorsque nous nous rencontrions, il avait l'air absent, le visage fermé. Nous ne jouions plus aux pilotes ou au chauffeur d'Erich Honecker. Il apportait moins de cadeaux. C'est à cette époque que j'ai perdu mon grand-père.

Mon autre grand-père, je ne le connaissais que par les récits de Wolf. A l'âge de vingt ans, celui-ci avait coupé les ponts avec son père. Ils n'avaient plus échangé la moindre lettre, le moindre signe de vie. Je savais qu'il s'appelait Werner, qu'il avait souvent battu Wolf et qu'il préférait d'autres femmes que mamie Sigrid.

Quand Wolf parlait de Werner, il était triste et un peu désemparé. J'étais donc heureux chaque fois que nous pouvions discuter d'autre chose. Werner était pour moi une sorte d'homme en noir. Un méchant inconnu. Je ne tenais donc pas particulièrement à faire sa connaissance. Werner n'était pas des nôtres, et il n'y avait aucune raison d'y changer quoi que ce soit.

Il fallut attendre la chute du Mur pour que Wolf estime qu'il était temps de se remettre à parler à Werner. Peut-être parce que tout était de toute façon cul par-dessus tête. La vie tout entière recommençait à zéro, c'était la fin des décisions définitives, même un père réprouvé avait encore une deuxième chance. J'étais passablement excité lorsque nous montâmes l'escalier menant à l'appartement de Werner à Pankow, un après-midi d'hiver. A la porte se tenait un vieil homme qui me donna une singulière impression de familiarité. Werner a les mêmes yeux que mon père. Des yeux amusants, rapides, qui ne cessent d'aller et venir et enregistrent tout. Lorsque nous passâmes au séjour, Werner demanda à Wolf d'éteindre la lumière dans le couloir. Je ne pus m'empêcher de rire. Cette fichue phrase m'avait accompagné pendant toute mon enfance : Wolf ne cessait de nous répéter qu'il fallait éteindre la lumière lorsque nous quittions une pièce, parce que l'électricité coûtait cher et que gaspiller l'argent était la pire des choses. C'était alors à mon père de tenir le rôle de l'enfant qui éteint docilement la lumière dans le couloir. Werner nous montra son atelier. Tout avait exactement la même allure que dans l'atelier de Wolf. Les outils étaient soigneusement rangés, le papier disposé à angle droit contre le rebord de la table. Je me dis que l'on n'échappe vraisemblablement jamais à son père, quelles que soient les distances que l'on prend avec lui. Je compris que je connaissais Werner depuis longtemps. Qu'il était à l'intérieur de mon père, et peut-être aussi de moi-même. Qu'on ne choisit pas sa famille.

Mes deux grands-pères ne se sont jamais connus. Je ne sais pas s'ils auraient eu quelque chose à se dire s'ils s'étaient rencontrés. Ils ont certes construit le même Etat, ont été membres du même parti, ont peut-être partagé à un moment les mêmes convictions. Et pourtant ils seraient vraisemblablement restés deux étrangers : leurs biographies étaient tellement éloignées, le destin les avait, de si bonne heure, orientés dans des directions si radicalement différentes.

Lorsque Gerhard naît, le 8 juin 1923 à Berlin, sa famille envoie aux quatre coins du monde des cartes imprimées sur papier à la cuve, gravé en or aux initiales du fils. Gerhard a deux sœurs aînées qui, sur les photos d'enfance, entourent l'héritier mâle comme deux anges. Les sœurs portent des robes à volants et de gigantesques nœuds de soie dans les cheveux ; Gerhard, lui aussi, est enveloppé d'une petite robe blanche qui rend son tendre visage encore plus doux. A cette époque, le père de Gerhard, Wilhelm, dirige avec un associé un grand cabinet d'avocats spécialisé en droit international, situé sur le Kurfürstendamm. La famille emploie une nourrice, une gouvernante et un chauffeur. Frieda, la mère, dirige le foyer. Elle descend des Barents, une famille de capitaines hambourgeois remontant au navigateur hollandais Willem Barents qui, au XVIe siècle, ouvrira vers le pôle Nord un passage qui portera ultérieurement son nom. On en est encore aujourd'hui très fier dans ma famille, ce qui pourrait tenir au fait qu'aucun d'entre nous n'a le moindre sens de l'orientation. Je me perds régulièrement dans mon propre quartier, et ma mère mourrait vraisemblablement de faim si on l'abandonnait dans le jardin public. Il est possible que notre talent en la matière ait été tellement stimulé il y a cinq cents ans qu'il n'en soit plus rien resté pour nous.

Wilhelm Leo, lui, descend d'une famille juive qui a quitté Varsovie pour Berlin au XVIIIe siècle et dont les fils sont devenus ou bien médecins, ou bien avocats. La famille s'est convertie de très bonne heure à la foi protestante et a tenté d'éliminer autant que possible les traces de son origine juive. Même le nom d'origine de la famille Levin a été abandonné et remplacé par Leo, que je ne trouve d'ailleurs pas particulièrement prussien non plus. Lorsque Gerhard a trois ans, toute la famille va s'installer à Rheinsberg, dans une villa située au bord du lac. Plus tard, lorsque Gerhard demandera à son père pourquoi ils ont quitté Berlin, Wilhelm répondra : "Il était grand temps. J'étais à deux doigts de devenir riche." La réalité est sans doute que ses clients – le plus souvent des directeurs généraux de grandes entreprises – et les manœuvres juridiques qu'il doit mener pour leur compte ne le mettent pas à l'aise. Wilhelm explique à son fils qu'il préfère avoir affaire à des gens simples, et échapper au tumulte berlinois, où il ne parvient même plus à jouer du piano. Wilhelm maîtrise remarquablement cet instrument,

Wilhelm, 1945.

et regrette souvent de ne pas être devenu musicien. A Rheinsberg, tous les soirs, la famille s'installe autour du grand piano. Ils chantent des lieder de Schumann, Schubert et Hugo Wolf. Gerhard demande un jour à son père pourquoi ils n'ont qu'une voiture normale alors que le voisin, un fabricant de bonbons, pilote un engin gigantesque et couvert de chrome. Wilhelm lui répond : "Ce qui compte, c'est ce que l'on a réussi dans les sciences et les arts ; l'argent n'a aucune importance."

Frieda, 1943.

Dans le souvenir de Gerhard, Rheinsberg est un paradis. La petite ville au célèbre château rococo est entourée de forêts et de lacs. L'été, ils font de longues promenades à pied et en canot. Lorsque Gerhard revient de l'école, il rejoint son père dans son bureau et, quand celui-ci en a le temps, ils ont tous les deux des discussions sérieuses. Gerhard est autorisé à s'asseoir dans le lourd fauteuil de cuir normalement réservé aux clients. Ils parlent littérature et musique. Parfois Wilhelm lit un poème que Gerhard doit ensuite apprendre par cœur. En novembre 1927, un général français à la retraite charge Wilhelm d'assurer sa défense dans un procès. Ce n'est pas un dossier d'une très grande importance. Un agitateur d'extrême droite encore à peu près inconnu à l'époque et répondant au nom de Joseph Goebbels a affirmé qu'en 1920, sa qualité de patriote allemand lui a valu d'être torturé en présence du général dans la cave du commandement des forces françaises à Cologne, ville encore occupée à cette date. Ce sont ces tortures, affirme Goebbels dans ses discours publics, qui lui ont valu ce pied bot dont beaucoup s'amusent encore à l'époque. L'audience a lieu devant un tribunal berlinois. Wilhelm n'a pas beaucoup de peine à prouver que Goebbels a une malformation de naissance. Il présente une photo du petit Goebbels tout nu sur une peau d'ours, sur laquelle on discerne son infirmité. Il existe aussi une photo de classe où Goebbels et son pied bot se tiennent au premier rang. Wilhelm montre en outre au juge une copie certifiée conforme des papiers militaires de l'accusé, réformé pendant la Première Guerre mondiale en raison de son handicap. Le tribunal condamne Goebbels à payer un franc symbolique de dommages et intérêts au général français. Après la proclamation du verdict, l'avocat de Goebbels se dirige vers Wilhelm et lui dit d'une voix menaçante : “Maître, vous vous rappellerez souvent cette journée, et ce sera un souvenir pesant.”

Wilhelm ne prend pas ces mots particulièrement au sérieux. C'est seulement quelques années plus tard, à l'automne 1932, lorsque les nazis s'apprêteront à prendre le pouvoir, qu'il se rappellera ce procès. Un jour, Gerhard écoute une conversation que ses parents mènent d'une voix feutrée dans le salon. “Ils se vengeront dès qu’ils le pourront”, dit Wilhelm. Les conversations du dîner, jusqu’alors le plus souvent légères et gaies parce que Wilhelm aimait faire rire la famille avec des anecdotes amusantes, sont désormais empreintes de gravité. D’un seul coup, les parents ne parlent plus que de politique. Ils se demandent si les nazis vont prendre la tête du gouvernement. Wilhelm les appelle “les Teutons”, “les Barbares”, ou encore “les hors-la-loi”, ce qui constitue la pire des condamnations pour cet homme qui place la loi au-dessus de tout. Wilhelm a souvent expliqué à Gerhard que, si l’homme se distingue de l’animal, c’est avant tout parce qu’il applique consciemment des règles qui lui permettent d’établir une juste cohabitation. Wilhelm ne parvient pas à imaginer que l’on puisse porter au pouvoir, en Allemagne, des gens qui déclarent ouvertement qu’ils ne respecteront pas la Constitution.

Le 30 janvier 1933, Hitler est nommé chancelier du Reich. Quelques jours plus tard, déjà, quelques élèves de la classe de Gerhard portent des chemises brunes et des brassards à croix gammée. Sur le chemin du retour, l’un de ses condisciples explique avec une certaine gêne à Gerhard qu’il n’a désormais plus le droit de jouer avec lui parce que Gerhard n’est pas de race pure. “C’est vrai, ta mère est aryenne, mais ton père est juif.” Gerhard ne comprend pas ce que veut dire son ami. Les juifs, il en a déjà entendu parler, mais que signifie “aryen” ? Peut-être ce garçon a-t-il confondu avec autre chose, se dit Gerhard. Ne veut-il pas dire “arabe” ? Gerhard vient de lire un livre d’aventures dans lequel des guerriers arabes galopent dans le désert et triomphent de tous ceux qui osent s’opposer à eux. Il rentre en courant chez lui, se précipite dans le bureau de son père et annonce que lui aussi veut devenir arabe, comme maman.

Wilhelm interrompt son travail, demande à Gerhard de s'installer dans le lourd siège de cuir et l'écoute. Son père lui explique alors que les nazis veulent revenir à une époque révolue depuis longtemps, où l'on brûlait les gens sur des bûchers en raison de leur origine ou de leurs convictions. "Rien ne sera plus comme avant", dit Wilhelm, et pour la première fois Gerhard discerne quelque chose comme de la peur sur le visage de son père. Gerhard doit promettre de raconter à son père tout ce qui lui paraît anormal. Il doit se montrer extrêmement prudent dans ses conversations avec les enseignants et les autres enfants. Il a neuf ans, à cette époque.

Au cours de la nuit qui suit l'incendie du Reichstag, le 28 février 1933, un camion plein de SA armés s'arrête devant la maison de la famille à Rheinsberg. Gerhard se réveille en entendant des voix et des cris. Il ouvre la fenêtre de sa chambre d'enfant et voit des hommes en uniforme frapper son père, l'entraîner dans le jardin et jusqu'au camion. Il voit sa mère debout, le visage baigné de larmes, près de l'escalier menant à l'entrée. Gerhard crie dans la nuit. C'est un cri désespéré, un glapissement qui lui paraît à lui-même totalement étranger. Il les reverra encore souvent, les images de cette nuit. Ce sont elles qui l'ont catapulté hors de l'enfance et qui, plus tard, lui indiqueront toujours ce qui est bien et ce qui est mal. Dans ses Mémoires, que Gerhard a rédigés à la fin des années 1970 et qui sont aujourd'hui, dès lors qu'il n'a plus l'usage de la parole, ma source d'information principale sur sa vie, Gerhard écrit : "Depuis que j'ai vu, enfant, mon père maltraité par les hommes de la SA, la cruauté du régime, ses crimes contre l'humanité ont été la première motivation de ma résistance antifasciste."

J'ai trouvé la première version de ses Mémoires dans un classeur vert, aux Archives fédérales de Berlin-Lichterfelde. Deux cent quatre-vingt-dix-huit feuillets dactylographiés, du papier brouillard, fin et jaunâtre, qui dégage une odeur de poussière quand on le feuillette. C'est vraisemblablement ma grand-mère Nora qui a tapé ces pages à la machine. Pendant toutes ces années, elle a été sa secrétaire et son accompagnatrice. Je ne sais pas si elle n'aurait pas aimé, juste une fois, faire quelque chose pour elle-même. S'il lui a jamais demandé ce qu'elle désirait. Nora était là lorsque Gerhard avait besoin d'elle, c'est elle qui s'occupait des enfants et du foyer. Toute sa vie durant, elle est restée dans son ombre, et elle dit aujourd'hui que c'était bien ainsi. Mais que pourrait-elle dire d'autre ?

Gerhard a toujours écrit à la main. Il disait qu'autrement, il n'avait pas la sensation du texte. Ses souvenirs sont archivés dans les dossiers de la commission centrale de Contrôle du parti. C'est là que siégeaient les membres du parti chargés de vérifier qu'un camarade était toujours dans le droit chemin. La commission décidait aussi des exclusions du parti, ce qui, pour un camarade convaincu, équivalait à un arrêt de mort. Je donnerais beaucoup pour savoir comment le manuscrit de Gerhard s'est retrouvé là-bas. L'a-t-il lui-même fourni à la censure ? La majeure partie du texte est identique à ce qui fut publié quelques années plus tard sous le titre *Frühzug nach Toulouse**. Mais quelques passages n'y figurent pas. Notamment

* Gerhard Leo, *Frühzug nach Toulouse. Ein Deutscher in der französischen Résistance 1942-1944*, nouvelle édition, Verlag BS, 2006. Le livre a paru en France sous le titre *Un train pour Toulouse*, traduit de l'allemand par Pierre Durand, préface de Gilles Perrault, nouvelle édition, éd. Tirésias, 1997.

ceux concernant les rapports entre les communistes allemands et les sociaux-démocrates en France. Gerhard décrit une collaboration cordiale, ce qui ne cadra sans doute plus, par la suite, avec l'image de l'histoire qu'avaient les camarades de Berlin-Est. Les débats virulents que déclencha entre les émigrés allemands à Paris l'annonce du pacte de non-agression entre Hitler et Staline, en 1939, n'apparaissent pas non plus dans le livre publié. Gerhard raconte dans ses pages manuscrites combien les communistes allemands ont été choqués de voir Moscou pactiser avec les nazis. Par la suite, on ne voulut plus en entendre parler, parce que le KPD, le Parti communiste allemand, s'était prononcé en faveur du pacte. Or le parti ne se trompait jamais.

Lorsqu'il décrit son enfance et le début de sa jeunesse, Gerhard laisse encore filtrer des sentiments. Il parle de ses angoisses, de ses doutes, de ses faiblesses, de sa curiosité. Plus tard, lorsqu'il est question de son travail clandestin en France, lorsque lui-même devient un camarade, son récit n'est plus que froid et pragmatique. Comme si quelque chose s'était figé dans une attitude qu'il n'était lui-même plus capable de changer. Une attitude qui fixait tout à l'avance et rendait simples jusqu'aux décisions les plus difficiles. Parce qu'il ne s'agissait plus de lui, mais de la grande cause dont il était devenu le serviteur. Je me demande s'il écrirait encore tout cela de cette manière aujourd'hui, s'il est resté aussi droit dans son attitude. Si seulement il pouvait encore parler.

## VIII

## DÉCORS

Plusieurs semaines seulement après l'arrestation de Wilhelm, la famille apprend son transfert au camp de concentration d'Oranienburg. La mère de Gerhard remue ciel et terre pour que son mari recouvre la liberté. Elle passe un coup de téléphone à l'écrivain Ernst Wiechert, qui est un bon ami de Wilhelm. Les nazis apprécient Wiechert, parce que, contrairement à la plupart de ses collègues, il ne les a pas combattus d'emblée. Goebbels, notamment, a un faible pour cet auteur et accède à sa demande de libérer provisoirement Wilhelm du camp de concentration. Après avoir passé quelques semaines dans un hôpital, il rentre enfin à la maison mais c'est un homme affaibli et livide que Gerhard voit arriver.

Goebbels charge un avocat de préparer un nouveau procès au cours duquel il doit être démontré une fois pour toutes que son pied bot est bien une conséquence des tortures subies dans les locaux du commandement militaire français à Cologne. Wilhelm sera interrogé à plusieurs reprises. Début septembre, la SA lui confisque son passeport et l'informe qu'il ne doit quitter son domicile sous aucun prétexte. Quelques jours plus tard, au dîner, Wilhelm demande si Gerhard veut l'accompagner à Berlin le lendemain. A six heures du matin, ils prennent leur petit-déjeuner avant de partir en voiture pour la capitale. Wilhelm rend visite à des collègues auxquels il confie les dossiers de procès que lui-même ne peut plus plaider. Le soir, ils se rendent dans un hôtel à proximité de la porte de Brandebourg. Wilhelm passe un smoking, et Gerhard le costume bleu marine des grandes occasions. Wilhelm attend le moment où ils remontent en voiture l'avenue Unter den Linden pour lui révéler leur destination : le Staatsoper, l'opéra de Berlin. Wilhelm lui explique que cette sortie ne devait avoir lieu que quelques années plus tard, comme un événement qui aurait symbolisé son entrée dans le monde des adultes. "Mais nous n'avons plus beaucoup de temps, c'est donc aujourd'hui que tu deviens un adulte." Wilhelm adresse à son fils un regard empreint de gravité. Puis il sourit et annonce qu'ils vont sûrement beaucoup s'amuser.

Ils se rendent au restaurant du Staatsoper. Les garçons de salle connaissent son père et le saluent aimablement. On leur sert du poulet rôti, accompagné d'un vin rouge français dont Gerhard a le droit de boire un demi-verre. Wilhelm se penche vers lui et chuchote : "Nous ne dirons pas un mot ici de nos affaires. Les serveurs et les murs du restaurant ont des oreilles." Après le repas, c'est la soirée d'opéra. On donne *Un bal masqué* de Verdi. Wilhelm a loué une loge. Pendant l'entracte, une dame d'un certain âge demande depuis la loge voisine si le petit comprend déjà l'histoire. Gerhard est indigné par cette question : il a tout de même déjà dix ans ! Mais il se console en entendant son père répondre : "Mon fils comprend tout." En réalité, Gerhard ne suit pas grand-chose. L'alcool et l'excitation lui ont embrumé l'esprit. Il entend la musique comme dans un rêve, et les décors glissent devant lui comme un tapis aux couleurs vives. A la fin, il a du mal à garder les yeux ouverts.

C'est malgré tout une soirée grandiose. Il ne sait pas encore que ce sont les derniers instants d'une vie de grand bourgeois.

Le lendemain matin, Wilhelm lui explique la situation : ils vont chez un collègue qui va les aider à fuir à l'étranger. Wilhelm dit qu'il n'a pas d'autre choix : il ne peut pas gagner le deuxième procès contre Goebbels. "Et je ne survivrais pas à un nouveau passage en camp de concentration." Le cabinet de l'avocat en question est proche de la maison dans laquelle résidait Wilhelm autrefois à Berlin. Le bureau du collègue paraît à Gerhard beaucoup plus luxueux que celui de son père. On y trouve des tapis épais, de profonds fauteuils en cuir blanc et des meubles en acier et en verre. Une large baie vitrée ouvre la vue sur l'agitation du Kurfürstendamm. L'avocat salue Wilhelm comme si c'était un vieil ami et lui propose de faire sortir "le petit" pendant leur entretien. "Mon fils est au courant, et il est particulièrement discret", répond Wilhelm. Gerhard est pris d'une nouvelle bouffée d'incroyable fierté. Il aime cette nouvelle époque qui s'ouvre à lui, il aime ces secrets et le monde des adultes. Il pressent bien sûr le grand danger qui plane derrière tout cela, mais ça ne l'empêche pas d'en profiter.

L'avocat explique qu'il va faire entrer un homme qui a jadis été le "roi des contrebandiers" entre l'Allemagne et la Belgique. Depuis que le nouveau gouvernement a renforcé les contrôles à la frontière, il utilise ses bonnes relations pour faire passer des personnes. Cet homme a encore une dette envers lui, dit l'avocat. Le prix de ses services sera donc cette fois de cinq mille marks seulement, un cinquième de ce qu'il réclame d'habitude. La moitié doit être payée tout de suite, le reste après la fuite. Le roi des contrebandiers est un jeune homme élégant et qui a belle allure. Au clin d'œil qu'il lance à Gerhard lorsqu'il le salue, on pourrait croire qu'ils se connaissent depuis des lustres. Il dit qu'il est revenu d'Aix-la-Chapelle au cours de la nuit, que tout est prêt, mais que le passage doit avoir lieu dès le week-end suivant. Wilhelm accepte et commence à compter les billets de cent marks sur la table. Le passeur en reçoit une moitié, l'avocat prend l'autre. Celui-ci sort une feuille de papier blanc du tiroir de son bureau et la déchire en deux parties inégales. Il en donne une à Wilhelm, et garde l'autre avec l'argent. "Dès que vous serez à Liège, remettez votre moitié de la feuille à votre accompagnateur. S'il me la rapporte et si elle correspond à l'autre moitié, il recevra le reste de la somme." Le passeur donne le numéro d'un train par lequel la famille arrivera le samedi à Aix-la-Chapelle. Le point de rendez-vous est le café de la gare centrale.

Deux jours plus tard, à la tombée de la nuit, Gerhard quitte en compagnie de ses parents la maison de Rheinsberg. Ses deux sœurs sont déjà chez leur grand-mère à Hambourg, elles doivent les rejoindre plus tard. Ils prennent des sentiers pour rejoindre la gare, chacun ne porte qu'une petite mallette, ils abandonnent tout le reste. A Berlin, ils passent la nuit chez des amis et prennent le train le lendemain pour Aix-la-Chapelle. Ils sont tous très tendus, mais le voyage se déroule sans incident. Au café de la gare centrale d'Aix-la-Chapelle, deux femmes au maquillage criard boivent un verre d'eau-de-vie. Le passeur n'est pas là. Au bout d'une attente que Gerhard juge interminable, l'homme arrive enfin et s'excuse pour son retard. "Je me suis juste assuré que personne ne vous suivait." Ils montent dans un train de banlieue, changent de ligne à plusieurs reprises et arrivent pour finir au terminus, qui se trouve en pleins champs, à l'extérieur de la ville. Ils traversent une prairie et découvrent, à l'orée de la forêt, une haute clôture en barbelés : c'est la frontière, qu'on a récemment renforcée. Ils y voient une ouverture, pourvue d'un tourniquet. Une sentinelle en uniforme gris la surveille, fusil au bras. Wilhelm s'arrête, effrayé, en apercevant le soldat, mais le passeur le tranquillise : "Ce type-là a déjà touché sa part." Le soldat voit le groupe qui s'avance, met son fusil sur l'épaule et marche lentement le long de la clôture, en direction de la forêt. Ils passent le tourniquet les uns après les autres. Au bout d'une centaine de mètres, le passeur annonce : "Eh bien, nous y sommes arrivés. Nous sommes en Belgique." Il marche plus lentement désormais, en respirant profondément, comme après un grand effort.

Gerhard est un peu déçu : tout ici ressemble tellement à l'Allemagne. La forêt belge n'est pas différente de la forêt allemande, et même les prairies qui s'étendent de l'autre côté de la frontière ressemblent à celles de chez lui. Ils arrivent dans une buvette qui porte l'enseigne *Le Coq Jaune*. C'est là qu'ils prennent congé de leur accompagnateur. Gerhard ne se contient plus, ce franchissement de frontière sans passeport est pour lui une incroyable aventure. Il regrette juste de ne pouvoir le raconter à personne. Il constate avec étonnement que ses parents, eux, ont l'air accablés. Il ne le comprendra que bien plus tard : à cet instant précis, ils se disent vraisemblablement qu'ils viennent de perdre leur patrie et qu'une vie incertaine les attend à présent en exil.

Depuis Liège, ils partent pour Bruxelles et Paris où loge un riche parent qui leur a promis de l'aide. Wilhelm rassemble ses économies et loue une boutique rue Meslay, près de la place de la République.

Il y ouvre une librairie franco-allemande qui ne tarde pas à devenir l'un des points de rencontre des émigrés allemands à Paris. La famille loge dans deux pièces attenantes à la boutique. Les sœurs de Gerhard sont entre-temps elles aussi arrivées de Hambourg, et on se sent à l'étroit dans ce nouveau domicile. Gerhard n'aime pas beaucoup Paris. Ses amis de Rheinsberg lui manquent. Il regrette les baignades dans le lac, son vélo et Bruno, le fox-terrier. A Paris, il ne peut parler à personne, faute de maîtriser le français. Un jour, il voit dans un parc une vieille dame qui mène de longues conversations avec son chien. Il se dit que, dans cette ville, même les chiens comprennent davantage que lui.

Quelques semaines après son arrivée à Paris, Gerhard attrape la diphtérie. Il est admis à l'hôpital des Enfants-Malades, rue de Sèvres, dans une salle avec plus de quarante petits malades. Les autres bavardent et rient, un garçon plus âgé raconte des histoires drôles dont même les infirmières s'amusent. Gerhard ne dit rien. La doctoresse qui dirige le service, une belle femme aux cheveux noirs et courts et aux yeux bleus, remarque sa solitude. Elle vient parfois le voir et tente de lui remonter un peu le moral. Aux visites, elle l'examine toujours un peu plus longtemps que les autres. Lorsqu'elle l'ausculte avec ses mains chaudes et fines, il a l'impression qu'une décharge électrique lui parcourt tout le corps. Gerhard ne sait pas vraiment ce qui lui arrive mais, lorsqu'il voit cette femme, son cœur bat à tout rompre et tous ses soucis s'évanouissent. Un jour, la doctoresse s'approche de son lit avec un manuel scolaire, un cahier et un crayon à papier, et lui propose de lui donner des cours de français, chaque jour une heure avant de prendre son service. Gerhard en est fou de bonheur, il travaille avec plus de zèle et de conscience qu'il ne l'a jamais fait à l'école de

Gerhard à Paris, 1935.

Rheinsberg. La belle doctoresse lui chante des chansons d'enfants en français et lui récite des fables de La Fontaine que Gerhard connaît encore par cœur aujourd'hui. Il comprend mieux, petit à petit, de quoi discutent les autres enfants, et lorsqu'on lui annonce sa sortie de l'hôpital, trois mois plus tard, il parle français comme un petit Parisien.

A cette date, Gerhard est certain qu'il aime la doctoresse et qu'il veut l'épouser lorsqu'il sera assez grand pour ça. Il se demande s'il a le droit de le lui dire, s'il n'est pas un peu bizarre qu'un garçon de dix ans fasse la cour à une femme adulte. Il ne parvient pratiquement pas à dormir au cours de la nuit qui précède sa sortie, et aux premières heures du jour il se propose de considérer sa déclaration d'amour comme une sorte d'épreuve de courage. La doctoresse se présente à l'heure habituelle, et il se met, d'abord timidement, puis de plus en plus vite, à lui exposer ses sentiments. Elle l'écoute d'un air grave et ne sourit même pas. Lorsqu'il a fini ses aveux, elle prend un temps de réflexion et répond qu'elle aussi l'aime beaucoup. Elle a trente-cinq ans, elle est encore célibataire et s'il est encore prêt à l'épouser d'ici dix ans, s'il n'a trouvé personne d'autre d'ici là, elle vivra avec lui. Puis elle se penche au-dessus de lui, l'embrasse sur les deux joues et quitte la salle. Pendant plusieurs mois, ils se voient régulièrement. Elle l'invite à manger dans son appartement, ils vont se promener au bois de Boulogne ou regardent des films. Mais au bout d'un certain temps, leurs rencontres se font plus rares. Au lycée, Gerhard a rejoint une bande de jeunes, il a d'autres choses à faire que de rencontrer une femme adulte. Par une journée de l'été 1935, elle lui fait ses adieux : elle va s'installer dans une autre ville. Ils ne se reverront plus jamais. Un jour, bien plus tard, Gerhard m'a parlé de ce premier amour, de cette femme qui a fait de lui un Français. Il disait qu'il n'avait pas regretté beaucoup de choses dans sa vie. Mais qu'il ait pu oublier cette femme aussi facilement avait toujours été pour lui une énigme douloureuse.

Gerhard passe ses vacances dans un camp d'été pour enfants d'émigrés, à proximité de Paris. A côté de lui dort le fils de Hans Beimler*, qui était

* Ancien député du Parti communiste allemand, Hans Beimler sera parmi les premiers membres des Brigades internationales

déjà à l'époque un célèbre communiste. Il raconte à Gerhard comment son père s'est enfui du camp de concentration de Dachau et s'est engagé dans son combat contre les nazis. Gerhard se fait décrire précisément le moindre détail. Il trouve ces histoires tellement palpitantes qu'il décide qu'un jour, lui aussi sera comme Hans Beimler.

Après son retour du camp de vacances, il raconte à ses parents ce qu'il a vécu et leur annonce qu'il est désormais un communiste. Son père sourit. Il considère le communisme avec scepticisme, comme toutes les opinions extrêmes. L'idée d'abattre l'appareil politique et juridique de l'Etat bourgeois pour mettre au pouvoir des ouvriers ou paysans, quels qu'ils soient, ne séduit guère Wilhelm. Mais il constate aussi que beaucoup de communistes affrontent courageusement le nazisme et juge qu'il faut coopérer avec ces gens-là si l'on veut vaincre Hitler. Wilhelm a très tôt cessé de craindre le contact avec les communistes. Lorsqu'il a fait ses études à l'Institut de droit international de Genève, il a fait la connaissance, dans un café, en compagnie d'un autre étudiant, d'un certain M. Oulianov, qui comptait au nombre des révolutionnaires russes et qui deviendrait célèbre quelques petites années plus tard sous le nom de Lénine. A l'époque, celui-ci avait patiemment expliqué au fils de bourgeois allemand la politique des bolcheviks, qui considéraient que la terreur contre le régime tsariste était légitime parce que les dominants utilisaient eux aussi des méthodes terroristes. Wilhelm était très impressionné par Lénine, et considéra avec une certaine sympathie l'Etat qu'il fonda par la suite. Cette conversation de café avec Lénine fut l'une des raisons pour lesquelles Wilhelm envisagea plus

à aller combattre les troupes de Franco en Espagne, où il est mort en 1936. Il a écrit un livre sur Dachau.

tard de rejoindre la Résistance française, qui combattait elle aussi par la violence un régime violent.

L'autre étudiant présent lors de la conversation à Genève avec Lénine était du reste Pierre Mendès France, qui deviendrait Premier ministre de la France après la Seconde Guerre mondiale. A l'époque où Wilhelm arrive à Paris, Mendès France est déjà un député influent du parti radical-socialiste au pouvoir. Après l'échec du gouvernement de Front populaire, en 1938, la police parisienne ordonne à la famille de Wilhelm, comme à de nombreux autres émigrés allemands sans ressources, de quitter immédiatement le pays. Wilhelm va demander de l'aide à son ancien camarade d'études. Pierre Mendès France se présente dès le lendemain, achète une bonne partie du stock de la librairie et passe un coup de téléphone au ministre français de l'Intérieur pour obtenir que la famille puisse rester.

Wilhelm demeure le principal interlocuteur de Gerhard pour les questions politiques. C'est pour cette raison que Gerhard, dans un premier temps, ne devient pas communiste, mais membre des "Faucons rouges", l'organisation de jeunesse du Parti socialiste français*. Il porte une chemise bleue et un foulard rouge, il est présent lorsque les Faucons rouges viennent chanter devant des milliers d'ouvriers, dans la salle de montage des usines Renault sur l'île Seguin, pendant les grèves qui paralysent toute la France en 1936. Gerhard est là aussi lorsque les Faucons prennent d'assaut la Mutualité, en 1937, et perturbent un discours du président du Conseil, le socialiste Léon Blum, en criant : "Des avions pour l'Espagne". Il s'agit de convaincre le chef du gouvernement de soutenir les républicains espagnols dans le combat

* C'est-à-dire, à l'époque, de la SFIO.

contre le fasciste Franco. Mais Léon Blum s'en tient à sa politique de non-ingérence dans la guerre civile espagnole. Gerhard se demande de quoi sont faits ces socialistes qui n'osent pas se battre.

Il se rend régulièrement avec son père au café Méphisto, boulevard Saint-Germain. C'est là que se réunit le Schutzverband Deutscher Schriftsteller*. Ils assistent à des conférences de Heinrich Mann, Lion Feuchtwanger, Anna Seghers et Rudolf Leonhard. Les écrivains évoquent la fin imminente du régime nazi ; ils considèrent qu'un peuple de culture, comme l'est le peuple allemand, ne suivra jamais ces criminels. Leurs arguments paraissent tellement évidents que Gerhard se dit que les nazis ont déjà perdu la bataille. Un homme exerce alors une grande influence sur Gerhard, qui a déjà quatorze ans à l'époque : c'est le grand reporter Egon Erwin Kisch. Il vient souvent dans la librairie de Wilhelm et donne aux enfants d'émigrés des cours d'allemand et d'histoire. Au début, Gerhard est surtout impressionné par la virtuosité des tours de magie auxquels se livre Kisch. Il fait disparaître en un éclair les pièces de monnaie et les boîtes d'allumettes ; parfois, elles réapparaissent dans la poche de pantalon de Gerhard. Kisch sait en outre raconter des événements historiques d'une manière aussi palpitante que s'il y avait assisté en personne. Une fois, il emmène Gerhard et trois autres élèves à Versailles, et leur montre les lieux où s'est déroulée la Révolution française. Ils refont le chemin que les femmes des Halles de Paris ont parcouru pour protester contre la faim. Ils voient le trône de Louis XVI et Kisch raconte l'histoire de ce cordonnier qui, après le pillage du château, a installé ce symbole du pouvoir dans

* "Association de défense des écrivains allemands".

son atelier du faubourg Saint-Antoine. Pendant des années, ses clients ont pu s'asseoir sur le trône lorsqu'on prenait la mesure de leur pied. L'histoire telle que la raconte Kisch n'a rien à voir avec celle qu'on enseigne au lycée. Il ne s'intéresse pas à la vie des rois, mais aux révoltes du peuple. Il regarde l'histoire d'en bas et explique à ses élèves que tout régime inique est condamné à être renversé par les masses prolétariennes. Gerhard veut désormais à tout prix devenir révolutionnaire et, lorsque Kisch lui dit que les résistants communistes le sont sans aucun doute, il sait ce qui lui reste à faire.

Un matin d'avril 1940, des gendarmes français sonnent à la porte de la rue Meslay et exigent que la famille prépare ses bagages. Le gouvernement français a donné l'ordre d'interner les réfugiés allemands dans des camps – après tout, cela fait huit mois que l'on est en guerre avec l'Allemagne. Gerhard n'est pas concerné par ces mesures parce qu'il n'a pas encore dix-sept ans, et sa mère est également exemptée d'internement afin qu'elle puisse s'occuper de lui. Wilhelm et les deux sœurs partent pour le camp de Gurs, à la lisière des Pyrénées. Gerhard a tout d'un coup le sentiment que le monde s'écroule. Il ne dort plus la nuit et vit du matin au soir dans une angoisse permanente pour son père et ses sœurs. Toutes ses certitudes se sont envolées. La France, sa nouvelle patrie, le pays de la démocratie et des droits de l'homme, les a trahis. De folles idées lui passent par la tête. Il s'imagine libérant sa famille du camp, en pleine nuit, il se voit abattre un gardien qui lui barre le chemin. Puis la faiblesse et la tristesse s'emparent à nouveau de lui. Il sait à présent qu'il n'a plus de refuge, que personne ne peut plus le protéger. Il doit prendre son destin en main.

## IX

## MISES EN GARDE

Lorsque la Wehrmacht approche de Paris, en juin 1940, Gerhard met ses affaires dans un sac à dos, fait ses adieux à sa mère et quitte la ville. Il part à pied, en même temps que des centaines de milliers de Français qui veulent échapper aux soldats allemands en se réfugiant dans le Sud du pays. Le trafic ferroviaire est interrompu et les routes qui mènent à Orléans et Lyon sont saturées. Des voitures, des camions, des charrettes à cheval, tous surchargés, tentent de se frayer un chemin. La plupart sont à pied, comme Gerhard. Ils portent des valises et des paquets, poussent des landaus. Ils parcourent des centaines de kilomètres, traversent des villes et des villages qui semblent morts. Au bord des routes, des marchands vendent à prix d'or du pain rassis et des bouteilles remplies d'eau du robinet. Lorsque Gerhard arrive à Vichy, il apprend que le gouvernement français, sous les ordres du maréchal Pétain, a signé la capitulation. Il entend aussi dire qu'une zone non occupée va être créée dans le Sud de la France. Gerhard décide de continuer sa marche jusqu'à la côte. Il ne connaît la Méditerranée que pour l'avoir vue sur des affiches de voyagistes et dans des livres, mais cette région lui semble constituer un but très agréable pour une fuite.

Comme tout cela est allé vite, comme elles ont été courtes, ces années séparant la fin de l'enfance protégée à Rheinsberg, la vie d'exilé et désormais celle de réfugié. Dans ses Mémoires, lorsque Gerhard décrit cette déchéance, il reste impassible et raisonnable : "C'est comme ça, les temps sont de plus en plus difficiles, mais la vie continuera malgré tout." Il ne se plaint pas, il ne maudit pas son destin. Cela tient peut-être à sa jeunesse, ou au fait qu'il n'est pas le seul dont la vie se brise à cette époque. La foule qui a quitté Paris en sa compagnie lui a peut-être permis d'accepter plus facilement son sort. Mais une chose ne l'abandonne pas : le sentiment de n'être chez lui nulle part. Je crois que Gerhard a encore longtemps porté ce sentiment en lui. Ce fut peut-être même son premier motif d'aller en RDA par la suite, dans ce pays où tant d'apatrides cherchèrent un nouveau départ.

Fin juin, Gerhard arrive à Cannes. Le temps est admirable, des vacanciers en tenue claire peuplent les terrasses des restaurants et des cafés de la Croisette ; dans le port de plaisance, des voiliers blancs se balancent dans l'eau, et des enfants jouent dans le sable sur la plage. Tout est exactement comme Gerhard se l'était imaginé, à ceci près que lui-même s'y trouve passablement perdu. Peu avant d'arriver à Cannes, il a échangé ses derniers francs contre une livre de pain, la faim lui donne le vertige tandis que sur la promenade, face à la plage, le parfum de la bouillabaisse lui monte au nez. Le soir, il découvre des champs de tomates abandonnées sur les collines au-dessus de la ville. Il y rencontre un autre réfugié venu de Paris, qui vit de ces légumes depuis trois jours déjà. L'autre propose de faire la tournée des hôtels. Il a entendu dire qu'on y embauche des extras.

Le lendemain matin, Gerhard fait les entrées de service des hôtels. Il voit des marchands de légumes et des livreurs de viande qui portent dans les couloirs d'arrière-salle des corbeilles, des caisses, des demi-bœufs et des veaux entiers. Un écriteau est accroché à l'entrée des véhicules du Grand Hôtel : "Cherche garçon de cuisine." Au bureau du personnel, on lui dit qu'il peut commencer comme apprenti, sans rémunération mais avec l'autorisation de se servir dans les restes des repas. Lorsque Gerhard entre pour la première fois dans la cuisine du Grand Hôtel, il s'immobilise, sous le charme. Il voit une salle gigantesque, carrelée de blanc, au centre de laquelle tout un bataillon de marmites reluisantes se tient sur les fourneaux à gaz. Il se présente à François, un gros homme sympathique qui porte une toque de pâtissier et le félicite d'avoir choisi d'apprendre l'artisanat de la cuisine. Mais on commence par prendre le petit-déjeuner : on ne peut pas travailler l'estomac vide devant les fourneaux. François, chef de la pâtisserie et des plats froids, dispose sur la table devant Gerhard de la viande froide et du pâté, une boîte de sardines, un plateau de fromages et des gâteaux. Gerhard mange autant qu'il peut et explique à François, la bouche pleine, qu'il est un réfugié allemand. François lui dit qu'il vaut mieux garder cela pour lui : ici, au Grand Hôtel, on n'aime pas trop les étrangers, surtout lorsqu'ils viennent d'Allemagne.

Le travail est rude en cuisine. Pendant dix à douze heures par jour, Gerhard épluche des légumes, brique des casseroles de cuivre jusqu'à ce que le chef des viandes puisse y voir ses poils de barbe. Il porte les lourds plateaux jusqu'au monte-plat, nettoie le sol, évide les poissons, casse des pinces de homard. Il dort dans une petite chambre sous les toits avec quatre autres marmitons, deux garçons d'ascenseur et un groom. La nuit, il fait une chaleur insupportable, ils n'ont qu'une lampe à pétrole, et doivent aller chercher de l'eau dans un seau aux toilettes. La nourriture est en revanche excellente. Le chef pâtissier, François, se révèle être un anarchiste. Sa maxime : "Ce qui est bon pour les richards qui mangent au restaurant ne l'est pas assez pour nous." Lorsque François doit confectionner un gâteau particulier, il en fait toujours deux. Le mieux réussi est pour les employés. Un jour, on commande un gâteau à la crème pour le banquet donné par le propriétaire bolivien d'une mine d'étain. Gerhard porte le gâteau jusqu'au monte-charge, mais tombe en route. Le gâteau est enfoncé d'un côté, la cendre qui se trouvait par terre s'est collée à la crème. Gerhard, accablé, dit qu'il va sans doute falloir donner l'autre, ce que François refuse catégoriquement : à sa table, dit-on, on ne mange rien qui ait touché le sol. François redonne sa forme au gâteau avec les mains, prend de la cendre et en saupoudre tout le tour. "Dis au serveur que, cette fois, j'ai fait la tarte à l'indienne", dit-il à Gerhard. Et c'est l'autre que l'on déguste en cuisine.

Le chef, un petit homme gros et chauve que tout le monde appelle "maître", n'entre dans la cuisine qu'en smoking. Peu avant midi et une demi-heure avant le dîner, il y fait une tournée pour vérifier si ses recettes ont bien été respectées au détail près. La dégustation est une véritable cérémonie. Les sous-chefs lui présentent, sur des assiettes préchauffées, des sauces et des pièces de viande. Les soufflés et les desserts sont servis dans des coupes réfrigérées. Quelqu'un doit porter les couverts à goûter derrière le maître – cet honneur revient à Gerhard au bout de trois semaines seulement. On aligne fourchettes, cuillers et couteaux dans une valise plate en maroquin. Lorsque le maître porte quelque chose à la bouche, le silence absolu doit régner dans la cuisine. Alors il reste là, immobile, ferme les yeux et donne les dernières instructions pour atteindre la perfection. Le restaurant du Grand Hôtel de Cannes est à cette époque l'un des meilleurs de France, et les prix exorbitants n'empêchent pas la salle d'être toujours pleine. Gerhard découvre les petits trucs et les grandes différences de l'art culinaire – un art qu'il célébrera encore des décennies plus tard : lorsque nous étions invités chez mes grands-parents, c'est toujours Gerhard qui s'occupait de la viande. Parfois, il me demandait de couper une tranche de rôti et la dégustait les yeux fermés – comme le faisait jadis le maître du Grand Hôtel.

Au bout de quelques semaines, Gerhard est promu apprenti serveur. Il porte un smoking colonial blanc, un pantalon noir et des chaussures vernies. Les clients sont pour l'essentiel de riches Américains et des Français du gouvernement de collaboration installé à Vichy. Presque tous les soirs, il y a aussi un Allemand. Il s'appelle le Dr Müller et s'est présenté, à la réception, comme un membre de la Croix-Rouge. Mais un serveur raconte à Gerhard qu'un jour, en débarrassant la table, il a aperçu la crosse d'un pistolet sous l'aisselle droite du Dr Müller. Il est peu probable qu'il travaille à la Croix-Rouge. Un soir, un haut diplomate américain donne son banquet d'adieux à Cannes. Il arrive, avec un convoi de voitures, de Paris où l'ambassade américaine vient de fermer ses portes. La fête dure jusqu'à une heure tardive de la nuit. A un moment de la soirée, le chef de rang se retire dans une salle annexe pour se reposer. Il charge Gerhard de l'appeler dès que les clients font mine de partir. Quelques minutes après que le chef de rang s'est éclipsé, l'épouse du diplomate, une femme blonde et mince portant un collier de perles au cou et des diamants aux doigts, se lève à son tour et fait tomber par terre son étole de vison. Gerhard se précipite et remet l'étole autour du cou de la dame. Elle sourit, ouvre son sac à main et glisse dans la poche de Gerhard une liasse de billets froissés. Le chef de rang arrive peu après, furieux que Gerhard ne l'ait pas appelé, et réclame le pourboire. Gerhard ne réfléchit pas longtemps. Il se rappelle que le service du personnel lui a demandé de remettre ses papiers, il pense à ce travail rude et non payé, et se dit que l'argent lui permettrait de quitter Cannes. Il refuse et plante le chef des serveurs sur place. Celui-ci hurle dans son dos qu'il est licencié et qu'il a jusqu'au lendemain matin sept heures pour quitter l'hôtel. Au réveil, il prend un dernier petit-déjeuner avec François. Lequel va chercher dans le réfrigérateur une bouteille de bourgogne blanc et du foie gras d'oie truffé. Ils boivent à l'avenir. Puis Gerhard quitte le Grand Hôtel. En empruntant la porte de service, comme il était venu.

Par le biais de sa mère restée à Paris, Gerhard parvient à établir un contact avec son père. Celui-ci s'est évadé du camp d'internement et vit sous un faux nom à Cazaubon, un village situé à proximité de Toulouse. Une organisation clandestine d'assistance catholique l'a pris sous son aile. Gerhard le rejoint à pied. Il ne marche que la nuit : ces derniers temps, il y a aussi des contrôles et des rafles dans la zone non occupée. Des gendarmes français zélés font la chasse aux juifs et aux réfugiés étrangers pour les remettre aux Allemands. Au bout de deux semaines, Gerhard arrive à Cazaubon ; pour la première fois depuis longtemps, il peut serrer son père dans ses bras. Wilhelm a pris un coup de vieux : il a le visage émacié, sa peau est translucide, de profondes rides se sont creusées autour de sa bouche. La vie dans le camp, dont il ne tient pas trop à parler, lui a pesé. Wilhelm a des troubles cardiaques et doit se ménager. Il ne parvient plus à se promener plus d'une demi-heure par jour. Cette inactivité le ronge : il aimerait aller se battre tout de suite contre les nazis. Mais il doit laisser cela à Gerhard, qui établit un contact avec la Résistance par l'intermédiaire du mari de sa sœur Ilse. Quelques semaines plus tard, Kurt Weber, un ancien combattant d'Espagne devenu membre d'un réseau à Toulouse, arrive à Cazaubon. Kurt Weber décrit à Gerhard le travail clandestin des communistes allemands en France. Leur principale mission est d'espionner la Wehrmacht et de débaucher des soldats allemands. Gerhard, dit-il, doit avoir conscience qu'il risque sa vie en ralliant la Résistance. Il lui parle des tortures de la Gestapo et de la condamnation à mort garantie pour quiconque se fait prendre. Un garçon comme Gerhard, avec ses dix-neuf ans, devrait y réfléchir à deux fois. Ils conviennent d'un rendez-vous à Toulouse. Si Gerhard s'y rend, cela signifiera qu'il veut en être.

Le 12 mai 1943, à treize heures trente, Gerhard va comme convenu dans le petit parc à proximité du Capitole de Toulouse. Il doit patienter quelques minutes avant que ne sorte, de l'ombre d'une allée, un petit homme aux larges épaules qui se dirige droit vers lui : Werner Schwarze, *alias* Eugen. Il propose de quitter la ville en tramway pour pouvoir discuter tranquillement. Ils traversent la cité méridionale et passent devant la poudrière, où la première équipe achève justement son travail. Après le pont sur la Garonne, le tram s'arrête devant un bâtiment massif en briques rouges entouré de hauts murs. Eugen explique qu'il s'agit de la forteresse Saint-Michel, une maison d'arrêt du siècle passé que les Allemands utilisent à présent comme prison. Gerhard se dit, l'espace d'un instant, qu'il s'y retrouvera peut-être un jour s'il commet une erreur. Mais il écarte aussitôt cette idée.

Depuis le terminus, un chemin mène vers les vignobles qui s'étendent au sud de la cité. Non loin de là, une troupe de soldats allemands remonte la rue ; d'en haut, on ne voit que leurs casques d'acier sous les bâches repliées des poids lourds. Les soldats chantent des chansons, il y est question de fleurs sur un alpage et d'une jeune fille qui s'appelle Maria. Gerhard dit qu'il ne supporte pas l'omniprésence des soldats allemands dans la ville. Eugen sourit à Gerhard et dit qu'il serait peut-être lui aussi sur l'un de ces camions si le hasard lui avait donné un autre père que le sien ; Gerhard ne comprend pas bien ce qu'il veut dire ; Eugen explique que beaucoup de soldats sont opposés à cette guerre, qu'il est donc important de les influencer et même, si possible, de les gagner à la cause. Le groupe d'Eugen distribue des tracts dans les casernes et publie un journal clandestin, *Soldat au bord de la Méditerranée*. Eugen raconte que les hommes de troupe transmettent aussitôt à la Gestapo une bonne partie des journaux diffusés en secret. Mais le reste est lu et passe de main en main. "C'est un travail laborieux et de longue haleine, mais il peut faire évoluer les choses", dit Eugen. Gerhard est un peu déçu. Il n'est pas venu pour distribuer des journaux, mais pour se battre. Cela, pourtant, il ne le dit pas.

Gerhard réfléchira longtemps à la remarque d'Eugen sur le rôle que joue le hasard dans l'affectation à un camp ou à un autre. Il se demande ce qu'il serait devenu s'ils n'avaient pas été obligés de quitter l'Allemagne, si un événement fortuit n'avait pas fait de son père une cible des nazis.

Il écrit : "C'est notre rapport personnel à la situation qui a décidé de notre chemin, mais où aurait-il mené si nous avions eu une plus grande liberté de décision ?" Il donne presque l'impression d'être soulagé de ne pas avoir eu le choix.

Eugen charge Gerhard de se rendre dans un bureau du travail allemand et de se faire embaucher dans une unité de la Wehrmacht. On donne à Gerhard des papiers d'identité qui ont été établis dans une mairie française, portent un cachet authentique et résistent même à un examen minutieux. Il s'appelle désormais Gérard Laban, il a dix-sept ans, il vient d'Alsace et c'est un jeune étudiant en langue et civilisation germaniques. Il est né à Stenay, à proximité de Verdun. L'hôtel de ville de la commune a brûlé en 1940, les registres de l'état civil ont été détruits, ce qui rend impossible une vérification de son origine. Il est censé avoir appris la langue allemande par sa mère, détail qui le force à ne plus parler cette langue, désormais, qu'avec l'accent français. Ses deux parents sont morts prématurément, seuls restent quelques membres de sa famille qui vivent en Algérie. Eugen lui donne aussi l'adresse d'un couple d'un certain âge chez qui il peut loger à Toulouse. Il conseille à Gerhard la plus grande prudence. Puis ils se disent adieu.

Au bureau du travail allemand, sa biographie imaginaire fonctionne à merveille. On lui confie un poste d'interprète à la kommandantur chargée des transports, qui se trouve dans un vieil hôtel juste à côté de la gare. Son chef est le sous-officier Fink, qui porte un uniforme taillé sur mesure, apparemment dans un très bon tissu. Gerhard ne tarde pas à apprendre que la principale occupation de Fink est de se procurer au marché noir des grains de café non grillés pour la Wehrmacht, que l'on achemine vers l'Allemagne dans des trains qui partent de Toulouse. Officiellement, Fink est responsable des relations de la kommandantur avec les instances françaises, ce qui explique qu'il ait un besoin urgent d'interprète. Fink est un type sympathique, qui ne fait pas de complications. Le marché noir l'accapare tellement qu'il ne tarde pas à laisser Gerhard traiter le reste des affaires. Celui-ci a désormais accès à toute la correspondance de la kommandantur. Il voit aussi passer les plans de transport indiquant à quel moment circulent des trains de détenus ou d'armes. Parce qu'il serait trop dangereux de prendre des notes, il doit tout apprendre par cœur : les itinéraires, les horaires de départ, le chargement, les temps d'attente. Gerhard met au point un système mnémotechnique qui lui permet de garder en tête jusqu'à dix convois, avec tous les détails. Le soir, assis dans sa chambre, il consigne tout cela d'une écriture minuscule sur du papier à cigarettes. Deux fois par semaine, un intermédiaire passe prendre les messages secrets.

Un jour, le sous-officier Fink oublie de refermer son coffre-fort, et Gerhard feuillette à la hâte les documents classés "secret-défense" qui ne circulent pas avec le courrier normal. Il trouve un ordre de service du général de corps d'armée Kohl, qui supervise depuis Paris toutes les kommandanturs chargées des transports en France. Kohl écrit que les convois de prisonniers doivent désormais passer "avant tout". La déportation des "juifs et des terroristes, écrit-il, doit être la priorité absolue". Gerhard étudie les trajets suivis par les convois de détenus. Ceux-ci sont rassemblés à Drancy et Compiègne, d'où on les envoie dans différentes directions. Les terminus ont pour noms Auschwitz, Theresienstadt, Ravensbrück, Dachau, Buchenwald.

Eugen lui raconte que, selon certaines informations, on tue massivement les juifs de toute l'Europe dans les camps polonais. On parle de chambres à gaz – mais on ne sait pas si tout cela est vrai. Gerhard ne croit pas à ces histoires. Même les nazis ne commettraient jamais des crimes pareils, se dit-il.

Dans les dossiers secrets de Fink, Gerhard trouve aussi une lettre anonyme envoyée à la Wehrmacht. On y affirme qu'un serveur qui travaille pour la Résistance est employé au mess des officiers de la kommandantur chargée des transports, à Toulouse. Il se fait appeler Gaillard, mais son véritable patronyme est Riedinger. En marge de la lettre, les mots du chef de la sécurité de la kommandantur : "A interpeller immédiatement." Cette note a déjà deux jours. Gerhard se demande s'il est déjà trop tard pour sauver Riedinger, si Fink n'aurait pas laissé son coffre-fort volontairement ouvert afin de le tester. Gerhard décide d'agir. Immédiatement après son service, il se rend dans une cabine téléphonique et appelle à la kommandantur. Au téléphoniste, il dit en déformant sa voix qu'il y a eu un accident dans la famille de M. Gaillard et qu'il doit lui parler au plus vite. Lorsque Gaillard est enfin à l'autre bout du fil, Gerhard lui dit : "Ici un ami. Vous allez être arrêté, fichez le camp."

Plusieurs semaines plus tard, quelques mots qu'il entend prononcer par le sous-officier Fink lui apprennent que le serveur a réussi à filer. La Gestapo est désormais sur des charbons ardents. Ils cherchent la source des fuites. Les attaques de convois de détenus par des unités de partisans armées se multiplient. Par une porte ouverte, Gerhard entend Fink discuter avec le chef de la sécurité, le capitaine Wächtler. Celui-ci affirme que les attaques sont ciblées, “comme si les terroristes savaient précisément quand circulent les convois de détenus”. Gerhard est fier, il se sent pousser des ailes, il sait à présent que son travail a un sens. Mais il s'exhorte lui-même à redoubler de prudence.

Un matin, Gerhard est réveillé par des coups violents à la porte de sa chambre. Il n'est que cinq heures et demie. Devant la porte se trouve la logeuse, totalement décomposée. Elle dit qu'un soldat allemand attend en bas, devant le portail, et demande à lui parler. Gerhard se demande d'abord s'il doit fuir par le jardin – mais s'ils étaient venus l'arrêter, ce soldat ne serait certainement pas arrivé tout seul. Ce dernier a affirmé à la logeuse qu'il était l'ami de Gerhard. Il s'agit en fait du sous-officier Weininger, avec lequel Gerhard a effectivement noué une sorte d'amitié et qui occupe les fonctions de chauffeur du commandant. A bout de souffle, Weininger explique à Gerhard qu'il doit s'en aller immédiatement. La veille, il a transporté le capitaine Wächtler, chef de la sécurité. Celui-ci discutait avec un autre officier, et le chauffeur l'a entendu dire : “Il faut arrêter ce Laban maintenant.” Weininger propose à Gerhard de le conduire quelque part en voiture. Gerhard se cache dans la grosse limousine de la Wehrmacht. Il demande à Weininger de le conduire à une adresse qu'Eugen lui a indiquée en cas d'urgence. Il descend de la voiture quelques rues avant le véritable point de rendez-vous, remercie Weininger et lui demande s'il ne veut pas aussi changer de camp. Le chauffeur le regarde avec surprise et s'en va sans répondre.

L'adresse de secours est une pharmacie, mais elle n'est pas encore ouverte. Gerhard attend dans un passage, entre deux maisons. Lorsque le pharmacien, un homme trapu, aux cheveux grisonnants, lui ouvre enfin la porte, Gerhard lui explique pourquoi il est là, et l'homme le tire en vitesse à l'intérieur de la boutique. Il passe toute la journée dans la réserve des médicaments, dans les effluves de sauge et d'onguent pour œils-de-perdrix. Eugen arrive dans la soirée, il porte un élégant manteau en poil de chameau et un costume sombre, parce qu'on ne le contrôle jamais lorsqu'il porte cet accoutrement, explique-t-il. Eugen a déjà de nouveaux papiers pour Gerhard. Il s'appelle désormais Jean-Pierre Ariège, il a dix-sept ans et un poste d'employé de bureau. Il reste à prendre une nouvelle photo d'identité, ce dont se charge une relation du pharmacien. Le lendemain matin, Gerhard monte avec Eugen dans un bus qui les emmène cinquante kilomètres plus au nord. Ils marchent ensuite sur de petites routes et des sentiers de campagne jusqu'à ce qu'ils arrivent à une maison en lisière de forêt. Gerhard doit y rester quelque temps – jusqu'à ce qu'on ait décidé de sa nouvelle mission. Dans la maison, il trouve quatre anciens membres de l'armée républicaine espagnole et deux émigrés allemands qui attendent, comme Gerhard, leur prochaine mission. Le soir, les hommes font du feu dans la cheminée, l'un des Espagnols a trouvé un terrier de blaireaux et Gerhard cuisine l'un des animaux. Ils discutent en buvant du vin rouge. Le seul sujet qui leur soit interdit, pour des raisons de sécurité, c'est leur activité clandestine. Gerhard reste une semaine dans cette maison à l'orée du bois. Il apprécie d'être en compagnie de personnes avec lesquelles il n'a pas à être sur ses gardes. Il peut de nouveau parler allemand sans imiter un accent, ce qui ne lui est déjà plus aussi facile.

Je me demande ce qui trottait dans la tête de Gerhard à ce moment-là, à quoi il pensait lorsqu'il avait un moment de calme. N'avait-il ni doutes, ni angoisses ? N'avait-il pas parfois envie d'arrêter, de ficher le camp, d'échapper à ce combat ? Après tout, seule la chance lui avait permis d'échapper à l'arrestation. Ne s'est-il pas demandé ce qui se passerait la fois suivante ? Ses Mémoires ressemblent aux histoires qu'il nous a racontées, à moi ou à ma mère. Ils parlent d'un jeune homme courageux et porté par une conviction. Un garçon auquel il ne reste d'autre choix que de combattre l'ennemi qui menace sa vie et celle de sa famille. Ce jeune homme-là ne connaît ni les questions, ni les doutes. Il se bat. Mais était-ce vraiment ainsi ? Une conviction peut-elle être assez forte pour effacer sentiments perturbateurs et moments de faiblesse ? Ou bien avait-il chassé tout cela de son esprit ? S'était-il interdit d'être faible ?

Avant que Gerhard ne devienne un combattant, c'était un garçon sensible et tendre, auquel les lieder mélancoliques de Schubert pouvaient arracher des larmes. Une photo le montre en septembre 1944 en uniforme de lieutenant français. Il porte un béret et a un regard tellement rêveur et si peu militaire qu'on le prendrait volontiers pour un poète ou un chanteur, mais jamais pour un soldat. Sur lui, l'uniforme a tout d'un déguisement.

Dans ses Mémoires, Gerhard écrit qu'après sa fuite de Toulouse, ses camarades lui ont proposé de faire une pause pour digérer tout ce qu'il venait de vivre. Il rejette catégoriquement cette offre et exige une nouvelle mission. Le plus tôt sera le mieux. Il veut être utile, il veut des victoires, le combat doit en valoir la peine. L'une des questions que Gerhard ne cesse de se poser

Gerhard en uniforme de lieutenant de l'armée française, 1944.

est de savoir s'il en fait assez, s'il ne devrait pas multiplier ses efforts. Il se trouve si petit et si futile face à cet ennemi surpuissant.

J'ai trouvé aux archives un avis rédigé sur Gerhard par son intermédiaire, Werner Schwarze *alias* Eugen. Il écrit que Gerhard est "trop impatient, trop impétueux, ce qui tient sans doute aussi à son très jeune âge". Eugen vante son courage et son engagement. "Mais il lui manque la peur qui rend prudent. Il a tendance à vouloir forcer la main au destin."

## X

## MAUVAIS TRAITEMENTS

A la mi-janvier 1944, Gerhard est envoyé à Castres, une petite ville située à cent kilomètres de Toulouse. Une division de la Wehrmacht y est stationnée, composée essentiellement de prisonniers de guerre soviétiques que l'on compte utiliser en France pour combattre les partisans. La mission de Gerhard est d'entrer en contact avec des officiers allemands chargés de la formation des prisonniers. Il doit sonder les officiers, déterminer s'ils jugent leurs troupes aptes à se battre. Eugen précise que c'est une mission difficile, parce que la Wehrmacht n'envoie à Castres que du personnel trié sur le volet. Si la tâche est trop ardue, mieux vaut que Gerhard interrompe l'opération plutôt que de prendre des risques. "La prudence est la règle d'or", dit Eugen avant qu'ils ne se séparent.

Par rapport à Toulouse, Castres est un mouchoir de poche. On s'y retrouve vite – mais hélas on s'y fait aussi remarquer plus facilement. L'Agout, une rivière, partage la ville en deux. Elle compte quatre ponts qu'il faut franchir pour traverser la cité : des endroits idéaux pour organiser des rafles. Eugen a remis à Gerhard l'adresse d'un couple d'ouvriers du textile chez qui il pourra loger. La maison où ils vivent est juste au bord du fleuve. Le soir, à l'heure convenue, il frappe à la porte du deuxième étage. Trois fois brièvement, une fois longuement.

On ouvre aussitôt. Ses hôtes s'appellent Noémie et Marcel, Gerhard se présente sous le nom de Paul. Pendant le dîner, les deux Français lui parlent des activités de la Résistance à Castres. Depuis des semaines déjà, ils font passer clandestinement des tracts dans la caserne où l'on forme les prisonniers russes. On a établi des contacts avec les prisonniers, mais justement pas avec les officiers. Noémie et Marcel recommandent à Gerhard de prendre son temps. La Wehrmacht, qui n'a pas confiance dans les prisonniers, a envoyé à Castres toute une équipe d'hommes de l'Abwehr, le contre-espionnage militaire.

Gerhard profite des premiers jours pour observer la ville. Il note que les officiers allemands se retrouvent le soir dans plusieurs bars, notamment dans un bistro de la rue Gambetta, à proximité du théâtre. Quelques marches de pierre conduisent à la cave meublée de tables en bois et de bancs noircis au brou. On peut y boire du rouge de Dordogne et de l'armagnac aux prix du marché noir. Le soir, à partir de vingt heures, la salle est toujours pleine à craquer. Gerhard se mêle aux clients, et quelques semaines suffisent pour que les Allemands familiers du lieu s'habituent à lui. Ils parlent du temps, du prix de l'alcool et des familles restées à la maison. Un soir, Gerhard discute avec un sous-officier qui porte le nom de Günther Wegener et parle de bon cœur, sans même qu'on le lui ait demandé, de la situation militaire, de la défaite qui menace à l'Est et d'un possible débarquement des Américains sur la côte française. Wegener a été blessé sur le front russe et muté en France. “Si seulement toute cette merde pouvait bientôt s'arrêter”, dit-il en regardant Gerhard, comme pour l'inviter à lui faire des confidences. Mais Gerhard ne veut pas entrer trop vite dans une relation de confiance, il change de sujet et raconte des histoires drôles remontant à sa scolarité parisienne. Lorsqu'ils prennent congé, le sous-officier Wegener lui dit que c'est la meilleure soirée qu'il ait passée à Castres. Ils conviennent de se revoir trois jours plus tard.

Au cours des semaines qui suivent, Gerhard rencontre régulièrement Wegener. Ils assistent ensemble à une représentation de *La Tosca* à l'opéra. Au dernier acte, lorsque la Tosca poignarde le gouverneur et chante d'une voix aiguë "Rome en a tremblé", quelqu'un crie depuis la galerie : "Et de quoi tremble Castres ?" Aussitôt la lumière s'allume et l'on baisse le rideau. Les spectateurs huent. Au bout d'un moment, le directeur de l'opéra monte sur scène et annonce que, sur ordre de la police, la représentation est suspendue : il est interdit de crier pendant le spectacle.

Wegener paraît consterné après cet incident. L'animosité des Français lui donne à réfléchir. Il demande à Gerhard ce que les gens d'ici pourraient lui faire si la guerre était perdue. Ils se rendent au bistro proche du théâtre. Quelques verres de vin plus tard, Wegener lui raconte ses expériences sur le front de l'Est. Un jour, il traversait un village incendié avec sa voiture tout-terrain. Entre les ruines calcinées pleurait un enfant qui devait avoir trois ans. Wegener arrêta la voiture et descendit d'un bond pour aller chercher le petit. Mais un lieutenant assis à côté de lui cria de laisser ce mioche russe sur place. Wegener parle d'hommes, de femmes et d'enfants que l'on poussait dans la tempête de neige vers les wagons à bestiaux. "Comme des animaux", dit-il, et il se tait.

Gerhard décide de remettre à Wegener un tract dans lequel on évoque les crimes de guerre commis par la Wehrmacht en Union soviétique. Il lui explique qu'il a trouvé ce document dans la rue et s'apprête à le sortir de sa poche lorsque la porte s'ouvre brutalement, laissant s'engouffrer dans le bistro trois membres de la Feldgendarmerie*, pistolet-mitrailleur à la hanche. Ils se dirigent vers la table où sont assis Gerhard et Wegener, et le chef annonce à Gerhard : "Vous êtes en état d'arrestation. Si vous tentez de vous enfuir, vous serez abattu." Les gendarmes poussent Gerhard vers la porte, il n'y a pas un chat dans la rue. Cinquante mètres plus loin, à droite, deux Citroën noires attendent moteur en marche. On pousse Gerhard sur la banquette arrière du premier véhicule. Les voitures partent sur les chapeaux de roues. Gerhard voit tout cela comme à travers un voile, les maisons qui défilent à l'extérieur, les uniformes de ses deux gardiens qui le tiennent en étau. Il pense au tract qu'il porte dans la poche intérieure de sa veste, il pense à ses faux papiers. Il sait que la Gestapo torture les prisonniers avec des fils électriques et des fers rouges pour obtenir des renseignements. Il sent son corps devenir tout d'un coup froid et insensible. Il pourrait à présent pleurer d'angoisse, mais il se maîtrise.

Les voitures entrent dans la cour de la caserne, et Gerhard est conduit dans une salle de garde. Plusieurs officiers se tiennent autour d'un bureau ; parmi eux, Wegener, qui décroche justement le téléphone et parle dans le combiné avec un calme appuyé : "Nous l'avons, mon colonel." On fouille ses poches, on y trouve le tract. Gerhard est conduit dans un bureau au premier étage. Derrière une table de travail, sous une lampe à abat-jour vert, attend un homme aux cheveux blancs et aux yeux rouges. Un albinos. Il est lieutenant-colonel de l'Abwehr, les services secrets de la Wehrmacht. L'albinos tient

* La police militaire de la Wehrmacht.

le tract à la main et demande combien Gerhard est payé pour diffuser ces papiers. Sans réfléchir, Gerhard répond : "Ce genre de choses, on ne le fait pas pour de l'argent, mais par conviction." Il regrette aussitôt cette réponse irréfléchie : il vient de reconnaître, alors qu'il n'avait aucun besoin de le faire, qu'il a distribué des tracts clandestins. Gerhard se promet de ne plus rien dire qui puisse avoir la moindre importance, et surtout de ne trahir personne, de ne pas livrer un seul nom, une seule adresse, quelles que soient les souffrances qu'on lui ferait subir.

L'albinos lui demande le nom de ses contacts. Gerhard décrit l'exact opposé d'Eugen : petit, brun, chauve. Il dit n'avoir jamais rencontré que dans la rue cet homme prénommé Maurice. L'albinos éclate de rire : "Oui, quoi, le grand inconnu !" Il l'interroge sur les tracts distribués à Castres. Gerhard endosse toutes les distributions, il sait qu'au bout du compte, avoir diffusé un seul de ces papiers ou des centaines revient au même. L'albinos paraît à présent très satisfait et annonce que l'affaire des distributions de tracts est élucidée. Il fait emmener Gerhard par les gendarmes. Ils traversent la cour avec lui et le conduisent jusqu'à un bâtiment d'un étage muni de petites fenêtres grillagées ; l'un des deux ouvre les portes de fer. Lorsque Gerhard veut entrer, le coup de poing d'un gendarme l'atteint dans le dos, et le fait tomber sur le sol en pierre de la cellule. Avant qu'il ne puisse se redresser, l'autre militaire est au-dessus de lui et lui donne des coups de bottes dans les flancs. Gerhard tente de retrouver son souffle et de protéger sa tête avec les bras. Au même instant, un mugissement s'élève dans les autres cellules. "Vous allez la fermer, cochons de Russes ?" vocifère l'un des gendarmes. Ils oublient Gerhard et donnent du pied contre les autres portes. Celle de Gerhard se referme, on pousse un verrou. Il se retrouve seul dans cette cellule minuscule. Sous la fenêtre, il découvre une étroite couchette en bois avec une couverture de cheval sale, et à côté un grand pot de confiture vide qui sert sans doute de toilettes. Gerhard s'étend, tremblant, sur la planche en bois. Il a désormais le temps de réfléchir.

Il se demande pourquoi l'albinos n'a pas tenté de lui arracher par la violence le nom de ses camarades. L'officier sait tout de même forcément que les premières heures qui suivent une arrestation sont les plus importantes pour obtenir des renseignements : dès le lendemain, beaucoup de traces peuvent avoir été effacées. Peut-être le fait d'avoir élucidé l'énigme des tracts suffit-il à l'albinos. Peut-être n'a-t-il aucune intention de le torturer ou de le livrer à la Gestapo, considérée comme beaucoup plus brutale que la Wehrmacht ; Gerhard se dit qu'il en sait beaucoup trop sur l'activité de la Résistance. Il connaît tant de noms et d'adresses. Il aimerait pouvoir tout oublier. Une nouvelle fois, il est en proie aux doutes : son travail a-t-il eu une quelconque valeur, a-t-il obtenu des résultats notables ? Il sait qu'il a commis des erreurs, qu'il a, une fois de plus, voulu aller trop vite. Wegener était-il un mouchard de l'Abwehr que l'on avait chargé de s'occuper de lui ? Que va penser Eugen de son arrestation ? Non loin de là, des cloches sonnent minuit, la pleine lune éclaircit les murs sombres de la cellule, recouverts de graffitis. On distingue des lettres cyrilliques. L'un de ses prédécesseurs dans la cellule a gravé dans le mur une ferme russe entourée d'arbres. Gerhard ne s'endort qu'aux premières heures du matin. Mais l'albinos le poursuit jusque dans ses rêves. L'homme est assis sur son bureau, le regarde de ses yeux rouges et lui tire sur la langue avec un appareil étrange. De la bouche de Gerhard s'envolent de petits morceaux de papier sur lesquels figurent tous les secrets. L'albinos rit et continue à tirer ; bientôt toute la pièce est remplie de morceaux de papier.

Gerhard passe la journée suivante dans sa cellule. Quelques prisonniers russes entonnent des chansons tristes. Un sous-officier ouvre la porte de la cellule et y jette un quignon de pain. C'est seulement le lendemain qu'il est de nouveau convoqué chez l'albinos. Celui-ci a appris, entre-temps, que Gerhard a travaillé près d'une année à la kommandantur des transports à Toulouse. Sur le bureau, devant l'albinos, se trouve le procès-verbal du premier interrogatoire. Gerhard peut en lire quelques phrases. Le dernier paragraphe conclut : "Deux interrogatoires poussés n'ont pas apporté de nouveaux éléments à charge."

Un interrogatoire poussé, ce sont des mauvais traitements. Pourquoi l'albinos trompe-t-il ses supérieurs, et pourquoi l'épargne-t-il, lui Gerhard ? L'albinos feuillette sans rien dire les papiers de Gerhard, hoche parfois la tête, à un moment il ne peut s'empêcher de sourire. Il dit que cette affaire sera traitée par le tribunal de guerre à Toulouse, qu'il a un ami là-bas et qu'il l'en informera. On emmène Gerhard, l'albinos lui fait un signe de tête encourageant.

Il faudra des années avant que Gerhard ne pense avoir compris le comportement de cet officier de l'Abwehr. A l'époque, la dissolution des services secrets de la Wehrmacht était imminente. Le chef de l'Abwehr, l'amiral Canaris, faisait partie des conjurés qui avaient, le 20 juillet 1944, organisé un attentat contre Hitler. C'était pour la SS une excellente occasion de liquider ce service qui gênait depuis un bon bout de temps. Il est possible que l'albinos, au cours de ses derniers jours en fonctions, ait eu plus important à faire que de forcer des partisans à avouer.

Le lendemain à l'aube, un adjudant et un soldat viennent chercher Gerhard. L'adjudant lui passe les menottes. "Au moindre incident, vous serez abattu." Ensuite, on pousse Gerhard dans une limousine de la Wehrmacht, et ils se mettent en route pour Toulouse. Sur la nationale, ils sont dépassés par une moto avec side-car. L'adjudant sort un pistolet et baisse la vitre. Il ne se détend qu'au moment où la moto s'est éloignée. A Toulouse, les rues sont noires de monde. Gerhard aperçoit au loin le bâtiment en briques rouges de la prison Saint-Michel. Lorsqu'ils arrivent devant le grand portail, le sous-officier remet, par la fenêtre, un papier au soldat de garde et la voiture entre dans la cour. Gerhard se rappelle sa première promenade avec Eugen à Toulouse, lorsqu'ils sont passés en tramway devant la prison. Comme il s'était montré optimiste et naïf, ce jour-là.

Les journées en prison suivent un cours immuable. Le matin à six heures, un sous-officier hurle le mot *Aufstehen*, "debout", dans le hall. On sert un morceau de pain noir et un gobelet d'ersatz de café. Après le petit-déjeuner, chaque détenu a le droit de rester vingt-cinq minutes dans la cour intérieure, et peut se laver à l'un des robinets. A midi, on fait passer une auge pleine de soupe aux rutabagas par la trappe de la porte de la cellule ; le soir, il y a un bout de margarine ou de l'ersatz de fromage. Le cinquième jour, on vient tirer Gerhard de sa cellule. "Interrogatoire", dit le gardien. Gerhard est conduit dans une salle où le capitaine Wächtler, chef de la sécurité du commandement des transports à Toulouse, l'attend assis à une table. Deux SS se tiennent debout, à la droite et à la gauche de Wächtler. “Vous ne pensiez pas que nous nous reverrions de sitôt ?” dit le capitaine à voix basse. L’un des SS sort de sa poche une paire de gants de cuir noir et les passe lentement.

“Comment vous appelez-vous vraiment, au juste ? demande Wächtler. Gérard Laban, Jean-Pierre Ariège, Gérard Lebert, voilà une belle collection de noms.” Gerhard ne dit rien, et le premier coup de poing l’atteint au visage. Un voile noir passe devant ses yeux, il tombe de sa chaise. Lorsqu’il se relève, il reçoit un deuxième coup à l’estomac ; puis les deux SS s’abattent sur lui. Gerhard sent des coups de pied dans le ventre et dans les côtes, du sang coule de sa bouche. Il n’arrive presque plus à respirer. Les SS le lâchent, Gerhard lève les yeux vers Wächtler, rouge de colère, qui lui crie qu’il faut tout dire maintenant, que nier ne sert à rien ; Wächtler veut savoir qui a prévenu Gaillard, le serveur du mess des officiers, qu’il allait être arrêté. Gerhard dit qu’il ne connaît pas de Gaillard. Wächtler fait un signe aux SS, qui recommencent à le rouer de coups. A cet instant, un jeune lieutenant entre dans la salle. Il annonce à Wächtler que les interrogatoires poussés ne sont pas autorisés dans la prison. Il tient à ramener immédiatement le détenu dans sa cellule. Wächtler écume, mais l’officier de la prison n’en démord pas. Il fait conduire Gerhard dans une cellule individuelle, à la cave, et appeler un infirmier. Le gardien, un sous-officier grisonnant, prend Gerhard par les aisselles et le dépose prudemment sur la couchette. “Fais voir ça, dit-il. Ça n’est pas joli, mais j’ai déjà vu pire, bien pire. Je vais aller te chercher ton assiette et ta couverture.” L’infirmier constate que les incisives de la mâchoire supérieure sont cassées, sa langue est elle aussi contusionnée, et il a cinq côtes en morceaux. “Ça s’arrangera”, dit-il.

Ni à moi, ni à ma mère, Gerhard n'a jamais dit un mot sur cet interrogatoire à la prison Saint-Michel. Il le raconte dans ses Mémoires, mais aucun d'entre nous n'a osé lui en parler. Peut-être avons-nous craint de voir ses sentiments transformer notre grand-père sévère en homme en larmes. J'avais quatorze ans lorsque j'ai lu pour la première fois le livre qu'il a écrit sur sa vie en France, et je ne voulais pas croire qu'il avait réellement subi tout cela. Qu'il était l'homme qui s'était recroquevillé sous les coups de bottes des SS, sanguinolent, paralysé par l'angoisse, mais qui n'avait pas parlé pour autant. Il a fallu que je sois moi-même interpellé pour que je comprenne quel courage il avait eu. C'était le soir du 8 octobre 1989, le lendemain du quarantième anniversaire de la RDA. Deux hommes de la Stasi m'ont interpellé sur l'Alexanderplatz avec mon amie Christine. Nous avions sur nous des écrits du Neues Forum*. On nous a fait monter dans un camion qui nous a conduits dans une caserne de la police. Nous y avons passé une nuit debout dans un garage froid. Le lendemain matin, on nous a interrogés, chacun à notre tour. J'avais très peur, parce que je n'avais aucune idée de ce qui allait nous arriver. Le policier n'avait eu à hausser le ton qu'une fois pour que je lui raconte tout ce que je savais. Gerhard n'avait rien dit, alors qu'il risquait sa vie. Moi, j'ai craqué alors que je n'avais en réalité pas grand-chose à craindre.

* Le "Nouveau Forum", l'une des organisations de citoyens contestataires à l'origine des manifestations qui débouchèrent sur la chute du Mur.

## XI

## HOSTILITÉS

Après son passage à tabac par les SS, le gardien dépose des doubles rations dans la cellule de Gerhard, qui trouve même parfois quelques morceaux de viande dans la soupe aux rutabagas. Gerhard n'est pas encore en état de marcher et passe des journées à somnoler sur sa couchette. Il s'imagine que les Alliés ont débarqué et qu'ils se dirigent à ce moment-là vers Toulouse. La première chose qu'ils font après leur arrivée est bien entendu de libérer la prison. Ils le sortent de sa cellule, tout le monde crie de joie, on danse ; le soir, on boit du vin et l'on sert du pain à volonté. Gerhard se retrouve bientôt dans une cellule où sont enfermés trois jeunes Français qui le regardent avec méfiance parce qu'il parle allemand avec le gardien. Le soir, alors qu'ils sont allongés sur leurs paillasses, silencieux, l'un des Français se met à siffler une chanson. Gerhard connaît cet air, il l'a chanté aux Faucons rouges. Lorsque l'autre cesse de siffloter, Gerhard fredonne la mélodie jusqu'au bout. Le Français demande d'où Gerhard connaît cette chanson. Ils découvrent alors qu'ils ont été tous les deux au camp des Faucons rouges à Villeneuve, en 1936. La méfiance s'est dissipée, Gerhard est cordialement admis dans le cercle des Français. Eux préparent depuis des semaines des plans d'évasion. Ils ont fabriqué une corde avec des draps de lit et introduit un couteau dans la cellule, il ne leur manque plus qu'un crochet pour attacher la corde au mur de la prison. Ils mettent Gerhard dans le secret. Cela semble dangereux, mais Gerhard ferait tout, désormais, pour échapper à la captivité. Il pense au comte de Monte-Cristo, qui s'est lui aussi évadé d'une forteresse. Autrefois, c'était son livre préféré. Mais il n'est pas certain que les choses se déroulent de la même manière dans la vie réelle.

A la mi-mai, deux gendarmes militaires viennent chercher Gerhard pour le conduire au tribunal de guerre. Ils se fraient un chemin dans la circulation dense de Toulouse. Il fait beau, les femmes portent des robes légères, les clients bavardent aux terrasses des cafés. Gerhard est déçu : la vie continue comme si rien ne s'était passé. Il sait que dans quelques heures il sera vraisemblablement condamné à mort, la seule question qui resterait alors en suspens étant de savoir quand il allait se présenter devant le peloton d'exécution. Gerhard a entendu parler d'un prisonnier condamné à mort en janvier et toujours en vie à cette date. Il pense à l'exécution, à ce qu'il ressentira quand les balles lui traverseront le corps. Ces pensées le font frissonner malgré la chaleur de cette journée.

Ils se rendent au Capitole, l'hôtel de ville, un superbe bâtiment du XVIIIe siècle sur la face sud duquel se dresse une tour de château massive. Le tribunal de guerre siège dans une aile de l'hôtel de ville surveillée par des soldats. Lorsque Gerhard descend de la voiture, dans la cour intérieure, un jeune sous-lieutenant s'approche de lui et se présente comme son défenseur. L'avocat a un visage ouvert, sympathique. Il a lu le dossier de Gerhard et a quelques idées sur la manière de retarder le procès. Le lieutenant conseille à Gerhard d'affirmer qu'il a été déchu de sa nationalité avant 1935. Il ne s'agirait plus alors d'une procédure pénale intentée contre un Allemand du Reich, mais contre un apatride. Il lui demande par ailleurs de se rappeler si le sous-officier Wegener, qui l'a trahi à Castres, n'a pas parlé à plusieurs reprises de ses liens avec la Résistance. “Il faudrait alors reprendre la rédaction des dossiers d'instruction, faire des enquêtes, cela peut durer des mois.”

Gerhard lui demande pourquoi il fait tout cela pour lui, et le lieutenant lui répond qu'il a un ami à Castres qui lui transmet ses chaleureuses salutations. “L'albinos ?” demande Gerhard. “Oui, c'est comme ça qu'ils l'appellent”, répond le sous-lieutenant en riant. Gerhard est troublé par l'amabilité de cet officier allemand. Il compte le nombre de membres de la Wehrmacht qui l'ont aidé ces derniers mois et se rappelle les paroles d'Eugen : il ne faut pas condamner en bloc ces hommes en uniforme.

La salle qui sert de tribunal est lambrissée de bois sombre, de gigantesques lustres pendent au plafond couvert de luxueuses moulures en stuc. Peu après que Gerhard a pris place sur le banc des accusés, tout le monde doit se lever pour l'entrée des juges. Le président est un général au visage maigre, avec un mince nez crochu et un monocle qui lui donne l'air d'une caricature de l'époque impériale. Les points de l'acte d'accusation sont les suivants : menées visant à démoraliser la force de défense allemande, refus du service militaire et haute trahison. Le procureur, un colonel, fait un assez long exposé sur l'activité de Gerhard dans des organisations pratiquant la haute trahison et sur les immenses dommages que ses actions ont fait subir à la force de défense allemande. Gerhard a tout d'un coup le sentiment de n'avoir tout de même pas été aussi insignifiant que cela. Son avocat prend la parole, fait état de la prétendue déchéance de nationalité qui aurait frappé Gerhard, et demande une confrontation avec le sous-officier Wegener, puisqu'il existe un soupçon que celui-ci soit lui aussi coupable de haute trahison. Le président a du mal à garder son calme, mais il renvoie l'audience. C'est aussi parce que les accusations lui semblent d'une telle gravité que le cas devrait être confié à un tribunal de niveau supérieur. Lorsque Gerhard entend annoncer l'ajournement, toute sa tension se dissipe et il sourit à son avocat. Le président s'en rend compte et lui hurle : "Ne vous faites pas d'illusions, avec ce que vous avez commis, il ne peut y avoir que la peine de mort."

Dans la cellule voisine de celle de Gerhard, à la prison Saint-Michel, on écroue un officier belge qui a fait de l'espionnage en France au profit des Anglais. Gerhard peut discuter avec lui par la fenêtre ouverte. Le Belge lui décrit la situation militaire. Les Alliés seraient déjà à proximité de Rome, et sur le front de l'Est une nouvelle offensive de l'Armée rouge serait en cours. Le débarquement des Alliés en France semble prévu en Normandie, début juin, dit le Belge. Gerhard regarde le calendrier qu'il a gravé dans le mur de la cellule. Il reste encore trois semaines avant le début de juin. Au matin du premier jour du mois, Gerhard fait basculer sa couchette contre la fenêtre et grimpe dessus. Le bout de ciel qu'il aperçoit est bleu. Mais quel temps règne sur la côte, à près de neuf cents kilomètres au nord ? Le Belge dit que cela dépend surtout de l'état de la mer : si les vagues sont trop hautes, on ne peut pas mettre les barges à l'eau.

Le beau temps persiste à Toulouse, mais on n'a aucune nouvelle du débarquement. Gerhard sait à présent que l'on peut aussi l'exécuter sans nouvelle audience. C'est ce qui est arrivé récemment à un détenu de son couloir. Son procès à lui aussi avait été ajourné, et pourtant le peloton d'exécution est venu le chercher en pleine nuit. “Ils veulent m'abattre”, a-t-il hurlé lorsque les gendarmes l'ont traîné dans le couloir. Depuis, Gerhard a un sommeil agité, le moindre bruit le réveille. Lorsqu'il entend des pas dans le couloir, il se retrouve trempé de sueur. Il reste alors éveillé jusqu'à ce que la lumière blafarde du matin passe par la fenêtre. Il ne se calme qu'au moment où il entend les gobelets de fer-blanc tinter dans le couloir. Une nuit de plus en vie.

L'après-midi du 3 juin 1944, ils viennent le chercher. Le soldat qui menotte dans le dos les mains de Gerhard lui annonce qu'il va être conduit à Fresnes, à proximité de Paris, pour être déféré à la Haute Cour martiale. Gerhard se dit qu'au moins, Paris est plus proche de la côte nord que Toulouse. Ils se rendent à la gare à bord d'une Citroën noire portant les runes de la SS. Gerhard constate avec surprise qu'ils n'utilisent pas l'entrée réservée aux convois militaires, mais celle des voyageurs normaux. Ses accompagnateurs le guident dans la foule qui attend, debout, devant le rapide pour Paris déjà entré en gare. Un wagon, au milieu du train, porte l'inscription “Réservé à la Wehrmacht”. Gerhard se rappelle un rapport qu'il avait lu à la kommandantur des transports et dans lequel on invitait à intégrer les wagons militaires aux trains normaux pour réduire le risque d'attentats. Le compartiment avant du wagon est occupé par cinq soldats de la Feldgendarmerie qui prennent Gerhard sous bonne garde.

Gerhard est assis coincé entre deux d'entre eux. Il est rare que le train roule à sa vitesse normale : il avance au pas. Peu avant Montauban, à environ soixante kilomètres de Toulouse, le train s'arrête en pleine voie. Les gendarmes en demandent la cause à un cheminot allemand portant l'uniforme bleu. "Activités terroristes", dit l'homme. Les gendarmes dorment à tour de rôle, il y en a toujours au moins deux pour garder un œil sur Gerhard. L'après-midi, ils franchissent Cahors. Le soleil brille, Gerhard voit des prairies et de grandes forêts, les montagnes sont plus raides, ils ne tardent pas à se retrouver dans le Massif central. Le train s'arrête dans une petite gare. Une voix annonce : "Allassac, terminus, tout le monde descend." Les portes des autres wagons s'ouvrent, les voyageurs se bousculent vers l'extérieur et se fraient un chemin à travers les barrages. Le quai est bientôt vide. Les gendarmes sont nerveux. "Foutue merde, jure l'un d'entre eux, en plein dans la région des bandes." Un gradé envoie deux hommes demander quand le convoi va repartir. Peu après, des coups de feu éclatent et les deux gendarmes reviennent en courant. Ils disent que devant la gare se trouvent des hommes armés de pistolets-mitrailleurs. Gerhard est comme électrisé. Les partisans sont là ! L'adjudant-chef qui commande l'escorte le regarde et lui dit : "Ne vous faites pas d'illusions. Avant que nous ne soyons forcés de sortir d'ici, vous prendrez une balle dans la tête." Une violente explosion lui coupe la parole. L'un des gendarmes est envoyé sur le quai pour vérifier ce qui s'est passé. Il revient peu après, le souffle court, et annonce que l'on a fait sauter la chaudière de la locomotive. On entend à présent des bruits de combats dans la ville. Le crépitement de fusils-mitrailleurs, de longues salves, puis une forte explosion. "Bazooka", dit l'un des gendarmes. "Oui, mais pas les nôtres", répond l'adjudant-chef. Deux gendarmes se postent devant les vitres donnant sur les rails, deux autres devant celles situées côté quai. Peu après, la première balle arrive dans le compartiment. Les gendarmes ripostent. Mais à présent il fait sombre dehors, ils ne voient plus rien. “Visez le feu des canons !” crie l’adjudant-chef. Seulement, dehors, plus personne ne tire. Il règne soudain un tel silence que l’on entend le chant des grillons ; le parfum du foin fraîchement coupé passe à travers la fenêtre brisée. Soudain, il y a du mouvement sur le quai. L’adjudant-chef ordonne à Gerhard de crier en français : “Ici la Deutsche Wehrmacht, qui êtes-vous ?” Gerhard obéit. En guise de réponse, une salve de fusil-mitrailleur vient trouer le plafond du compartiment, et une voix aiguë complète le message : “On va te montrer qui on est, connard !” Gerhard traduit avec plaisir.

Dès le lever du jour, ils lancent une nouvelle attaque. Pistolets-mitrailleurs, carabines et un fusil-mitrailleur léger criblent de balles le compartiment. Un *Feldgendarme* a été touché à la main, un autre a une blessure superficielle à la tête, le sang coule à travers son bandage de fortune. Gerhard rampe lentement le long du couloir. Soudain, une explosion fait trembler tout le wagon. “Sortons de cette souricière ! crie l’adjudant-chef. Pas sur le quai, de l’autre côté !” Il ouvre grande la porte et sort d’un bond ; les autres suivent. Gerhard lève la tête et regarde la porte ouverte. Il voit les gendarmes courir sur les rails. L’adjudant-chef apparaît tout d’un coup dans l’encadrement de la porte. Il pointe son pistolet vers la tête de Gerhard, qui observe toute la scène comme au ralenti. Le visage blême et déformé du sous-officier, le doigt sur la détente. Gerhard tourne la tête de côté pour ne pas voir le feu sortir du canon. Il entend la détonation, il ressent un choc. Du sang chaud lui coule sur le visage. Il se demande s'il est mort, mais ne tarde pas à se dire que les morts ne se posent pas de questions. Son oreille lui fait mal, il reste allongé, immobile. Plusieurs minutes passent avant qu'une voix ne crie, depuis le quai : "Allez, sortez de là, un par un, mains en l'air !" Gerhard se lève. "Mains en l'air !" crie-t-on une nouvelle fois depuis l'extérieur. Gerhard se retourne et montre ses menottes. L'un des partisans entre et l'aide à descendre. Il est libre.

La gare d'Allassac.

Gerhard explique qu'on devait le conduire à Paris, où il aurait vraisemblablement été condamné à mort et fusillé. "Eh bien, c'est raté", dit le partisan à la voix aiguë – il s'appelle Michel et serre Gerhard dans ses bras. Celui-ci se sent comme dans un rêve, il regarde autour de lui, incrédule, les jeunes visages des partisans qui lui tapent sur l'épaule en riant. Un infirmier tamponne l'oreille de Gerhard avec une compresse iodée. Ce n'est qu'une éraflure. S'il n'avait pas tourné la tête sur le côté, il serait mort. Mais l'heure n'est pas aux méditations : ils doivent faire vite, les Allemands ne tarderont pas. Jo, le chef de l'unité de partisans, dit qu'il y a en face de la gare un atelier de forgeron où l'on pourra certainement ôter ses menottes à Gerhard. Le forgeron, un homme trapu et musclé, fait éclater la chaîne d'un coup de marteau. Sa fille, une jolie brune, court dans la maison voisine et en revient chargée d'une grosse boîte de pâté de foie. "Pour que tu te remettes vite", dit-elle. Il l'embrasse pour la remercier et fond en larmes.

Les libérateurs de Gerhard sont des membres des FTP, les Francs-Tireurs et Partisans, dirigés par le Parti communiste. "Nous sommes tous communistes", dit un garçon de seize ans qui a encore l'allure d'un enfant et que tout le monde appelle "Toutou". Ils quittent Allassac et marchent des heures durant en direction du nord, par des sentiers forestiers et à travers champs. Ils s'arrêtent dans une grange désaffectée. Ils ont désormais le temps de parler. Gerhard raconte ce qui lui est arrivé au cours des derniers mois ; les autres l'écoutent attentivement. Ils décident d'intégrer Gerhard à l'armée des partisans. Son pseudonyme est désormais "le Rescapé". On lui donne un pistolet-mitrailleur anglais et Michel lui apprend à s'en servir. Le jour même, Gerhard dépose auprès de son commandement de section une demande pour devenir membre du parti communiste. Il veut désormais être totalement solidaire de ceux qui l'ont sauvé et combattre les fascistes à leur côté. La journée de sa libération a sans doute été pour Gerhard une seconde naissance. Le parti devient pour lui une sorte de communauté de destins, une famille qui, même des décennies plus tard, aura pour lui plus d'importance que tout le reste. Il lui consacrera la vie qui lui a été offerte, et aucun doute ne sera jamais aussi fort que la reconnaissance et la joie qu'il a ressenties ce jour-là à la gare d'Allassac. D'autres sont devenus communistes parce qu'ils se sentaient attirés par l'univers intellectuel de ce parti. Pour Gerhard, c'est une affaire de vécu, de sentiment, d'amitié.

Au bout de trois heures de marche à pied, ils atteignent le camp des partisans. A l'abri d'une épaisse couverture d'arbres feuillus, on a dressé des tentes en voile de parachute rouge, verte et bleue. Il y a plusieurs foyers et cuisines en plein air. Des pains de campagne plats sont alignés sur des draps, de la viande de mouton mijote dans de grandes marmites avec des haricots blancs. Quelque deux cents combattants sont réunis ici. Gerhard dort à côté d'un paysan de Corrèze. Celui-ci vient de recevoir un pistolet automatique. Il montre fièrement son arme et fait jaillir les cartouches hors du chargeur, comme un cow-boy. Un coup part et passe tout près de la tête de Gerhard. Une fois de plus, il a eu de la chance.

## XII

## VAINQUEURS

Deux jours plus tard, dès l'aube, Michel se précipite dans la tente de Gerhard, surexcité. Depuis cinq heures, Radio-Londres a émis à plusieurs reprises le message codé annonçant à son réseau que les Alliés ont débarqué en Normandie : "Dans la forêt normande il est un lieu-dit." Gerhard se dit que l'officier belge, dans la prison Saint-Michel, avait raison. Le chef de bataillon explique aux combattants qu'à partir de ce jour, les groupes de la Résistance lancent l'offensive dans tout le pays. Il s'agit désormais de bloquer toutes les voies ferrées et routières menant vers le Nord, et d'attaquer directement les bases militaires de la Wehrmacht. L'unité de Gerhard doit, en même temps que d'autres sections, attaquer Tulle, la préfecture du département. Une centaine de soldats bien armés de la Wehrmacht s'y sont retranchés dans l'école communale. A bord de deux camions et d'un bus, les partisans rejoignent les abords de la ville. Gerhard est affecté avec Michel dans un groupe de guetteurs qui doit surveiller les routes. Il court derrière Michel, le dos courbé. Il s'apprête à livrer sa première véritable bataille. Gerhard écrit dans ses Mémoires : "Il m'a fallu un certain temps pour m'avouer à moi-même que l'excitation fébrile qui s'empare de moi au moment où l'on fait feu ou à l'approche imminente d'un combat ne porte en réalité que le nom d'angoisse. Mais je me suis toujours efforcé de ne rien laisser paraître de mon émotion. Ainsi, ce jour-là, Michel ne sait certainement pas combien il m'est difficile de l'accompagner."

Les rues sont désertes ; on entend des salves à quelques centaines de mètres, les autres unités sont manifestement déjà arrivées à l'école. Ils se fraient un chemin jusqu'au bâtiment, trouvent un abri derrière un muret et tirent sur les fenêtres et les portes de l'école. Gerhard entend des voix à l'intérieur, des ordres en allemand, et une mitrailleuse lourde commence à pilonner depuis le deuxième étage. A droite de Gerhard, un camarade est touché à la gorge, il se roule par terre et hurle de douleur. Gerhard tente vainement d'arrêter l'hémorragie avec un mouchoir. Des obus éventrent le sol dans un hurlement, en projetant de la terre et des pierres. Derrière lui, deux hommes tombent, touchés. "Fichons le camp !" crie Michel. L'unité se replie.

Ils attendent le lendemain matin pour lancer une nouvelle attaque. Ils parviennent à incendier le grenier de l'école, les Allemands font une tentative de sortie qui s'achève sous une pluie de balles des partisans. Une quarantaine de soldats de la Wehrmacht se rendent. Pour la première fois, Gerhard voit des militaires allemands vaincus. Fatigués, la tête basse, encerclés par les partisans, ils se tiennent devant l'entrée de l'école. Gerhard leur traduit les mots de son commandant, qui leur assure qu'aucun mal ne sera fait aux prisonniers. "Bien que beaucoup des nôtres aient été assassinés lorsqu'ils sont tombés entre vos mains." Gerhard écrit dans ses Mémoires : "Je traduis et j'ajoute, de mon propre chef, que nous sommes l'armée du peuple français. Les Allemands n'osent pas me regarder dans les yeux."

Mais Gerhard, lui, qu'a-t-il pu éprouver à l'époque ? Se sentait-il allemand ? français ? Il avait dix ans lorsqu'il a été forcé de quitter l'Allemagne – il en a vingt et un désormais. C'est en France qu'il est devenu adulte. Pour lui, les Allemands sont des bourreaux, des assassins, parfois aussi des sauveurs. Dans ses notes, il adopte volontairement un ton distancié lorsqu'il parle de "ces criminels teutoniques qui ont répandu tant de malheur dans le monde". On dirait qu'il veut dissiper le moindre soupçon qu'il puisse exister un lien, quel qu'il soit, entre ces gens et lui-même. Un jour un partisan refuse de lui serrer la main en apprenant qu'il est allemand. "Comment lui faire comprendre qu'il y a aussi des gens bien dans le pays d'où je viens ?" se demande Gerhard. On a plutôt l'impression qu'il a lui-même du mal à y croire. Devant la cour martiale, à Toulouse, il a dit qu'il se considérait comme un Allemand ayant des liens étroits avec le peuple français. "Mais c'est impossible, lui avait hurlé le président à la figure. Celui qui pactise avec l'ennemi n'est plus un Allemand." Gerhard envie ses camarades français, pour qui tout est beaucoup plus simple et clair. "J'aimerais ressentir la même haine qu'eux, mais je n'y parviens pas", note-t-il à Tulle.

Dans les rues de la ville, des jeunes femmes dansent au son d'une valse musette avec des partisans qui portent leur pistolet-mitrailleur en bandoulière. Des drapeaux français sont accrochés aux fenêtres. A Tulle, on célèbre la Libération – un peu prématurément, on le verra deux heures plus tard lorsqu'on entendra tout d'un coup le bruit de l'artillerie lourde et les moteurs des blindés. A cette heure-là, l'unité de Gerhard s'est déjà postée sur une colline, au nord de la ville. De là, ils voient les colonnes de blindés arriver du sud. Gerhard pense à la vingtaine de partisans touchés pendant les combats, qui se trouvent à l'hôpital de Tulle avec les soldats allemands blessés. Quelques camarades du groupe de Michel ont récupéré à Tulle deux limousines de la Gestapo ; elles sont bourrées d'explosifs, d'armes et de munitions. Il faut mettre rapidement ces voitures en lieu sûr. Gerhard doit conduire l'une d'entre elles.

Michel dit qu'il va le précéder avec l'autre voiture : il connaît mieux la région. Sur les routes sinueuses, ils se perdent de vue. Peu avant Perpezac-le-Noir, des femmes font de grands signes avec les bras. Gerhard freine et ouvre sa portière. L'une des femmes lui crie : "Faites demi-tour, les gars. Une autre voiture vient de rentrer dans un blindé allemand garé derrière le prochain virage." Gerhard et ses accompagnateurs sautent de la voiture. Au même instant, un soldat allemand à moto se dirige vers eux. Ils l'accueillent avec leurs pistolets-mitrailleurs et le motard tombe dans le fossé. Un blindé surgit de derrière le virage et leur tire dessus au fusil-mitrailleur. Gerhard et ses trois camarades se réfugient dans la forêt. Les balles font éclater les branches au-dessus de leur tête. Ils courent jusqu'à ce que la futaie devienne plus dense et se laissent tomber par terre, exténués, sur une hauteur. Gerhard se demande si Michel et les autres ont pu s'enfuir, eux aussi.

Ils se fraient un chemin jusqu'à leur camp. Leurs camarades savent déjà ce qui s'est passé. Ils racontent que Michel et ses deux accompagnateurs ont été arrêtés par la SS et conduits à Uzerche. Michel a été pendu à un réverbère une heure plus tard sous les yeux des habitants du village. Gerhard ne supporte pas ce récit, il s'installe sous sa tente, ferme les yeux. Il aimerait être très loin d'ici. Voilà cinq jours que Michel l'a libéré à la gare d'Allassac. Et son libérateur est mort. Si Michel n'avait pas insisté pour le précéder, c'est peut-être Gerhard qui serait pendu au réverbère.

On apprendra trois jours plus tard que la division SS "Das Reich" a pendu quatre-vingt-dix-neuf civils dans les rues lors de son entrée à Tulle, en représailles à l'attaque des partisans. Les camarades soignés à l'hôpital de Tulle seront abattus dans la soirée d'une balle dans la nuque. Le lendemain, la division SS se déchaînera dans le petit village d'Oradour-sur-Glane, non loin de Tulle. En quelques heures, ce sont six cent quarante-deux hommes, femmes et enfants qui seront assassinés. L'ordre de commettre ces crimes a été donné par le général SS Heinz Lammerding ; celui-ci vivra sans être inquiété après la guerre, deviendra un riche chef d'entreprise et mourra à Düsseldorf paisiblement dans son lit, en 1971. En France, Lammerding sera condamné à mort par contumace ; en Allemagne en revanche, aucun procès ne lui sera jamais intenté. Quelques années plus tard Gerhard apprendra que c'est Lammerding en personne qui a fait pendre Michel. Le général avait établi ses quartiers dans la maison d'Uzerche face à laquelle se trouvait le réverbère. Des témoins raconteront par la suite qu'il avait assisté à l'agonie du partisan depuis les fenêtres de son salon.

Un jour, je devais avoir quatorze ans, j'ai parlé du Mur avec Gerhard. Je m'amusais de ce que le prétendu "Mur de protection antifasciste*"

* C'était le nom que lui donnaient officiellement les dirigeants de RDA.

empêche seulement les citoyens de RDA de se rendre à l'Ouest, mais permettent aux supposés fascistes de venir chez nous quand ils le voulaient. C'est ce jour-là que Gerhard me raconta l'histoire de Michel et du général Lammerding. A la fin, Gerhard me dit qu'il était heureux qu'un tel mur existe et tienne ce genre de criminels à distance. Ce récit m'avait tellement bouleversé que je n'ai plus jamais osé parler du Mur en sa présence.

Le 16 août, les partisans repartent pour Tulle. La garnison de la Wehrmacht a annoncé qu'elle était prête à capituler. Gerhard est assis avec ses camarades sur la plate-forme d'un camion. L'ambiance est détendue, ils se racontent des histoires drôles et chantent des chansons de combat. Deux semaines plus tôt, Gerhard a été nommé lieutenant, il dirige à présent le groupe de combattants chargés de surveiller la reddition de cette garnison. L'après-midi, un émissaire de l'armée allemande se présente chez les résistants. Il propose d'emmener avec lui un officier français qui pourra vérifier l'état des préparatifs. Gerhard accompagne l'émissaire, ils se rendent dans la forêt où se trouve la base allemande. Les sentinelles qui gardent le portail sursautent en voyant le partisan avec son pistolet-mitrailleur. Mais ils le laissent passer. Gerhard se demande s'il n'a pas commis une erreur en venant seul. Cela pourrait aussi être un piège – mais il est trop tard. Le chef de la base, un colonel, marche vers lui à grands pas et le salue très chaleureusement. Gerhard se présente comme le "lieutenant Rescapé", et le colonel lui répond : "Lieutenant, je vous suis tellement reconnaissant d'être venu tout de suite. Merci de tout cœur, encore une fois." Il va même jusqu'à lui faire une courbette. La bassesse de cet homme est désagréable à Gerhard. Il sait comment cet officier l'aurait traité, quelques jours plus tôt, s'il lui avait mis la main dessus. Le colonel le devance et désigne quatre pièces d'artillerie encore enfouies dans le sol. "Nous ne sommes pas arrivés à les déterrer avant l'heure prévue pour la reddition, lieutenant. Il nous faut deux heures supplémentaires." Gerhard lui accorde ses deux heures, mais pas plus. "A vos ordres", répond le colonel, claquant des talons.

Gerhard se fait raccompagner. Tout cela lui paraît tellement irréel. Le voilà d'un seul coup dans le camp des vainqueurs, et ces Allemands encore tout-puissants quelques jours plus tôt le saluent. Les images repassent en accéléré dans sa tête. La prison de Toulouse, la gare d'Allassac, les blindés de Tulle. Il pense à Michel et aux autres camarades qui n'auront pas vécu la victoire. Deux heures plus tard, le régiment de la Wehrmacht descend le chemin à pied. Six cents hommes alignés, le colonel à leur tête. Les partisans se placent des deux côtés de la colonne pour l'escorter. Lorsqu'ils arrivent à Tulle, un chant vient jusqu'à eux depuis le centre de la ville. C'est *La Marseillaise*, entonnée par des centaines de voix.

## XIII

## JOUETS

Je roule vers Berlin-Karow au volant de ma voiture pour rendre visite à Werner. Je suis nerveux, bien trop nerveux. Je pensais que lui rendre visite ne poserait pas de problème : ce n'était pas son petit-fils qui venait le voir, mais un journaliste faisant des recherches sur sa famille. Seulement les choses ne sont pas aussi simples. Ce sera ma deuxième rencontre avec lui. La dernière fois, quatorze ans plus tôt, mon père était avec moi et cela m'avait facilité la tâche. J'assistais alors à des retrouvailles. Maintenant, c'est moi qui rencontre mon grand-père. Cela paraît normal. Mais que sais-je de cet homme ? Que sait-il de moi ? Au téléphone, j'ai même dû lui expliquer qui j'étais. Il avait oublié mon nom. "Je suis le fils aîné de Wolf", lui ai-je dit. Il y a eu une seconde de silence. Je l'ai entendu respirer. "Ah, le fils de Wolf ! Eh bien, fais donc un saut à la maison", a-t-il dit.

Werner vient à ma rencontre dans l'escalier. Sa chevelure est dense et blanche, ses yeux sont profondément enfoncés dans leurs orbites. Il a quatre-vingt-quinze ans, mais quand il sourit il en paraît moins, et Werner sourit beaucoup. Je lui explique que je veux écrire un livre et que j'aimerais lui poser quelques questions sur sa vie. Il entend mal, je dois répéter deux fois. Les jambes tremblantes, Werner me conduit dans son séjour, jusqu'à une

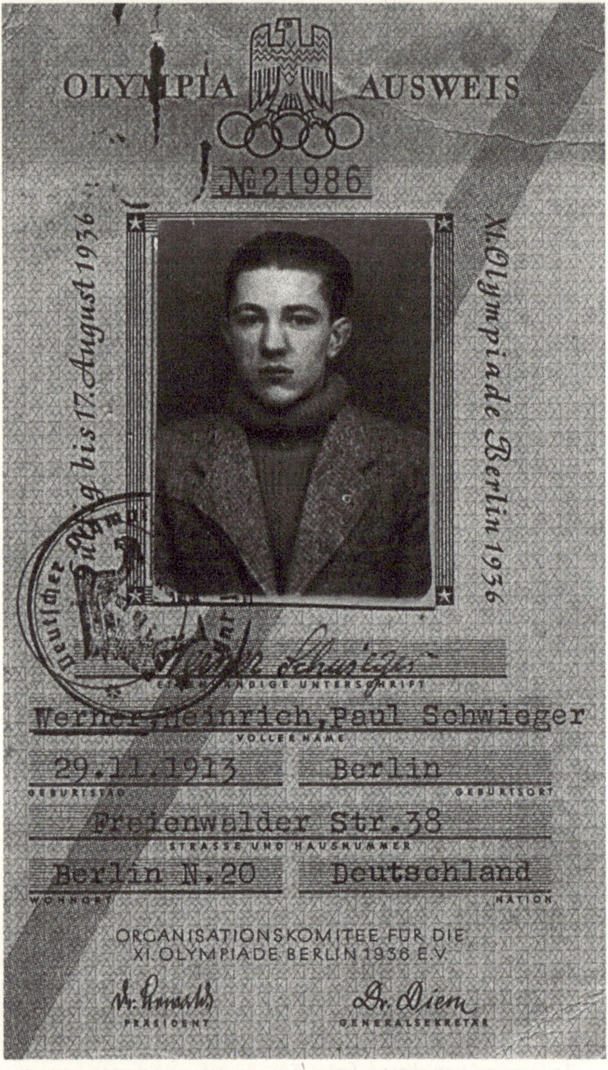
OLYMPIA AUSWEIS

№ 21986

bis 17. August 1936

XI. Olympiade Berlin 1936

EIGENHÄNDIGE UNTERSCHRIFT

Werner, Heinrich, Paul Schwieger

VOLLER NAME

29.11.1913 — GEBURTSTAG

Berlin — GEBURTSORT

Freienwalder Str. 38

STRASSE UND HAUSNUMMER

Berlin N.20 — WOHNORT

Deutschland — NATION

ORGANISATIONSKOMITEE FÜR DIE
XI. OLYMPIADE BERLIN 1936 E.V.

PRÄSIDENT

Dr. Diem

GENERALSEKRETÄR

Le laissez-passer de Werner aux Jeux olympiques de 1936.

vitrine où se trouve un laissez-passer jaune et abîmé. Sur la photo d'identité, frappée d'un aigle à croix gammée, on voit un jeune homme au regard sérieux, la coiffure dessinée au rasoir et gominée. C'est le laissez-passer accordé à Werner en tant que participant aux Jeux olympiques de 1936. "Ça a été la plus belle époque de ma vie, dit Werner. Plus belle que n'importe quelle autre." Werner a pu, cette année-là, participer à la cérémonie d'inauguration. Avec des milliers d'autres, il a participé à une chorégraphie d'athlétisme sur la pelouse du stade olympique de Berlin. Il possède une photo de ce spectacle, prise depuis le rang le plus élevé. Les sportifs n'y sont que de petits points blancs. Ils forment une croix gigantesque et cinq anneaux olympiques. J'ignore ce que signifie la croix, si elle s'est transformée en croix gammée au fil de la manifestation. Mais je m'imagine facilement à quel point Werner, ce grand garçon aux cheveux châtains et aux yeux gris-bleus, s'intégrait bien dans cette mise en scène. Nous tentons de discuter un peu. Je lui demande comment il a fait la connaissance de ma grand-mère, Sigrid. Werner réfléchit, ferme les yeux, sa mâchoire inférieure va et vient. Il tente de se concentrer, d'attraper un souvenir au vol. Mais il n'y en a plus. A un moment, il abandonne, ouvre les yeux et hausse les épaules. Il semble que, pour lui aussi, je sois arrivé trop tard.

Werner sort des albums de photos d'une armoire. Cela fera peut-être remonter ses souvenirs. Les photos en noir et blanc sont proprement collées et légendées. Sports d'hiver dans les Alpes tyroliennes, 1938, Werner dans une chaise longue au soleil. Formation dans une unité de DCA à Lankwitz en 1939, Werner fier et raide dans son uniforme de sous-officier. Villégiature au bord du Wannsee, 1936, Werner et Sigrid blottis dans la corbeille de plage. "Mes vacances d'été", écrit en gothique en marge de la page. Le Bürgerpark de Pankow en 1940, Werner, tout sourire, dans la neige en manteau militaire. La Pentecôte 1937 dans les Müggelberge, Werner jouant à une variante au poing du volley-ball avec des camarades du club de gymnastique. Dans ces albums de photos, le Troisième Reich fait l'effet d'un joyeux rêve de vacances.

Je sens que je perds mon calme. Rien de tout cela ne correspond à ce que j'associe à ces années-là. Ces visages rieurs, cette insouciance me déconcertent. Je ne peux m'empêcher de penser à Gerhard, qui était en fuite à la même époque. Werner sourit, songeur, plongé dans les photos de sa jeunesse. "C'était bien", murmure-t-il en caressant des doigts les photos jaunies. Je n'ose pas lui poser mes questions. Je pense que, de toute façon, il ne les comprendrait pas. Je me dis que chacun tente d'idéaliser sa jeunesse, aussi peu propices qu'aient été les circonstances. Cela ne veut pas forcément dire que Werner ait été un nazi. Mais cette idée ne parvient pas vraiment à me tranquilliser. Cet homme bouleverse l'image que je me fais de ma famille. Il était évident à mes yeux que j'étais issu d'une famille juive ayant participé à la Résistance. Et voilà Werner qui surgit et me montre à quel point la vie était belle chez les nazis. Tout en moi s'oppose à l'idée que cet homme est proche de moi, s'oppose à accepter qu'il fait partie de ma famille. Et que je fais partie de la sienne.

Je regarde tout de même plus attentivement les photos. Notre ressemblance est frappante. Il a les mêmes jambes fines que moi, la même posture légèrement courbée vers l'avant, le même nez, la même bouche, le même profil. Je comprends à présent pourquoi mamie Sigrid a toujours dit que j'étais le portrait craché du jeune Werner. L'une des photos le montre allongé sur le flanc devant une tente, et mangeant appuyé sur le coude gauche. J'ai souvent vu mon père manger exactement dans cette position, et c'est aussi la mienne lors d'un pique-nique. Je ne peux pas rejeter cet homme aussi simplement que cela. Il est trop proche de moi. Maintenant, je veux savoir qui il est.

Je veux avant tout savoir si Werner était un nazi. Il sort d'une armoire quelques classeurs pleins de papiers. Werner a tout gardé et soigneusement rangé. C'est déjà ça. Je trouve un curriculum vitae qu'il a rédigé dans les années 1950 lorsqu'il demandait son admission au SED. Il écrit que son attitude politique sous le Troisième Reich a été "trouble et sentimentale". Et il ajoute : "La position politique de mon père tendait à cette époque vers le national-socialisme. Lors de nos discussions, il me plongeait dans de grands doutes et de grands conflits. Je refusais chaque invitation à participer à une manifestation. J'avais une attitude d'attente critique." Dans un autre classeur se trouve l'*Ahnenpass*, ce "passeport généalogique" dans lequel l'état civil et les services paroissiaux attestent qu'il est "de sang aryen depuis au moins trois générations". Werner me donne un livre enveloppé dans une toile grise. Il l'a composé et relié lui-même. C'est sa biographie, écrite "pour la postérité" à la fin des années 1980. La vanité de Werner est ma chance.

Plus tard, une fois rentré chez moi, je me mets à la lecture. Werner décrit son enfance à Göritz, un village de l'Uckermark où se trouve la ferme de ses grands-parents. Son père, un ingénieur et inventeur indépendant, est à la guerre ; quant à sa mère, qui a travaillé comme vendeuse avant le conflit, elle n'a pas assez d'argent pour rester vivre à Berlin avec le petit garçon. Le grand-père a deux chevaux, deux vaches, trois cochons, quelques poules et beaucoup d'oies. C'est Werner, du haut de ses quatre ans, qui doit s'en occuper. Chaque jour, par n'importe quel temps, il emmène les oies au pâturage. Parfois elles lui échappent, il doit leur courir après et les récupérer. Le soir, il est tellement fatigué qu'il lui arrive souvent de s'endormir au beau milieu du repas. Le grand-père est un homme fort aux sourcils broussailleux. Un ancien policier, à présent fonctionnaire et officier d'état civil du village. Parfois, Werner se faufile dans la salle des mariages pendant les cérémonies. Il se poste alors près de la porte, derrière une armoire à dossiers, et ne bronche pas. Werner remarque que l'épouse est toujours beaucoup plus jeune que son mari. Son grand-père lui explique par la suite que les paysans choisissent les filles d'autres paysans, en se débrouillant dans la plupart des cas pour que les champs se complètent. Ces noces-là ne sont pas spécialement joyeuses. Ils ont tous l'air très graves. Lorsque le mariage est célébré, l'époux sort une flasque de sa poche et tous les hommes peuvent y boire une bonne gorgée.

Lorsqu'il fait beau, Werner se baigne avec les autres enfants du village dans l'étang qui jouxte la caserne des pompiers. Avant de se baigner, ils jettent trois grenouilles mortes dans l'eau afin d'apaiser cet esprit de la mare dont les adultes, craignant les dangers de l'eau, leur disent qu'il aime à tirer les enfants vers le fond. Lorsque sa grand-mère le surprend en train de se baigner, il a droit à une gifle. A Noël, son père revient en permission : on ne se bat pas les jours de fête, ce que Werner trouve assez pratique. Son père est hussard, il porte un uniforme vert-de-gris auquel pendent des cordons dorés, et des bottes de cavalier noires munies d'éperons à cinq pointes que l'on peut faire tourner. Werner écrit qu'il ne savait pas vraiment comment prendre son père. Et c'était sans doute réciproque. Son père a un visage blême et mince, une moustache à laquelle pendent, l'hiver, de petits cônes de glace. Il ne parle pas beaucoup et son regard fatigué ne fait que glisser sur Werner. Ce que préfère son père, c'est s'occuper des chevaux ; il boit avec son frère de l'eau-de-vie rapportée de France. Après les fêtes de Noël, il repart à la bataille.

Lorsque la Première Guerre mondiale est terminée, Werner va s'installer à Berlin avec ses parents. Ils logent dans un petit appartement de Wedding, le quartier ouvrier. Ils y ont une chambre, une cuisine et une salle à manger. La ville lui paraît si grande et tellement inhospitalière que le mal du pays ne tarde pas à s'emparer de lui. Les prairies lui manquent, tout comme le vaste horizon, la mare du village et la ferme de son grand-père. Son père est employé dans une usine d'électricité ; après le travail, il va au bistro et n'en revient souvent que tard dans la nuit. Il passe les dimanches allongé sur le canapé, à lire le journal ou à dormir. Dans ce cas, Werner doit se montrer discret : son père se met en colère lorsqu'on le réveille. Sa mère, en revanche, est là pour lui ; avec elle, il peut discuter de tout. Elle lui fait à manger lorsqu'il revient de l'école. Elle lui sert des harengs salés aux pommes de terre vapeur ou des tranches de lard aux légumes. Après le repas, Werner fait ses devoirs ; il peut ensuite descendre dans la rue et il n'est obligé de rentrer à la maison qu'une fois les lampes à gaz allumées dans la rue. Plus tard ils dînent à la table de la cuisine, et Werner demande si papa rentrera à la maison ce soir-là. Les yeux de sa mère deviennent tristes, et Werner finit par ne plus poser la question.

Il en va tout autrement quand son père est en vacances d'été. Dans ces cas-là, il est toujours à la maison : il ne rencontre pas les collègues avec lesquels il va boire de la bière d'habitude. Au cours de ces semaines-là, son père construit des charrettes à cheval en miniature, des calèches et des maisons de paysan avec lesquelles Werner a le droit de jouer. Ces jouets-là se trouvent aujourd'hui dans la vitrine du séjour de Werner, autour du laissez-passer des Jeux olympiques. On y voit une voiture de poste jaune, une charrette à bière en laiton et un chariot à ridelles composé de minuscules petites tiges de bois. A côté, une écurie munie d'un palan sur lequel on peut accrocher de petits sacs de paille, et une auberge avec une véranda en bois brun. Wolf m'avait déjà parlé de ces objets. Lorsqu'il était petit, Werner l'avait aussi laissé jouer avec. Wolf dit que seuls se sont servis de ces jouets des enfants qui n'avaient pas de véritable père.

A quatorze ans, Werner devient membre d'un club de gymnastique et commence à dessiner. Deux fois par semaine, il va à l'académie des beaux-arts, dans la Grunewaldstrasse. On y donne aussi des cours de dessin de nu. La première fois, Werner est tout feu, tout flamme : il n'a encore jamais vu de femme nue. Mais il est déçu : celle qui se tient sur un socle de l'atelier, à la lumière des projecteurs, a les seins qui pendent, des varices et des cheveux poisseux. Werner la dessine telle qu'il aimerait qu'elle soit. A la fin, c'est une belle image, mais le responsable du cours n'en est pas satisfait. “Ici, on dessine les femmes telles qu'elles sont”, dit-il, et Werner doit recommencer à zéro. Werner a du talent, le professeur lui conseille de continuer, peut-être même de s'engager dans de vraies études au sein de l'établissement. Lorsque Werner en parle à son père, celui-ci lui rit au nez : il doit apprendre un métier correct dans l'artisanat, comme tous les membres de la famille. “Des études d'art, ça ne vaut rien à des gens comme nous", dit son père. Le débat est clos. A seize ans, Werner entame un apprentissage de fabrication de moules pour fonderie – son père connaît le directeur d'une usine de moulage. Entre-temps, la crise économique sévit, le chômage augmente, et Werner peut s'estimer heureux de pouvoir suivre un apprentissage, quelle qu'en soit la nature. Le travail à l'usine est dur. Werner doit transporter du bois, balayer la salle des machines et soulever de gigantesques sacs d'argile. Deux fois par semaine, il livre aux clients les moules achevés, dans de grandes corbeilles. Lorsqu'il fait quelque chose de travers, le contremaître le gifle, quand ce ne sont pas les compagnons qui lui mettent des coups de poing dans le ventre.

On manifeste beaucoup dans les rues. "Classe contre classe", lit-on sur les banderoles des communistes. Werner ne sait pas ce que cela veut dire. Il pense que cela a peut-être un rapport avec l'école. Chez lui, dans le quartier de Wedding, les communistes se livrent à des combats de rue avec les nationaux-socialistes. Des gens sont roués de coups, parfois même abattus. Au Kristallpalast, la grande salle de cinéma, on projette le film pacifiste *A l'ouest rien de nouveau*. Les nazis viennent faire du grabuge et jettent des encriers sur l'écran. Les brutes nazies font peur à Werner. La plupart des employés de la fonderie ont déjà été licenciés. Il n'y reste plus que le doyen des compagnons, qui s'échine avec six apprentis dans l'atelier de production. Peu avant l'examen qui permettra à Werner de devenir compagnon, son père meurt de la tuberculose pulmonaire. Le jour de sa dernière visite à l'hôpital, le père de Werner lui a donné un thaler d'argent. Un souvenir.

En même temps que son certificat d'aptitude professionnelle, Werner reçoit sa lettre de licenciement.

Je trouve dans l'un des classeurs une attestation du propriétaire de l'usine, Alwin Schrumpf, certifiant que Werner est "congédié pour des raisons liées à l'activité insuffisante de l'entreprise". La lettre est datée du 3 mars 1933. Werner a dix-neuf ans. Deux fois par semaine, il va pointer au bureau de la Gormannstrasse ; chaque fois, on lui remet un mark et quatre-vingt-sept pfennigs. Sa mère touche une pension d'un mark et demi. Les quelques pfennigs qui lui restent ne lui permettent même pas de s'offrir un trajet en tramway. Ainsi débute sa vie d'adulte. Chaque semaine, la queue s'allonge devant le bureau de l'emploi de la Gormannstrasse. Un homme dont il fait la connaissance là-bas lui conseille d'aller voir à la "Maison Brune", Lützowufer. "Eux cherchent toujours des gens." Werner s'y rend et se renseigne. Ils ont justement besoin de travailleurs pour la Reichsbahn, les chemins de fer du Reich, mais pour obtenir un de ces emplois il faut devenir membre de la SA. Ce sont les brutes que Werner a déjà vues à l'œuvre. Il préfère donc continuer à pointer.

Au bout de quelques mois, la situation change en Allemagne. "On peut dire ce qu'on veut de Hitler, il crée de l'emploi, note Werner. Beaucoup changent de point de vue et d'opinion politique." Il ne dit pas s'il est de ceux-là. Mais il peut désormais revenir travailler pour quelques semaines dans l'usine de moulage ; à partir de 1935, il obtient même un vrai contrat de travail. Il touche "un salaire très correct", ce qui est impératif, sa mère ayant entre-temps consommé ses économies, et sa pension de veuve ne suffisant même pas à subvenir à ses propres besoins. C'est Werner, désormais, qui subvient à leurs besoins, et cela le rend fier. "Je peux enfin prendre ma vie en main, soudain tout semble possible", écrit-il. Quelques mois auparavant, au club de gymnastique, il a fait la connaissance de Sigrid, de cinq années sa cadette, presque encore une enfant. Ils ne passent pas une minute l'un sans l'autre. Ils sortent, ils dansent le tango, la valse et le slow fox dans des guinguettes. Ils gagnent même des prix, tant ils forment un beau couple de danseurs. Il y a beaucoup de photos d'elle dans les albums de Werner. "Sigrid dans son dernier tour en 1936", lit-on sous l'une d'elles. Elle est assise sur les barres parallèles, tient la tête vers le ciel, les jambes tendues. Il pourrait s'agir de l'une de ces photos de propagande qui exaltent le nouvel homme germanique. En fait, ils faisaient simplement du sport. Mais même cela me paraît suspect. Ils sont trop bien assortis à cette époque, ces deux-là, à ces années de culte du corps et de coiffures gominées. Pour moi, tout cela va ensemble, ces fiers enfants d'ouvriers aux yeux bleus et les *"Sieg Heil !"* lancés au Führer. C'est avec ces vérités-là que j'ai grandi. En 1936, il ne pouvait à mes yeux rien y avoir d'innocent ou de normal en Allemagne. Celui qui était normal faisait partie des "autres".

Je rends visite à Sigrid. Elle loge désormais dans un foyer pour personnes âgées du Secours ouvrier à Hohenschönhausen. C'est un plaisir de venir la voir : elle se réjouit tellement chaque fois. C'est à mamie Sigrid que je dois ma première expérience sérieuse de l'alcool. Lorsque j'avais quatorze ans, au camping, j'ai vidé avec elle une demi-bouteille de liqueur au jaune d'œuf. Ensuite, elle ne me parlait plus que de la guerre ; quant à moi, au bout d'un moment, je ne pouvais plus rien dire du tout. Dans mon enfance, c'était ma grand-mère préférée : chez elle, je pouvais regarder la télévision jusqu'à la fin des émissions, et m'empiffrer de gâteau au fromage à m'en rendre malade. Je pouvais faire ce que je voulais, elle me trouvait toujours sensationnel parce que j'étais comme son "petit Werner". Sigrid se rappelle encore bien ces premières années avec Werner. Les voyages en bateau sur le lac de Tegel, les sports d'hiver en Carinthie, les balades à vélo à Birkenwerder, les séances de cinéma sur le Kurfürstendamm. Elle avait un poste de sténotypiste au grand magasin Raddatz & Co., dans la Leipziger Strasse. Ils faisaient des excursions avec leur club de gymnastique et jouaient dans une compagnie de théâtre. Les yeux de Sigrid brillent lorsqu'elle parle de cette époque. "Toute cette pagaille était finie, ma mère faisait bien la cuisine et moi, j'avais Werner. Ce furent les plus belles années de ma vie."

La seule chose qui ait été embêtante, dit Sigrid, c'étaient ces discussions politiques perpétuelles. Lorsque Werner était convaincu de quelque chose, il voulait toujours persuader tous les autres. Werner, dit-elle, était plein d'enthousiasme pour le national-socialisme, il ne tarissait pas d'éloges sur cette nouvelle époque et toutes ses possibilités. "Il aimait l'ordre, le côté fort et droit." Et il venait enfin de retrouver du travail. "Le nazisme, c'est le communisme noble", disait-il toujours. Sigrid ne comprenait pas exactement ce qu'il voulait dire, et elle ne le lui demandait pas non plus, parce qu'elle préférait largement danser avec Werner plutôt que de parler politique avec lui. C'est avec son père à elle, Fritz, que Werner se disputait, dit-elle. Werner avait passé des soirées entières à lui faire la leçon, mais Fritz, qui était plutôt un sympathisant des communistes, ne voulait pas se laisser convaincre.

Wolf raconte même qu'un jour, la dispute avait été tellement vive que Werner avait menacé son beau-père de le dénoncer pour agitation antigouvernementale. Werner avait même filé tout de suite au poste de police, mais celui-ci était fermé. Le lendemain, sa colère s'était dissipée et Fritz avait évité la dénonciation.

Sigrid ne se rappelle pas cet épisode. Elle pense que c'est plutôt exagéré. Et puis, dit-elle, elle préfère se rappeler les belles choses. Wolf affirme que l'histoire de la dénonciation s'est passée exactement comme cela. C'est Fritz qui lui a tout raconté, et ce n'était pas son genre d'exagérer les choses. Je ne sais que croire. Peut-on oublier que l'homme que l'on a aimé a voulu livrer son propre père au bourreau ? Ou bien Sigrid a-t-elle été forcée de l'oublier parce que dans le cas contraire elle n'aurait pas supporté de rester avec Werner ? Si cette histoire est vraie, que serait-il arrivé à Fritz si le poste de police avait encore été ouvert ?

Sigrid évoque une dispute avec Werner, après leur mariage, lorsqu'ils eurent trouvé leur premier appartement, une chambre à Pankow. Werner voulait absolument avoir un drapeau à croix gammée accroché à sa fenêtre. Sigrid trouvait ça idiot, elle ne voulait pas pavoiser, ne serait-ce qu'à cause de son père. Ils s'étaient finalement mis d'accord pour acheter un tout petit drapeau – mais à son retour Werner était revenu avec le plus grand que l'on pouvait trouver. Il prétendit que les petits avaient tous été vendus. Chez ses beaux-parents aussi, Werner installa deux porte-drapeaux sur le balcon. Il avait même fourni les drapeaux, dit Sigrid, mais Fritz lui avait interdit d'accrocher les bannières nazies. Vingt ans plus tard, ce sont des drapeaux rouges que Werner achèterait pour le balcon de Fritz. Mais c'est déjà une autre histoire.

## XIV

## MÉMOIRES

Tout cela ne donne guère l'impression que Werner ait eu à l'égard du nazisme l'attitude d'"attente critique" qu'il décrit dans son curriculum vitae au cours des années 1950. Il semble plutôt que, comme beaucoup d'autres, il ait à l'époque été persuadé qu'une vie meilleure se préparait. Il voyait que les choses avançaient, que sa vie devenait plus belle, que tout d'un coup même les enfants d'ouvriers avaient une chance. Dans sa famille, personne avant lui n'était jamais allé aux sports d'hiver. Il était aussi le premier à avoir vu la mer. Même s'ils avaient eu l'argent pour le faire, ses parents n'auraient jamais eu l'idée de louer un fauteuil-cabine au bord du Wannsee ou d'acheter une bouteille de vin au thé dansant. Werner se sent l'âme d'un gagnant, d'un homme qui a tiré le gros lot. "Tout d'un coup tout semble possible", écrit-il, et c'était sans doute très précisément le sentiment qu'avaient beaucoup de personnes à cette époque. Hitler a relevé les petits, rapetissé les grands. Gerhard, le fils de grands bourgeois, a dû quitter le pays ; Werner, le fils d'ouvrier, peut quant à lui profiter de la douceur de vivre.

Lorsque Werner rédige ses Mémoires, dans les années 1980, le processus de refoulement a visiblement encore avancé. Il écrit : “Quand le Troisième Reich a étendu son emprise dans tous les domaines, j'étais accablé par cette forme brutale de gouvernement, et je continuais à chercher une solution pour moi. Ne pas saluer le drapeau nazi, ne pas fréquenter les réunions du parti, ne pas payer d'avance la cotisation du Deutsche Arbeitsfront* me valait des ennuis. J'ai enlevé au grattoir la petite croix gammée qui se trouve sur ma médaille en bronze de participant aux Jeux olympiques. Mais je n'ai rien changé pour autant. Je faisais de la résistance passive sans soutenir d'actions d'opposition.” Il est même vraisemblable que tout cela est exact. Werner n'est pas du genre à inventer des histoires. Mais oublier les choses gênantes, cela, il en est sans doute tout à fait capable. Il est bien possible qu'effectivement, il ait effacé la croix gammée sur sa médaille olympique en 1936, et qu'en 1941, dans son premier appartement, il ait tout de même voulu à tout prix avoir le très grand modèle du drapeau nazi. Qu'après avoir hésité, il ait été pris d'enthousiasme. Sigrid raconte qu'au cours de l'hiver 1942, Werner a laissé ses skis et ses sous-vêtements chauds pour les camarades engagés en Russie. “Ses skis, c'était la prunelle de ses yeux ; quant aux sous-vêtements, lui-même en aurait bien eu besoin. Mais il a dit que chacun devait apporter sa contribution pour la victoire finale.”

J'ai demandé à Sigrid ce qu'ils avaient su, à l'époque, des crimes nazis. Elle a dû réfléchir un peu. “Nous ne nous en sommes pas souciés”, dit-elle. Quelques petites histoires lui sont revenues. Il y avait dans le voisinage une jeune fille aux boucles

* “Front allemand du travail”, syndicat unique et obligatoire imposé par les nationaux-socialistes.

blondes qui s'appelait Nina Haller. Un jour, la jeune fille disparut parce qu'elle était juive. Sa directrice d'école juive, une femme qui avait toujours veillé à ce que les enfants des familles pauvres, comme celle de Sigrid, bénéficient des casse-croûte des familles plus riches, disparut elle aussi tout d'un coup. "Mais c'était comme ça, nous n'avons pas posé de questions, c'est peut-être aussi que nous avions peur", dit Sigrid.

En février 1941, elle part avec Werner en voyage de noces à Hohnstein, en Suisse saxonne. Il y a une forteresse sur une montagne voisine. Les gens du village disent qu'il s'agit d'un camp de concentration. Sigrid raconte qu'une nuit, des camions pleins de prisonniers ont traversé la ville. Mais ça ne peut pas être exact : le camp de concentration de Hohnstein a été démantelé dès 1934. Peut-être des gens leur ont-ils parlé de ces convois. En tout cas, Sigrid dit qu'elle ne s'intéressait pas beaucoup à tout cela. Après tout, ils étaient en voyage de noces. "Je me disais que nous avions aussi le droit de nous amuser un peu. Par la suite, tout a été bien assez difficile comme cela."

Beaucoup de temps s'écoulera avant que Werner ne doive partir à la guerre. L'usine de moulage dans laquelle il travaille fournit des pièces pour l'industrie de l'armement. Il est classé "indispensable à son poste" et autorisé à rester à Berlin. Wolf naît en 1942. A l'été 1943, les bombardements sur Berlin se multipliant, Werner envoie Sigrid et le bébé chez une cousine qui vit dans un village en Saxe. Quant à lui, à titre de gratification pour son emploi stratégique, on lui offre un séjour de repos dans la station thermale de Kühlungsborn, sur la Baltique. Dans le train, il fait la connaissance d'une femme qui se prénomme Lilly ; c'est avec elle qu'il passera ces vacances. Un an plus tard, Lilly mettra au monde un enfant de lui. Le 9 septembre 1944, Werner doit se présenter à la caserne Hindenburg à Brême. Il est formé à l'utilisation d'un lance-roquettes et part fin septembre avec son unité dans la lande de Lunebourg, où doivent avoir lieu des exercices de tir. Werner voit l'herbe rouge doré de la lande et les forêts brun et vert. Il trouve regrettable "que nous souillions ce paysage de rêve avec nos obus, et que nous troublions le calme de la fin de l'été". Il n'a manifestement pas encore été très concerné par cette guerre qui fait rage en Europe depuis cinq ans.

Werner et Sigrid le jour de leurs noces, en 1941.

A la mi-décembre 1944, on regroupe le régiment à Nettlingen. Ils ont pour mission d'arrêter dans les Ardennes les blindés américains qui avancent en Alsace. Ce sera le dernier acte de résistance de la Wehrmacht sur le front de l'Ouest. A l'époque, Werner ignore vraisemblablement à quel point cette opération est désespérée. Il fait partie du dernier déploiement. Il a écrit, sur la période à laquelle il a participé à la guerre, un journal dans lequel il a noté minutieusement tout ce qui lui est arrivé pendant qu'il était loin de chez lui. J'ai trouvé ce journal chez lui, dans une bibliothèque, à côté d'une première édition de la Constitution de la RDA. Werner est étonné lorsque je lui montre ce cahier noir et élimé. Il l'a déjà oublié. Les pages sont noircies d'une belle écriture régulière et serrée. Même les premières lignes, qu'il rédige dans une tranchée en Alsace, paraissent concentrées et ordonnées. La tranchée est son abri, creusé à hauteur d'homme dans la terre gelée, à trois mètres de son obusier. Une tempête de neige fait rage. Nous sommes le 31 décembre 1944. "Lorsque nous tirons la salve du régiment, il est minuit moins cinq. Les obus emportent mes meilleurs vœux aux Amerloques. L'horizon tout entier est illuminé lorsque les obus s'écrasent au sol. Un feu d'artifice dément pour la Saint-Sylvestre. Bon sang, je n'aimerais pas être un Amerloque à l'heure qu'il est. Deux cent soixante-dix tirs, ça nous fait trois cent cinquante quintaux d'acier et d'explosifs qu'on vient de balancer de l'autre côté. Lorsque nous avons fini de recharger et pointé l'objectif suivant, il est minuit deux. C'est-à-dire que nous sommes en 1945. Je pense un bref instant à ce qui se passe à la maison. Sont-ils encore éveillés ? Cela m'étonnerait. maman dort certainement, tout comme Sigrid, s'il n'y a pas d'alerte. Ici, on nous donne des cachets pour que nous ne nous endormions pas. Je ne sens pratiquement plus mes doigts, avec ce fichu froid."

Le lendemain matin, peu avant le lever du soleil, des bombardiers américains s'approchent. "Ils n'osent pas venir, ils ont peur de notre DCA, pas étonnant avec les Américains. Des aviateurs allemands auraient agi autrement." Werner donne l'impression d'être au combat depuis des mois. La manière dont il utilise le "nous" collectif des soldats semble inspirée par une certaine routine, et il ne semble pas avoir de doutes sur sa mission. Mais quelques pages plus loin il écrit avec effroi : "L'Américain canarde les positions de nos batteries. Nous avons notre premier mort. Notre opérateur radio a pris un éclat d'obus dans la tête. Dix secondes plus tard, il était mort. J'ai l'estomac noué lorsqu'on le dépose sur le poids lourd. Il s'appelait Mehrling, il avait si bien joué du piano pendant la soirée d'adieux à Nettlingen. Il n'y a pas loin de la vie à la mort."

Werner n'a pratiquement pas dormi pendant cinq jours. Il ne cesse de piquer du nez pendant la marche, tombe le visage dans la neige et se réveille, affolé. Il porte deux chemises, deux caleçons longs, deux pull-overs, un treillis, une tenue de tirailleur et un manteau. Il a froid malgré tout. Le 5 janvier, il se rappelle que sa fille Rita vient d'avoir un an. "Dans ma tranchée obscure, Franz dort déjà, je pense à la maison et à Rita. Je pleure un peu et je m'endors."

Au cours des mois qui suivent, l'armée allemande se replie avec hâte. Werner a écrit les dates d'une écriture minuscule sur une feuille A4 : "13/03 Niederbronn, enterré Pawelczek [...] 21/03 Kaplanai-Hof, 15 minutes de pilonnage sur notre position (obus de blindé) [...] 24 au 26/03 Friedrichstal, 1er bain dans une baignoire depuis Hildesheim." En dépit de la faim et d'une constante peur de mourir, il a manifestement à cette époque de nombreuses aventures amoureuses qu'il consigne dans de brèves notices : "1er au 3/04 Hohenklingen (jeune paysanne, env. vingt-quatre ans, père et frère morts au combat, mère décédée, m'aurait volontiers gardé chez elle, 25 arpents de terre ! Elle voulait me donner des vêtements civils. J'ai eu peur, derrière nous il y avait la SS [...] 9 au 16/04 Rienharz, avec une Rhénane, soirées amusantes [...] 20 au 23/04 Schwörsheim, hôte dans l'appartement d'une jeune veuve de guerre, Elsa Taglieber."

La mention détaillée suivante est datée du 1er mai 1945, quatorze heures, Westerndorf. Werner écrit au crayon : "Nous sommes arrivés ce matin à neuf heures avec notre section d'artilleurs. A midi, les Américains prennent le village sous le feu. Nous avons compris que continuer à se battre n'avait pas de sens et décidé de nous constituer prisonniers. Nos officiers continuent en voiture leur route vers les Alpes. Nous faisons basculer les pièces d'artillerie dans un fossé, nous enterrons les niveaux et les instruments d'optique. L'Américain stationne à sept cents mètres de nous, le long de l'autoroute, et n'ose pas approcher. Nous avons encore assez de vivres et de temps. Je suis assis dans une ferme, je feuillette un livre et je réfléchis. C'est dommage que ça s'arrête déjà, aujourd'hui ou demain. J'aurais si volontiers continué à marcher, jusqu'à ce que la guerre s'arrête, pour pouvoir rentrer chez moi sans faire de captivité. Mais être traqué tous les jours et ne plus avoir assez de munitions, ça me débecte. Avec la fille d'un paysan et une autre jeune femme, nous faisons des jeux à gages jusqu'à minuit, puis nous nous allongeons sur le sol pour dormir. Le lendemain, à onze heures, un Polonais vient nous annoncer que l'Amerloque demande notre reddition. Nous avançons au pas et en rangs jusqu'à l'Américain. La première sentinelle nous demande de jeter les armes en tas. Un peu plus loin, un Américain fait un discours en allemand. On dirait un cow-boy ivre. Autour de son casque d'acier, il porte des lunettes de pilote, et un foulard multicolore autour du cou. Il a un pistolet dans chaque main. Bref, pour moi la guerre est terminée."

Quelques nuits durant, ils campent entassés dans une grange ; le 6 mai, des semi-remorques viennent chercher les détenus et les conduisent à Heilbronn, *via* Munich et Augsbourg. Ils sont assis dans un champ entouré de barbelés. Aux quatre coins de la clôture sont postés des fusils-mitrailleurs lourds. Il fait très chaud et il n'y a pas d'eau ; à midi, on fait passer au-dessus de la clôture quelques seaux d'un bouillon couleur rouille mais, selon l'estimation de Werner, il y a désormais au moins vingt mille hommes dans le camp. Allongé sur le sol argileux, il essaie de dormir. Le temps passe, les journées sont d'une chaleur insupportable et la nuit la température tombe au-dessous de zéro. Personne ne sait combien de temps ils vont devoir rester ici ni, d'ailleurs, ce qu'ils vont devenir. Les champs qui les entourent sont eux aussi clôturés, de nouveaux convois de prisonniers arrivent chaque jour. Il n'y a pratiquement rien à manger et l'eau reste rare. Werner essaie de ne pas se déplacer trop vite, sans quoi il est pris de vertige. On voit les premiers détenus s'évanouir, on les emporte ; d'autres perdent complètement la raison et l'on a bien du mal à les calmer. Werner note : "Ici, on voit chacun tel qu'il est ; beaucoup perdent le contrôle. Ils se pressent comme des bêtes devant le tuyau d'eau, aucun ne veut attendre. J'évite tout mouvement inutile. Economiser ses forces. Celui qui tombe et reste au sol est perdu."

Une semaine plus tard, ils sont répartis selon leur code postal, et on leur attribue de nouvelles places en camp. Werner espère qu'il ne tardera pas à être libéré. Le 21 juillet, ils se rendent en rangs à la gare de marchandises de Heilbronn, encadrés par des soldats américains portant des pistolets-mitrailleurs chargés et prêts à tirer. Ils montent par trente dans des wagons de marchandises. Un cheminot leur chuchote que le train part pour la France. "Nous sommes déconcertés, le peu d'énergie que nous a donnée l'espoir d'un retour rapide se dissipe d'un seul coup. Je ressens un profond désespoir. Je n'ai même pas la force de pleurer." Ils partent pour Le Mans. Ils s'y retrouvent de nouveau dans un camp à ciel ouvert. Il est interdit d'approcher à moins de cinq mètres des barbelés. Un prisonnier trop zélé, affecté au service du nettoyage, s'approche de la clôture pour ramasser un morceau de papier. La sentinelle lui tire dessus, et le blessé hurle de douleur. On appelle un infirmier. Il arrive et s'agenouille près du blessé. La sentinelle tire sur l'infirmier, qui tombe raide mort. Werner observe tout cela sans beaucoup d'émotions. "Je suis trop faible pour être vraiment triste. J'oublie les noms de mes camarades, même de petits exercices de calcul me posent des problèmes." Une petite photo collée dans l'un des albums de Werner a été prise à cette époque. Au premier regard, on ne le reconnaît pas. Werner a les traits émaciés, porte la barbe et des cheveux longs. Il a le regard vide.

Son journal est à cette époque son principal accompagnateur. Il a réussi à lui faire franchir tous les contrôles, dans une valise à double fond. Après sa capture par les Américains, il écrit : "J'ai eu de la chance dans mon malheur. Le cahier et le crayon sont là." Le journal est l'ami auquel il peut tout confier. Au cours des premières semaines passées en France, son écriture tremblante est difficile à lire. Vraisemblablement un effet de l'épuisement dont il parle. Le 22 août, il note : "Continuer à tenir ce journal exige une grande autodiscipline. Mais c'est la seule chose sensée qui me reste encore." Il décrit en détail la vie du camp, les rations, le climat, les camarades. Il ne dit pas un mot de la défaite, du Troisième Reich qui vient de s'effondrer. Peut-être a-t-il peur que son journal ne tombe un jour entre les mains de ses gardiens ? A moins que l'époque ne soit tout simplement pas aux réflexions politiques. Toute la journée, désormais, Werner creuse des fosses communes. Cela lui vaut des doubles rations, et il sent les forces lui revenir peu à peu. Le matin, ils jettent dans ces trous les corps des camarades morts au cours de la nuit. Vingt cadavres par fosse. Ils y déversent de la chaux vive, puis de la terre, mais quelques jours suffisent pour que la puanteur commence à remonter. Dans la baraque des malades, Werner voit des camarades qu'il connaît depuis Heilbronn. "Ils ont la tuberculose et aucune chance de s'en sortir. Je les enterrerai tous, c'est la seule chose qui soit sûre. Pendant ce temps-là, moi, j'ai de plus en plus peur de tomber malade. Ici, tomber malade, c'est signer son arrêt de mort."

J'ai comparé les dates et constaté que Werner est arrivé en France peu avant que Gerhard n'abandonne son exil français pour regagner l'Allemagne. Pour Gerhard, c'est la fin de l'incertitude ; pour Werner, elle ne fait que commencer. J'essaie d'imaginer ce qui aurait pu se passer s'ils s'étaient rencontrés, tous les deux, à cette époque. Le lieutenant français victorieux et le sous-officier allemand prisonnier. Gerhard a eu beaucoup affaire à des prisonniers de guerre allemands, il s'est même rendu dans des camps pour expliquer aux soldats de la Wehrmacht les crimes commis par les nazis. Lorsque Werner arrive au Mans, Gerhard fait son entrée à Paris et revoit son père pour la première fois depuis le début de la guerre. Pour l'un comme pour l'autre, même si c'est d'une manière totalement différente, la France aura été fatidique.

## XV

## DOULEURS

Comme toujours, Werner a de la chance. Au début du mois d'avril 1946, il fait partie d'un groupe de prisonniers que l'on répartit sur les fermes avoisinantes. Un paysan répondant au prénom de Jean le choisit parce qu'il est le plus grand de son groupe. Il lui demande quelle est sa profession, et Werner répond "paysan". C'est seulement quelques jours plus tard, lorsqu'il est clair qu'il n'a aucune idée de ce que signifie labourer, herser et traire, que Werner avoue que la seule chose qu'il ait jamais cultivée est le moule industriel. Il est tout de même autorisé à rester, parce qu'il apprend vite et qu'il est aussi rapide au travail. "Beaucoup travail, beaucoup manger", lui a dit le paysan à son arrivée. La journée commence à cinq heures. Werner nettoie d'abord les écuries, puis trait les vaches et travaille dans le jardin. L'après-midi, il est dans les champs. Le travail s'achève à dix-neuf heures trente. La nourriture est bonne et abondante. "Pour la première fois depuis longtemps, je peux manger à ma faim. Le dialogue avec le patron est primitif, mais on y arrive. Taper sur les fesses en disant «boum, boum, boum», ça veut dire des petits pois. Aujourd'hui, le patron m'a pesé. Quatre-vingt-deux kilos. Les journées ne sont que repas, travail et sommeil. Au lit je joue toujours de l'harmonica et je pense à maman, à Sigrid et aux enfants."

Le travail est rude. Werner a des ampoules aux mains et ne peut pratiquement plus bouger le genou droit. Des sandales de bois aux pieds, il se traîne sur le champ derrière le bœuf qui tire la charrue. Les rangées de semences lui semblent s'étendre à l'infini. Il sent l'hébétude s'emparer de lui, son esprit se déconnecter peu à peu et son corps prendre le contrôle total de son existence. Il récite des poèmes à voix haute et fait de petits exposés sur l'électricité et les symboles techniques. Il se demande si un cerveau rapetisse lorsqu'on cesse de s'en servir pendant un certain temps. Le 21 avril, Werner écrit : "Hier soir, en allant dormir, je me suis rappelé que c'était l'anniversaire du Führer." Peut-être ignore-t-il que Hitler est mort depuis près d'un an déjà ? Sait-il d'ailleurs quoi que ce soit sur le monde au-delà des limites de cette ferme française ? A-t-il des nouvelles de sa famille ? Werner décrit le quotidien avec une obsession des détails, mais on ne trouve sous sa plume aucune idée qui aille au-delà. Sur une photo, on le voit avec Jean, le paysan. Werner porte une cravate sous sa veste et dépasse de plus d'une tête le Français, un petit homme trapu. Sur la photo, c'est Werner qui donne l'impression d'être le patron. Manifestement, c'est aussi l'opinion de la "madame de la maison", comme l'appelle Werner. Ils se retrouvent de plus en plus souvent dans la salle à manger lorsque tous sont partis se coucher depuis longtemps. "Le patron l'a mauvaise, il ne nous lâche pas des yeux."

Il travaille à présent du lever au coucher du soleil. A midi, il y a une heure de pause, parce que les animaux de trait ont besoin de repos. Werner a mal au dos, des crevasses aux mains, son poignet gauche est enflé. "Je ne sais pas si c'est encore à ma colonne vertébrale qu'est accroché mon cul ou à un bout de ficelle." Le samedi est jour de repos. Werner pense à Lilly, son amour de vacances qui vient tout juste d'avoir vingt-six ans. Il raconte comment ils se sont rencontrés, jadis, dans le train de Kühlungsborn. Ils étaient assis face à face dans le compartiment, il ne pouvait s'empêcher de la regarder tout le temps. Ils se sont mis à discuter et, lorsqu'ils sont arrivés près de la Baltique, ils avaient échangé leurs réflexions les plus intimes. Lilly est descendue à Kühlungsborn-Est, lui devait continuer sa route. Ils se sont donné rendez-vous sur la plage, puis ont passé toutes leurs journées et bientôt toutes leurs nuits ensemble. "Je suis heureux, j'ai l'impression d'avoir trouvé la femme de ma vie", écrit Werner. On trouve ensuite deux passages caviardés dans son journal, les seuls qu'il ait rayés afin que nul ne puisse plus les lire. Dans les lignes qui suivent ces grosses marques noires, il parle de l'enfant né après ces vacances : "Rares sont ceux qui me pardonneraient d'avoir donné vie à cet enfant, mais les mêmes ne me reprochent pas d'avoir pris la vie de centaines de personnes avec mon arme pendant la guerre. Quelle est cette étrange morale ? Dans quelle époque vivons-nous ? Autant que cela me sera possible, je donnerai au petit Heinz le sentiment qu'il a bien un père, même si celui-ci n'est pas auprès de lui. Ce serait une bonne chose que Sigrid et Wolf soient ici en ce moment. Me voilà de nouveau désespérément seul."

Le 30 mai 1946, Werner reçoit la première lettre de Sigrid. Un an après le début de sa captivité. Pendant toute cette période, il ignorait manifestement ce qu'était devenue sa famille. Sigrid lui écrit qu'ils sont tous en bonne santé. Elle joint des photos de Wolf et de Rita. Werner est fier de son fils : il lui ressemble tellement. La joie le rend exubérant, il écrit qu'à présent, puisque le destin lui a été si favorable, il est prêt à devenir "un père de famille correct qui, je l'espère, ne s'écartera plus du bon chemin". C'est une sorte de serment de fidélité, une profession de foi. "Je veux aller jusqu'au sommet de mes capacités. Lorsque j'aurai atteint cette limite, je passerai le témoin à mon garçon. Je veillerai à ce qu'il n'ait pas à partir du bas de l'échelle, comme moi. Il n'entrera pas dans l'existence avec un simple certificat d'études. Je lui transmettrai bientôt tout ce que je suis, tout ce que je sais faire."

Il faudra encore un an et demi jusqu'à ce que Werner puisse enfin prendre le chemin du retour. Un an et demi au cours duquel il s'échinera à longueur de journée dans la ferme, sans avoir aucune idée de la date à laquelle s'achèvera sa captivité. Je ne sais pas ce qui lui est arrivé au cours de cette période, ses notes se font de plus en plus rares. Il ne dit pratiquement plus rien de ses émotions. Certains jours, il relève seulement son poids, son pouls, la qualité de sa digestion.

Le 30 septembre 1947, il devient un peu plus loquace. C'est le jour où il monte avec trente autres prisonniers dans le train, en gare du Mans. "Pendant toutes ces années, j'ai attendu ce moment, et maintenant qu'il arrive me voilà un peu ahuri parce que désormais tout va être différent. J'ai presque l'impression de m'être habitué à la captivité, et je ne sais pas comment tout cela va évoluer." Ils passent par Francfort et arrivent dans la soirée du 10 octobre à Eisenach. On les enregistre, on les ausculte et on les débarrasse de leurs poux. Il est autorisé à envoyer un télégramme à Berlin. Je retrouve dans les dossiers de Werner le formulaire d'enregistrement du camp de transit d'Eisenach. "Bien nourri, contact normal, pas de parasites constatés", lit-on sur le bon. Il passera encore par trois camps avant de pouvoir prendre enfin le train pour Berlin.

“Le 28 octobre, à six heures du matin, nous arrivons à Berlin. Voilà venu le grand moment que nous avons attendu pendant des années. Je veux m’imprégner de ce dernier bout du chemin qui me ramène chez moi, en jouir en toute conscience. Lorsque je sors de la station de métro de Gesundbrunnen, j’ai pour la première fois le sentiment d’être vraiment à la maison. D’ici quelques minutes, je serai chez moi, comment cela sera-t-il ? J’ai toujours la clef de mon appartement. J’ouvre sans bruit la porte de service et j’entre. La cuisine est plus petite que dans mon souvenir. Sur la table, un bouquet de fleurs avec un mot de bienvenue : il semble que je sois attendu. Je me prépare un peu pour le premier salut, je me lave, me peigne, me brosse les dents. Je suis tranquille, mais un petit peu excité. Sigrid appelle : Qui est là ? C’est exactement la même voix qu’autrefois. Que dois-je dire ? Je ne dis rien du tout. J’entends des pas, la porte s’ouvre. Lorsque la première étreinte de Sigrid se relâche, je vois Wolf et Rita. Tous deux, comme Sigrid, ressemblent à l’image que j’avais gardée dans mon souvenir.”

Le journal s’interrompt ici. Werner ne le reprend que quatre mois plus tard, le 24 mars 1948. Ce sera la dernière fois : “Le temps est vite passé, et beaucoup de choses se sont produites et ont changé au cours de cette période. Après avoir retrouvé ceux qui me sont chers, la captivité s’est dissipée comme un rêve. La vie reprend précisément là où elle s’est arrêtée lorsque j’ai reçu ma feuille d’enrôlement. A la maison, en gros, tout va bien. Je suis content du garçon. Il évolue exactement tel que je me le suis représenté et tel que je l’ai espéré. Mais la petite n’a pas eu d’éducation en rapport avec son caractère. Je vais la reprendre fermement en main pour obtenir qu’elle reconnaisse mon autorité. Je crois avoir trouvé le moyen qui force aussi Sigrid à la tenir un peu plus solidement. Après quelques vives discussions entre Sigrid et moi à propos de sa tenue du foyer et de ses tâches ménagères, elle s'efforce de répondre à mes vœux. Pour ma part, j'ai fortement maigri ces derniers temps, j'ai tout le temps froid et mon esprit est agité. Je viens tout juste de déjeuner, et je regarde à présent par la fenêtre, en paix pour la première fois. Le pavé de la rue s'étend devant les maisons comme un lourd ruban de pierre. Quel poids la terre dessous a-t-elle à supporter ? Il me semble que c'est sur moi que pèse tout ce pavage."

C'est qu'au bout du compte les choses n'étaient pas si simples. Comment auraient-elles pu l'être, après tout ce que Werner avait vécu ? J'ignore s'il pouvait en parler avec Sigrid. Raconter les atrocités de la guerre et des camps, ses angoisses, sa solitude. Avaient-ils le temps de mener de telles discussions ? Ou bien la misère de cet hiver 1947-1948 était-elle toujours telle, même revenu chez soi, que l'on ne pouvait pas s'occuper en plus des misères passées ? Peut-être Werner n'avait-il aucune envie de parler, juste celle d'oublier aussi vite que possible. Vouloir régler tout cela tout seul aurait été son genre. Souffrir en silence sous le poids des souvenirs. Et puis perdre le contrôle de temps en temps, frapper son fils, crier sur son épouse. Il fallait bien que la pression s'échappe. Il est facile de le condamner aujourd'hui, de le présenter comme un père brutal et un mauvais mari. Mais il est possible que Werner n'ait pas pu faire autrement, que toutes ces années à l'étranger l'aient hébété. Lorsqu'on est constamment en danger, lorsque la seule chose qui compte est de sauver sa peau, lorsqu'on reste des mois dans la boue à regarder mourir ses camarades, peut-on juste après devenir un homme normal ? Peut-on jamais redevenir un homme normal ?

Werner essaie, il ne s'accorde pas de répit, on dirait même qu'il craint de s'épargner. Un regard songeur par la fenêtre doit suffire. Tant que Werner fonctionne, tant qu'il est en action, il peut tenir le passé à distance.

Trois semaines après son retour, il se rend donc à la bourse du travail. Werner y explique qu'il veut devenir ou bien enseignant en lycée professionnel, ou bien peintre de décors. Ils lui donnent l'adresse du Bureau central des affaires scolaires et celle des ateliers de théâtre de la ville. Werner attend le tram, incapable de trancher. Il décide finalement de monter dans la première rame qui arrivera. Celle-ci le conduit, après être passée en couinant et en cahotant devant des ruines calcinées, au Bureau des affaires scolaires, sur le Werderscher Markt. Pour la première fois, Werner voit les dégâts qu'a subis le centre-ville de Berlin. Le Bureau des affaires scolaires, un bâtiment dessiné par Schinkel et autrefois somptueux, paraît inhabitable vu de l'extérieur. A l'intérieur, Werner se perd dans des couloirs et des galeries qui donnent sur des portes murées. Il franchit des passerelles de bois sous lesquelles courent des rats. Werner se demande à quoi peuvent bien ressembler les établissements scolaires si leur administration est déjà aussi mal logée. Un monsieur d'un certain âge lui montre le chemin qui mène au service du personnel. Il y est reçu à bras ouverts. On a besoin d'urgence d'enseignants. Deux jours plus tard, il doit déjà passer un examen d'admission à l'Ecole supérieure pour l'enseignement.

Je m'étonne que Werner ait laissé un tramway décider de son avenir professionnel. Les ateliers de théâtre se trouvaient à l'époque à Kreuzberg. Si l'autre rame était arrivée avant, Werner serait resté un Berlinois de l'Ouest, mes parents ne se seraient pas rencontrés et je n'aurais jamais vu le jour.

En tout cas, Werner réussit l'examen d'entrée à l'Ecole supérieure pour l'enseignement. Il est autorisé à prendre le semestre en route, et il devient assistant dans un lycée professionnel d'ébénisterie et de menuiserie. Werner rentre chez lui, totalement ahuri par la rapidité des événements. Un mois après son retour, il a bondi dans une nouvelle vie.

Fin 1947, Berlin est certes divisée en secteurs, mais on se moque encore plus ou moins de l'endroit où l'on habite et où l'on travaille. Lorsqu'elles n'ont pas été bombardées, les administrations et les universités se trouvent là où elles étaient avant la guerre. Le hasard veut que le Bureau des affaires scolaires se situe en zone russe, tout comme l'Ecole supérieure pour l'enseignement. Werner ne prend donc pas une décision politique en faisant ses études à l'Est. Lorsqu'on veut devenir enseignant à cette époque, on n'a pas d'autre choix. La partition politique de Berlin ne s'opérera qu'en octobre 1948. Après cette date, les administrations seront, elles aussi, réparties entre Berlin-Est et Berlin-Ouest. A l'Ecole supérieure pour l'enseignement, Werner trouve une nouvelle stabilité – cela tient surtout à Heinz Wenzel, dont il fait la connaissance dans cet établissement. Wenzel est un peu plus âgé que Werner et y occupe un poste de chargé de cours. Il impressionne Werner par sa grande culture et le fait qu'il a pratiquement réponse à tout. "En cette époque trouble, il est bon de connaître une personne disposant d'une telle vue d'ensemble", écrit Werner sur une carte d'anniversaire adressée à Wenzel. Werner cherche sa voie, une direction à suivre. Et Wenzel cherche des personnes comme

Werner, des personnes que l'on puisse former et qui soient prêtes à aborder un avenir nouveau. Wenzel est communiste, membre du KPD, le Parti communiste allemand, depuis 1927. Sous le Troisième Reich, il est passé dans la clandestinité, a vécu caché et écrit des manuels scolaires "pour après". Il fallait effectivement avoir pour cela une certaine vision d'ensemble. Et de l'optimisme.

A la maison, Werner ne parle plus que de Heinz. Lui aussi veut désormais devenir communiste, il se met à lire Marx et Engels. Comme d'habitude chez Werner, les choses vont très vite. Et comme d'habitude, il ne peut pas faire autrement que de faire partager son enthousiasme. Tout le monde doit participer, tout le monde doit écouter lorsque Werner expose ses nouvelles vérités. Deux semaines après le début de son travail comme assistant, Werner rédige son premier rapport à la direction. Il cite, parmi les principales difficultés de son travail, les "impressions encore gravées dans l'esprit des enfants par l'idéologie nazie". Il est nécessaire, écrit-il, "d'exposer aux élèves la cause de la défaite allemande, de présenter clairement le concept de démocratie et de le pratiquer aussi à l'école". L'enseignant doit être, sur ce point, exemplaire. Je n'en crois pas mes yeux. Qu'est devenue sa propre "idéologie nazie" ? S'est-elle volatilisée aussi simplement que cela ? Croit-il déjà qu'elle n'a jamais existé ? A moins que ses recommandations ne s'adressent pas à ses élèves, mais à lui-même ?

Pendant que Werner étudie, la RDA voit le jour, un nouveau combat commence, et sa décision de rester à l'Est est sans doute désormais aussi une décision politique. En juillet 1949, Werner est candidat pour devenir membre du SED. Dans le curriculum vitae qu'il fournit avec sa demande d'admission au parti, il écrit : "Mes études à l'Ecole supérieure pour l'enseignement m'ont beaucoup aidé à trouver mon point de vue de classe." C'est un autre Werner qui écrit ces mots, lui qui est converti depuis si peu de temps. C'est désormais le drapeau rouge qui flotte à la fenêtre de sa maison. Werner achète deux drapeaux supplémentaires pour son beau-père, Fritz, avec lequel il se dispute de nouveau parce que ce dernier ne paraît pas suffisamment communiste aux yeux du nouvel adepte qu'est Werner. Werner obtient son diplôme avec la mention "très bien" ; en 1950, il est embauché comme intervenant de première catégorie au Bureau des affaires scolaires. Il organise le travail politique dans les établissements professionnels. Il faut gagner la jeunesse à la cause de la RDA tout juste fondée. Cette mission, lui explique-t-on, est plus importante que l'enseignement de n'importe quelle discipline. Werner va d'un établissement à l'autre, fait de la propagande, explique, convainc, écrit des avis, des recommandations. Les directeurs non inscrits au parti sont remplacés par des camarades, les enseignants politiquement douteux sont mis à la porte. Tout est remis en question, il faut recommencer à zéro. Werner travaille à en tomber de fatigue, il lui arrive souvent de passer la nuit au bureau pour gagner du temps. Il doit aller vite, la guerre froide est en marche et Berlin en est devenu le principal théâtre. Werner met sur pied des équipes d'agitateurs qui se rendent à Berlin-Ouest pour y convaincre les habitants de la justesse de la cause. Ils se postent à des carrefours et distribuent des tracts. Un jour, "un commando hostile" les passe à tabac sur la Bülowplatz. Ils rentrent à l'Est avec des bleus et des vêtements déchirés, plus convaincus que jamais de l'agressivité de l'impérialisme.

Le week-end, Werner se porte volontaire pour la reconstruction de Berlin, il porte des pierres, coule des fondations, construit des cadres de fenêtre et des portes. Il effectue plus de cent demi-journées au cours de la seule année 1952. J'ai devant moi son "livret de reconstruction", dans lequel chaque intervention a été certifiée d'un coup de tampon. L'été, il lui arrive de venir après le travail pour déblayer les gravats. "Chaque heure consacrée à la reconstruction est un acte patriotique", peut-on lire dans son livret. En récompense, Werner reçoit une décoration de deuxième classe pour mérites pendant la reconstruction. Une photo montre Werner à la manifestation de mai 1952. Werner remonte la rue dans un costume clair sur mesure, il porte un drapeau de la RDA. Il dépasse les autres manifestants d'une tête et a l'air radieux. J'imagine que l'on aimait avoir un homme comme celui-là dans ses propres rangs. Il déborde d'énergie et de volonté.

Werner (deuxième à partir de la gauche) à la manifestation de mai 1952.

Un peu plus tard, Werner est nommé directeur de l'Ecole des métiers du bois, et six mois après le collège de l'école le propose déjà pour le titre d'"enseignant méritant du peuple". Dans une attestation, les autres enseignants écrivent : "Lors de la reprise de notre école, le collègue directeur a trouvé au sein du collège une tendance à constituer des fractions. Son intervention obstinée et cohérente a permis de créer les bases d'un collectif d'enseignants. La totalité du collège a pris part au cercle d'étude des classiques du marxisme-léninisme, qu'il dirige." Cela signifie que Werner non seulement dirige un établissement mais dispense aussi désormais la formation qu'il a lui-même reçue. Pendant leurs loisirs, ils s'assoient ensemble autour d'une table et lisent Marx. Son établissement "doit être une expression de la nouvelle société", écrit-il en juin 1952 dans un rapport au Bureau des affaires scolaires. Et il est sérieux.

En janvier 1953, Werner reçoit un hommage exceptionnel : une lettre du Comité central du SED. Les camarades écrivent : "En reconnaissance de tes performances dans l'édification de notre système scolaire démocratique, tu seras désormais logé dans un appartement de notre première rue socialiste, l'allée Staline. Nous t'adressons nos félicitations et espérons que tu te sentiras bien dans ton nouveau foyer." Werner a même conservé le formulaire officiel d'attribution de logement. Stalinallee, bloc B-sud, troisième étage à droite. L'appartement lui est remis pour le soixante-treizième anniversaire de Staline. Une cérémonie au Staatsoper est organisée, à laquelle sont invités les 1 148 premiers locataires. Le maire, Friedrich Ebert, tient un discours. Le journal *Neues Deutschland* publie une liste de tous les locataires. "Voilà le genre de personnes dont notre république a besoin. Zélées, obstinées, pleines d'énergie", écrit l'organe central du SED. Werner est devenu une sorte de prototype du citoyen socialiste.

Werner garde dans un dossier les documents officiels qu'il a obtenus au fil des ans. La nomination au titre de professeur, puis de professeur certifié, la remise de la médaille Pestalozzi, de bronze, puis d'argent, pour services rendus, et le titre d'"activiste du travail socialiste". Quelle ascension ! Werner se prouve, à lui comme aux autres, qu'un enfant d'ouvrier peut vraiment arriver à quelque chose dans ce nouvel Etat. Après toutes les années de captivité, d'humiliation et d'errance, il se retrouve tout d'un coup au premier rang, il est devenu un homme respecté et important. Il n'a plus besoin de se retourner sur le passé : son regard est tourné vers l'avant.

Werner remet aussi de l'ordre dans sa vie privée. En novembre 1951, il divorce d'avec Sigrid et épouse un an plus tard Hildegard, la fille d'un policier dont il était amoureux depuis longtemps. Ils ont une fille, qui s'appelle Karola et dont Werner s'occupe avec amour. Il a perdu son agressivité, la tension s'est dissipée, parce qu'il est enfin satisfait. Le souvenir de son ancienne famille s'estompe peu à peu. Dans sa nouvelle vie, il n'y a pas de place pour Wolf, sa sœur Rita et Sigrid. Il les efface progressivement de sa mémoire. Sa fille, Karola, dit que Werner n'a jamais eu de mauvaises intentions, il a juste tourné la page. "Il sait assez bien refouler consciemment les événements du passé. Il se promet de le faire, et bientôt tout s'évanouit pour de bon", dit-elle. Karola décrit Werner comme un homme de bonne foi, absolument loyal au socialisme qu'il a intériorisé et suivi à la lettre. "On ne pouvait pas discuter avec lui de certains problèmes de la RDA. Il ne laissait pas ce genre de choses l'approcher." Karola n'a pas le droit de porter des jeans, et la télévision de l'Ouest est rigoureusement interdite. Werner parle de la nouvelle société, du grand avenir qui les attend tous. Et pourtant, dit Karola, en réalité, il n'avait pas l'esprit particulièrement fait pour la politique. Il voulait réaliser quelque chose, il voulait être dans le mouvement et remplir aussi bien que possible les missions qui lui avaient été confiées. Et puis il éprouvait de la reconnaissance envers cet Etat qui lui avait ouvert tant de possibilités.

Werner était peut-être l'un de ces hommes qui fonctionnent correctement dans pratiquement tous les systèmes et pratiquement tous les rôles. Il aurait tiré le meilleur de n'importe quelle situation. Son bonheur de vivre n'aurait pas été menacé si Hitler avait gagné la guerre ou si lui-même s'était, par hasard, finalement retrouvé à l'Ouest. Il aurait certainement été un bon peintre de décors s'il n'était pas devenu un bon directeur d'établissement scolaire. Tout comme, auparavant, il avait été un bon mouleur, un bon soldat, un bon prisonnier. Et désormais un bon citoyen de la RDA.

# XVI

## ÉLOIGNEMENTS

Gerhard arrive à Berlin-Est en janvier 1952. Et ce n'est pas un hasard. Le parti l'a chargé d'une mission secrète dont même sa femme ignore tout. Voici des années, ma mère m'avait raconté qu'à l'époque, Gerhard était impliqué dans je ne sais quelles histoires de services secrets. Elle n'en savait pas plus : même après la fin de la RDA, il n'avait pas voulu en parler. Avant que je ne commence à écrire ce livre, je me suis rendu auprès de Gerhard pour lui demander s'il m'autorisait à consulter son dossier de la Stasi*. J'ai écrit ma question dans le cahier bleu qui se trouve sur sa table basse. Il l'a lue et a hoché la tête. Rien dans son regard n'indiquait s'il était dérangé ou réjoui de me voir fouiller dans son passé. Il laissait faire. Quelques mois plus tard, j'avais sur mon bureau cette épaisse pile de papiers. Deux cents pages de documents. J'ai passé toute la nuit à les lire et, le lendemain matin, Gerhard, pour moi, n'était plus le même homme. Je sais qu'il faut manier avec prudence le contenu de ces dossiers mais, même si ne serait-ce que la moitié de ce que l'on y a écrit est exact, Gerhard a aussi été un homme courageux en RDA. Un homme crédule, certes, et jusqu'au bout fidèle à

* Après la fin de la RDA, les dossiers individuels de la Stasi ont été rendus accessibles aux personnes concernées.

la cause, mais aussi un homme sincère à l'esprit critique. A l'opposé du permanent politique inébranlable qu'il était dans notre famille. Pourquoi a-t-il joué la comédie devant nous pendant toutes ces années ?

Si l'on en croit son dossier à la Stasi, la double vie de Gerhard commence dès Düsseldorf, où il habite avec sa famille après la guerre. Il travaille comme rédacteur du journal *Freiheit*, organe du Parti communiste allemand, le KPD. Au début 1950, il reçoit des informations sur un homme qui a travaillé sous le Troisième Reich pour le Sicherheitsdienst (SD)* et qui serait désormais au service des Américains. Il rencontre cet homme, qui lui explique qu'après son retour des camps de prisonniers, l'armée des Etats-Unis l'a recruté pour monter un nouveau service secret en Allemagne de l'Ouest, avec d'autres anciens collaborateurs de la Gestapo et du SD. Gerhard trouve l'histoire à la fois choquante et très intéressante. Il en parle à son rédacteur en chef. Celui-ci lui répond qu'il faut d'abord informer la direction du parti, et de préférence le chef du KPD, Max Reimann, en personne. Deux jours plus tard, celui-ci convoque Gerhard, le félicite pour ces informations importantes et le prie de poursuivre son enquête. Non pas cependant pour son journal, mais pour le service de renseignements du parti. A partir de cette date, son activité de rédacteur n'est plus qu'une couverture : Gerhard est devenu un agent. On pourrait penser que c'est un changement considérable, mais il est possible que Gerhard ne l'ait

* "Service de la Sécurité", agence de renseignements et de répression de la SS, créée et dirigée par Heydrich jusqu'à son assassinat ; l'un des organismes les plus impliqués dans les crimes du régime nazi.

pas du tout perçu comme tel. Cette activité, il l'avait déjà pratiquée en France, dans la clandestinité. C'était donc un simple prolongement. Il reprit aussi le pseudonyme qui était le sien en France : désormais, il s'appelle "Paul".

A partir de cette date, Gerhard retrouve régulièrement son informateur, qui lui donne, moyennant finances, des renseignements détaillés sur l'avancée de la mise en place des services secrets ouest-allemands. Deux mois plus tard, Gerhard devient "résident" du Nachrichtendienst, le service de renseignements du parti communiste. Cela signifie qu'il dirige désormais tout un réseau d'indicateurs qui travaillent déjà pour ce service depuis un certain temps. Ce sont presque sans exception d'anciens SS qui se sont recyclés discrètement dans la politique et l'administration ouest-allemandes et que les services secrets de l'Allemagne de l'Est font chanter. En échange de documents secrets fournis gratuitement, les camarades font passer sous silence la véritable identité des anciens nazis. C'est le *deal*.

L'un des indicateurs s'appelle August Moritz : cet ancien *Obersturmbannführer* SS était en France pendant la guerre et y a dirigé entre autres les services de la Gestapo à Orléans et à Marseille. Dans le dossier de Gerhard à la Stasi, il est entre autres mentionné sous le nom de Kornbrenner*. August Moritz est recherché pour crimes de guerre et vit sous une fausse identité à Düsseldorf. En 1954, le tribunal militaire de Marseille le condamne à mort pour avoir fait torturer et tuer des dizaines de civils et de partisans français, et participé à

* Littéralement : "bouilleur de cru". La Stasi donnait systématiquement à ses informateurs des surnoms, souvent liés à leur activité professionnelle ou à leurs loisirs préférés.

l'organisation de la déportation des juifs. Au sein du réseau de Gerhard, son rôle est de débusquer les anciens SS et de les recruter pour le service.

La première fois que j'ai lu tout cela, je n'en croyais pas mes yeux. C'est avec un homme comme celui-là que Gerhard avait collaboré ? avec un homme qui avait tué des résistants et des juifs, et qui aurait aussi liquidé Gerhard s'il lui était tombé entre les mains en France ? Comment Gerhard pouvait-il supporter de protéger un homme pareil ? Personne ne peut avoir autant de discipline et de maîtrise de soi, me dis-je. Même Markus Wolf, chef de l'APN*, qui accueillera en son sein, en 1951, les agents du KPD, écrit que la collaboration avec August Moritz a été pour Gerhard "un poids pratiquement insoutenable". Dans les dossiers, toutefois, rien n'indique que le "résident Paul" ait eu des problèmes avec "Kornbrenner". Dans un rapport, Gerhard vante même explicitement le travail de Moritz et recommande de continuer à faire appel à lui : "Les informations sont exactes, les évolutions qu'il prévoit interviennent effectivement. Nous pouvons en tirer des conclusions politiques significatives pour notre combat en faveur de la paix et de l'unité de l'Allemagne." Gerhard est manifestement capable de faire la part du travail et des sentiments. Pourtant, comme il a dû être pénible pour l'agent Paul et l'homme Gerhard de coexister ! Le réseau de Paul ne cesse de s'étendre. Il a désormais une secrétaire et deux coursiers qui acheminent ses rapports à Berlin-Est. En janvier 1952, l'indicateur de Gerhard est muté à Berlin, dans les services secrets ouest-allemands. Le parti décide que Gerhard doit l'accompagner.

* Aussenpolitischer Nachrichtendienst, service de renseignement en politique extérieure.

C'est aussi la raison pour laquelle la famille, à l'issue de ses vacances d'hiver à Oberhof, ne rentre pas à Düsseldorf et prend tout d'un coup le nom d'Oswald. Gerhard a besoin d'un nouveau nom parce que ses camarades, à Berlin, soupçonnent les Américains de l'avoir démasqué. Trois mois après le transfert de Gerhard, le contre-espionnage ouest-allemand démasque le "réseau Kornbrenner". August Moritz et quatre de ses anciens camarades SS sont arrêtés. En décembre 1953, ils se retrouvent devant la Cour fédérale de justice à l'occasion du premier grand procès pour trahison, au terme duquel ils sont condamnés à plusieurs années de prison.

Quelques semaines seulement après l'arrivée de Gerhard à Berlin-Est, le patron des services secrets, Markus Wolf, commence à contrôler les réseaux de l'ancien service de renseignements du parti. Tout cet appareil est considéré comme un "risque pour la sécurité", et Markus Wolf recommande "de nettoyer et de démanteler le service sans délai". Dans un rapport classé "secret absolu", on peut lire : "Dans tout cet appareil de renseignements, le travail de conspiration, le choix des collaborateurs et des sources étaient tellement imprudents et mal organisés que l'adversaire était forcément informé de toute son activité et a pu utiliser l'appareil pour désorienter la direction de notre parti. [...] On ne sait pas encore, en particulier, dans quelle mesure l'adversaire a profité de ses connaissances sur l'appareil pour recruter d'anciens collaborateurs, et dans quelle mesure la négligence constatée visait consciemment à nuire. Pour quelques anciens collaborateurs, les documents en notre possession sont lourds et nombreux, même s'il ne s'agit pas vraiment de preuves au sens où l'entend le droit pénal."

Certains disent aujourd'hui que, si Markus Wolf a dissous le service de renseignements du parti, c'est pour se débarrasser de concurrents gênants tout en récupérant de précieuses sources à l'Ouest. Tous les collaborateurs du service ont été passés au crible. Beaucoup se sont retrouvés en prison pour "trahison", parce qu'ils en savaient trop ou étaient devenus dangereux pour une autre raison. Dans le procès-verbal d'une réunion du service central d'information de la Stasi, le 9 août 1952, on peut lire : "Un mémorandum devra être rédigé au plus tard à la date du 15 septembre 1952 sur le résident Paul, afin de pouvoir décider s'il faut le révoquer ou l'arrêter." Gerhard n'a sans doute jamais su quel danger il avait couru à l'époque.

Le 18 septembre 1952, Markus Wolf présente un rapport sur Gerhard. Wolf écrit : "Le passé de Paul requiert un examen plus minutieux. Si l'on ne tranche pas sur la possibilité qu'il ait mené un travail volontairement nocif, il faut dans tous les cas constater qu'il ne dispose pas de base marxiste solide, qu'il n'a jamais eu la possibilité d'acquérir une véritable conscience de classe, qu'il relève du type de l'intellectuel affligé de nombreuses faiblesses bourgeoises, et qu'il n'a donc pas, en dépit de son intelligence, été en mesure d'accomplir le travail d'un résident qualifié. [...] En France, il a été en relation avec le futur renégat Herbert Müller, avec le traître Werner Schwarze et d'autres. Le récit que fait Paul de sa participation au mouvement de la Résistance est romantique et aventureux. [...] Il faut par ailleurs tenir compte du fait qu'en raison de ses relations familiales, Paul dispose de nombreuses connaissances dans le pays et à l'étranger, y compris et notamment avec les éléments trotskistes. Son origine juive doit forcément aussi être mentionnée ici.

Il est certain que l'ennemi connaît l'activité de Paul."

Ce rapport aurait pu conduire Gerhard en prison. Soupçon d'activité hostile, absence de véritable conscience de classe, faiblesses bourgeoises, contacts avec des traîtres, des renégats et des trotskistes, origine juive. D'autres, à l'époque, furent chassés du parti pour moins que cela, arrêtés ou déportés en Sibérie. Les "purges" au sein du parti atteignent leur sommet à cette époque. Des commissions traquent les "ennemis" et les "agents occidentaux". Au début des années 1950, quelque cent cinquante mille "déviationnistes" sont exclus du SED. La plupart sont d'anciens sociaux-démocrates. En novembre 1952, Rudolf Slánský, ancien secrétaire général du Parti communiste tchécoslovaque, est condamné à mort au terme d'un procès-spectacle. En RDA aussi, l'hystérie autour d'une prétendue menace enfle une fois de plus. Des procès sont organisés, des membres du Politburo et du Comité central arrêtés. Même des militants comme Franz Dahlem, jusqu'en 1952 deuxième homme de la RDA, ou encore Wilhelm Zaisser, ministre de la Sécurité d'Etat, sont démis de leurs fonctions pour "menées contre-révolutionnaires" et "activités d'agents impérialistes". Le plus proche camarade de Résistance de Gerhard, Eugen, qui s'appelle en réalité Werner Schwarze, est soupçonné de trahison. Au cours de ces années, personne n'est en sécurité, n'importe qui peut devenir un ennemi du jour au lendemain. La méfiance règne.

Si les nouveaux détenteurs du pouvoir regardaient leurs camarades, même les plus fidèles, d'un œil aussi soupçonneux, cela tenait sans doute avant tout à leur propre histoire. Des hommes comme Walter Ulbricht et Markus Wolf n'avaient confiance – et encore – qu'en ceux qu'ils avaient connus lors de leur exil à Moscou, ceux qui avaient vécu la même chose qu'eux. Les autres, ceux qui avaient émigré à l'Ouest, ceux qui étaient issus de familles bourgeoises ou juives, ceux qui n'étaient devenus communistes que pendant la guerre, étaient suspects. Walter Ulbricht, Markus Wolf et leurs semblables avaient appris en Union soviétique comment fonctionnait la terreur stalinienne, par quels moyens elle arrivait à rendre tout un peuple docile et maniable. Il faut s'imaginer leur état d'esprit lorsque, après la guerre, ils quittèrent Moscou pour revenir chez eux. Ils n'ont jamais oublié que les gens qu'ils dirigeaient à présent étaient ceux-là mêmes qui les avaient jadis chassés d'Allemagne. Il était évident à leurs yeux que seuls la force et le contrôle le plus rigoureux permettaient de gouverner ce peuple. La Stasi, l'Etat-espion, la société aux structures intégralement militarisées, tout cela était la conséquence d'une profonde méfiance à l'égard de leur propre peuple.

Curieusement, il n'arrive pas grand-chose à Gerhard. Il n'est certes plus autorisé à travailler pour les services secrets, mais redevient journaliste à l'agence de presse est-allemande ADN, au poste de chef du service des affaires interallemandes. Et la Stasi le surveille. Dans un rapport du service central V, le 4 décembre 1954, on peut lire : "Leo s'exprime en termes négatifs, à l'ADN, sur des mesures prises par le Comité central du SED. Il réclame «la liberté de la presse» en RDA. Leo est un élément instable. La correspondante «Elvira», étant en contact professionnel avec Leo, est chargée de le fixer et de relever ses relations afin que nous puissions lancer d'autres mesures opérationnelles." On lit en note, à la fin du rapport : "Leo était dans l'émigration à l'Ouest, et il est juif." Encore une remarque sur son origine juive. Cela me fait tressaillir chaque fois.

La logeuse de Gerhard à Friedrichshagen est interrogée par la Stasi ; on demande aussi des avis à plusieurs de ses collègues, sous différents prétextes. En juin 1955, le major de la Stasi Kienberg note : "Rien de suspect n'a été détecté dans l'environnement personnel. Le matin, le plus souvent de très bonne heure, une voiture passe prendre Leo, et il ne revient chez lui qu'à la nuit tombée. Lorsqu'il a du temps libre, il se consacre à sa famille. L'appartement est bien aménagé, mais pas de manière extrêmement moderne ni coûteuse. L'aménagement reste dans la moyenne bourgeoise. Par plusieurs collaborateurs de son service à l'ADN, nous savons que Leo reste en marge de la vie sociale. Le groupe du parti et la direction centrale du parti ont eu plusieurs discussions avec Leo, au cours desquelles il s'est avéré qu'il s'est éloigné du parti. Du côté de la direction, on caresse l'idée de démettre Leo de ses fonctions. On évoque aussi des mesures allant dans ce sens au sein du parti."

Un élément instable, éloigné du parti. Dans un rapport de février 1956, le major Kienberg demande "l'extension des mesures opérationnelles". On lit à l'encre noire, en haut et à gauche de la première page du rapport : "Ne partage pas les inquiétudes. Suspendre immédiatement les mesures." La signature est indéchiffrable. A partir de cette date, Gerhard n'est plus surveillé et l'on ne trouve plus de rapports de contacts spécialement affectés à son cas. Qui l'a protégé ? Certainement une personne qui avait le bras long, car désormais la direction de l'ADN ne veut plus non plus se séparer de lui, et le parti ne voit plus aucun motif de sanction. Neuf mots à l'encre noire ont suffi à arrêter la machinerie.

Gerhard n'a-t-il pas senti le nœud se serrer autour de lui ? A-t-il appris qu'il avait été successivement accusé et lavé de tout soupçon ? Il est probable qu'il n'en a jamais rien su. C'est la seule explication au fait qu'il ait continué à s'exprimer librement et publiquement. Par exemple le 17 septembre 1956, au Pressecafé de Berlin, avec deux collègues. L'un d'eux est un collaborateur secret (GM, *geheimer Mitarbeiter*) de la Stasi, et c'est lui qui établit pour le major Kienberg un rapport sur cette conversation. Kienberg écrit dans son rapport : "Leo affirme qu'il faudrait, comme en Hongrie, collecter des signatures pour obtenir un changement de la direction du parti. Lorsque le GM lui demande quelles personnalités nouvelles lui viennent à l'esprit, Leo élude en répondant que ce ne sont pas les gens qui manqueront."

Gerhard n'avait manifestement pas l'habitude de se méfier des siens. Il ne connaissait pas cela. En France, les camarades étaient des hommes et des femmes sur lesquels il pouvait constamment se reposer, des gens à qui il avait confié sa vie parce qu'il s'agissait de vaincre les nazis. A Düsseldorf, on était unis contre les Américains. Mais à Berlin, désormais, la nature des combats était tout à fait différente. Les protagonistes n'étaient pas des partisans, mais les permanents d'un parti politique. Les camarades se liquidaient les uns les autres. Luttes intestines, intrigues et campagnes de dénigrement se succédaient. Il est en réalité impossible que Gerhard n'ait rien su de tout cela, qu'il n'ait rien senti de la peur omniprésente.

Que fait alors Gerhard ? Au mois d'août 1956, il part en mission pour la Hongrie ; le soir, il rencontre des membres du cercle Petöfi. Ce club de discussion formé par de jeunes gens de lettres hongrois jouera un rôle déterminant dans la préparation de l'insurrection populaire qui éclatera deux mois plus tard seulement. La Stasi a vent des contacts de Gerhard avec "l'ennemi". On lit dans un procès-verbal du 6 décembre 1956 : "A l'époque de son séjour en Hongrie, il est entré en liaison avec le cercle Petöfi et a également participé à des discussions politiques au sein du club Petöfi. Leo s'y est présenté et a salué les confrontations politiques. Il a remercié l'un des participants, qui critiquait fortement la politique de la Hongrie, pour cette discussion qu'il a jugée bienvenue." Dans une note signée par un certain lieutenant Reuter, on relate une réunion de parti qui se déroule quelques semaines plus tard. "Leo défend ouvertement l'opinion selon laquelle les événements contre-révolutionnaires survenus en Pologne en 1956 n'ont pas été déclenchés par l'adversaire, mais par des discussions au sein du Parti ouvrier polonais. Il transgresse ainsi clairement et consciemment la ligne du parti, ce qui ne semble lui poser aucun problème."

Gerhard était-il particulièrement courageux, ou crédule, ou bien les deux ? Savait-il que quelqu'un le protégeait, est-ce pour cette raison qu'il se permettait plus de choses que la plupart des autres ? Ou bien cela lui paraissait-il normal ? La Stasi l'a-t-elle volontairement dépeint comme un ennemi qu'il n'était pas ? A-t-elle fait de lui le portrait d'un renégat pour pouvoir le sanctionner plus facilement par la suite ? Je l'ignore et je ne le saurai vraisemblablement jamais. Mais lorsque je lis ces rapports et ces avis, je suis fier de mon grand-père. Je me suis souvent demandé pourquoi un homme qui avait fait preuve d'un tel courage en France n'avait plus rien dit par la suite, à l'Est. Je sais à présent qu'en tout cas, il ne faisait pas partie de ceux qui ont toujours suivi le mouvement. Qu'il s'est défendu lorsque les mensonges et la bêtise devenaient trop manifestes. Mais pourquoi sa famille ne devait-elle rien en savoir, pourquoi jouait-il le camarade exemplaire ? Pourquoi ne permettait-il pas à ses enfants d'éprouver les mêmes doutes que lui ? Peut-être avait-il peur de montrer sa faiblesse. Il est vrai qu'on lui avait appris à rester sur sa réserve, à n'exprimer de critiques, tout au plus, qu'au sein du parti, et à ne pas apporter de l'eau au moulin de l'ennemi. Sans doute y a-t-il eu un moment où il a plus fait confiance au parti qu'à ses enfants.

Et il n'était sans doute plus aussi crédule après avoir compris comment la grande idée fonctionnait dans la petite RDA. On trouve dans les dossiers de la Stasi le compte rendu d'un entretien mené avec Gerhard dans le cadre du parti. Ce document n'est pas daté mais, comme il s'agit des événements de Pologne et de Hongrie, je suppose qu'il remonte à l'année 1956. Les camarades reprochent à Gerhard de ne pas avoir agi suffisamment dans l'esprit du parti, de se permettre une opinion personnelle alors que la seule chose qui compte est de défendre le point de vue du parti. Selon le procès-verbal, Gerhard répond : "Je partage l'idée que, dans les situations critiques, la seule chose qui vaille est la discipline. Que dans le travail, il arrive que nous devions accomplir des actes dont le bien-fondé ne nous a pas convaincus ou encore, comme l'a dit le camarade Müller un jour où je me trouvais dans une situation critique, que nous devions obéir. Mais nous avons le parti, auquel nous pouvons ensuite exprimer nos soucis et ce qui nous pèse sur la conscience." L'avaient-ils réendoctriné, ou bien pensait-il vraiment ce qu'il disait ? Obéir, faire des choses auxquelles on ne croit pas. Etait-ce pour cela qu'il s'était battu ? Pour un parti qui ment, un Etat qui opprime ? Comment a-t-il supporté cette étroitesse d'esprit, cette méfiance ? Pourquoi ont-ils presque tous participé à ce jeu horrible, eux, ces combattants courageux revenus en RDA après la guerre ?

J'en ai discuté un jour avec Gerhard. A vrai dire, ce n'était pas une véritable discussion, mais une interview que nous avons donnée à un journal français, deux ans après la chute du Mur. Il était question des grands-pères et des petits-fils en RDA. Dans cette interview, pour la première fois, Gerhard parle de la culpabilité, il explique pourquoi des gens comme lui étaient à ce point enchaînés à ce pays. Il évoque l'espoir qui était le sien après la guerre : celui de construire une nouvelle société dans laquelle les nazis n'auraient plus jamais la moindre chance. Il a vu, explique-t-il, des criminels de guerre siéger au gouvernement et des génocidaires percevoir des pensions considérables, tout cela à l'Ouest. Ce genre de choses, affirme-t-il, n'existait pas en RDA. Et cela comptait plus que tout le reste. Son espoir lui avait fait supporter bien des choses en réalité insupportables. C'était le prix de la nouveauté, c'étaient les sacrifices nécessaires, et au bout du compte la cause était toujours plus importante que l'individu, c'est ce qu'il ne cessait de se répéter.

C'était sans doute comme une incantation, une autopersuasion permanente. Et puis tout son combat n'aurait-il pas été vain s'il avait tout d'un coup cessé de se battre avec les autres ? Parce que cette RDA était tout de même le résultat de ce combat, sa récompense. Le sens de la vie. Il ne pouvait plus s'en aller sans se perdre lui-même. “C'était mon pays”, dit-il dans cette interview. Il y avait de la tristesse dans ces mots, mais aussi un peu de fierté. J'ai songé que, pour cette raison précise, ce pays-là ne pouvait pas être le mien. Mais je n'ai rien dit. Et tout est redevenu comme avant.

Je crois que, pour mes deux grands-pères, la RDA était une sorte de pays de rêve où ils ont pu oublier tout ce qui les avait accablés jusque-là. C'était un nouveau départ, une chance de recommencer depuis le début. La persécution, la guerre, la captivité, toutes ces choses effroyables que Gerhard et Werner ont vécues, pouvaient être enterrées sous le gigantesque tumulus du passé. Désormais, seul l'avenir comptait. Et le cauchemar s'est transformé en rêve. L'idée de construire un Etat antifasciste était un baume pour ces deux hommes. Gerhard pouvait se laisser bercer par l'illusion que les citoyens de la RDA n'avaient rien à voir avec ceux qui, jadis, avaient chassé sa famille du pays. Quant à Werner, il pouvait faire comme s'il avait toujours cru au socialisme. Toutes les blessures, toutes les erreurs étaient oubliées et pardonnées lorsqu'on était prêt à devenir un rouage de cette nouvelle société.

Nouvelle foi contre ancienne souffrance : tel était le pacte fondateur de la RDA.

Ainsi s'explique aussi la fidélité enthousiaste avec laquelle Gerhard et Werner sont restés liés à ce pays jusqu'à sa triste fin. Ils n'ont jamais pu voir le grand mensonge qu'était ce grand rêve – parce que leurs propres mensonges existentiels auraient alors été révélés.

Et leurs enfants ? Projetés dans l'univers onirique de leurs pères, ils ont dû partager leurs rêves, qu'ils l'aient ou non voulu. Ils ne connaissaient pas le pacte originel. Et comme ils n'avaient rien à surmonter ni à dissimuler, la foi leur pesait lourd. Ils voyaient la pauvreté, les mensonges, la mesquinerie, la méfiance. Ils entendaient les phrases creuses des pères qui chantaient les louanges du futur. Une grande partie de l'euphorie et de l'énergie s'est déjà dissipée à ce moment-là. Et les petits-enfants ? Ils furent heureux lorsque ce fut enfin terminé. Ils n'eurent même pas mauvaise conscience lorsqu'ils firent un croc-en-jambe à cet Etat. Quelle part du grand rêve est arrivée jusqu'à moi ? Des interdictions vétilleuses, des principes pathétiques et des jeans qui avaient l'air d'être taillés dans nos chemises de la FDJ. L'énergie de cet Etat s'est consumée en l'espace de trois générations. La RDA est restée le pays des anciens, des pères fondateurs, et sa logique n'avait plus de sens pour personne.

# XVII

## COLLISIONS

J'avais six ans lorsque a eu lieu mon premier contact avec la Stasi – pour être précis, c'était plutôt un télescopage. En revenant du terrain de jeu avec un copain, j'ai traversé la rue en courant et j'ai été renversé par une voiture. Wolf m'a raconté par la suite que le choc avait fait tomber la plaque minéralogique du véhicule et en avait dévoilé une deuxième. C'était un épisode très embarrassant pour le chauffeur. Ce n'était pas seulement qu'il avait renversé un enfant : il lui a aussi fallu expliquer aux policiers chargés de la circulation et aux témoins de l'accident pourquoi certaines voitures, en RDA, avaient deux plaques d'immatriculation. Wolf a dit que ce connard de la Stasi roulait beaucoup trop vite. J'ignorais à l'époque le sens du mot Stasi, mais je peux dire que, dès le premier instant, je n'ai pas eu de bonnes relations avec elle.

On me transporta à l'hôpital de Prenzlauer Berg, spécialisé dans les accidents, et il fallut m'y opérer d'une déchirure de la rate. Je passai six semaines dans une chambre du rez-de-chaussée dont les fenêtres étaient protégées par des barreaux – ce qui n'avait cependant aucun rapport avec la Stasi. Mes parents n'étaient autorisés à me rendre visite qu'une fois par semaine. Pour que je ne m'excite pas trop, disaient les médecins. Wolf venait plus souvent, il grimpait aux barreaux de la fenêtre et me faisait signe de l'extérieur. Je ne sais plus si,

Maxim fait sa première rentrée, 1976.

à l'époque, j'ai trouvé cela beau ou triste. Ni si cela m'a excité. Mais j'ai gravé dans ma mémoire cette image de mon père derrière la fenêtre à barreaux. C'est du reste l'un de mes premiers souvenirs. Après la chute du Mur, lorsque je parlais de la RDA aux gens de l'Ouest, cette fenêtre revenait dans chacun de mes récits. Ceux de l'Ouest aimaient cette histoire parce qu'elle correspondait exactement à ce qu'ils s'étaient figuré de la RDA. Un enfant renversé par une voiture de la Stasi, séparé de ses parents, seul dans une chambre aux fenêtres grillagées.

Je me rappelle beaucoup d'images de mon enfance dont la signification ne m'est apparue qu'ultérieurement. Il y avait à Wandlitz une route interdite aux voitures où nous pouvions slalomer sans les mains avec nos bicyclettes. La route traversait un bois de hêtres et allait jusqu'au lac de Liepnitz. Dans la forêt se dressait un mur badigeonné de vert sur lequel on avait accroché des écriteaux annonçant un "centre de recherche sur le gibier". Wolf disait que derrière ce mur vivaient de gros animaux dangereux. Je pensais à des lions et à des dragons, et j'avais toujours un peu peur lorsque nous allions au lac à vélo. Je n'étais pas certain que le mur soit assez haut pour nous protéger des monstres. Un jour, Wolf expliqua que les gros animaux étaient les hommes qui gouvernaient le pays, et que le mur dans la forêt était là pour les protéger de nous. Je lui demandai qui pouvait bien avoir peur de nous. Et Wolf répondit que les hommes qui habitaient dans cette forêt avaient peur de tout. Sur le lac de Liepnitz, il y avait une presqu'île où nul n'avait le droit d'entrer : seul Erich Honecker, disait-on, était autorisé à s'y baigner. Notre lieu de baignade à nous n'en était pas très éloigné. J'aurais bien aimé voir à quoi ressemblait Erich Honecker en maillot de bain. Mais il n'était jamais là. La grande passerelle était vide sous le soleil. Anne pensait qu'Erich Honecker n'avait vraisemblablement pas le temps de se baigner : il devait en permanence veiller à ce que tout aille bien dans notre pays. Erich Honecker me faisait de la peine, c'était vraiment un bel endroit pour se baigner. Un jour, deux garçons firent la traversée à la nage : ils voulaient atteindre la passerelle. Mais avant qu'ils n'aient atteint le rivage, des soldats armés de pistolets-mitrailleurs leur crièrent de faire immédiatement demi-tour, la presqu'île étant une zone interdite.

Je trouvais ça palpitant, les zones interdites. Il y en avait une aussi sur la Baltique. Pendant les vacances de mai, nous nous rendions souvent à Prerow, il y avait là-bas un camping dans les dunes. Le secteur naturiste où Anne et Wolf allaient toujours était délimité par une clôture barbelée. Derrière commençait la zone frontalière. Un jour où il faisait mauvais temps, j'ai creusé avec deux amis un trou profond dans le sable des dunes, non loin des barbelés. A la fin, le trou était plus profond que notre taille, il nous fallut une corde pour nous en extraire. Le lendemain, c'était le branle-bas de combat. Des soldats s'étaient postés autour du trou avec des chiens de berger, ils voulaient savoir qui l'avait creusé. Ni mes amis ni moi n'avons rien dit, et les soldats ont rebouché le trou avec leurs pelles. Wolf, lui aussi, était énervé. Il nous demanda de nous abstenir, désormais, de creuser nos trous près de la clôture : cela éviterait que les soldats ne nous soupçonnent de vouloir fuir à l'Ouest.

Fuir à l'Ouest. C'était l'un de mes jeux préférés. Il fallait au moins être quatre. Trois enfants s'installaient en rang près de la cage à écureuils, dans le rôle des gardes-frontières. Le quatrième devait tenter de franchir leur barrage et traverser les grilles. Une fois qu'on était arrivé de l'autre côté, il fallait crier “Ouest”, et l'on avait gagné. Un jour, nous nous retrouvâmes avec notre classe devant la porte de Brandebourg. J'avais huit ans. L'enseignante voulait nous montrer le “Mur de protection antifasciste”. Pendant qu'elle nous faisait son exposé sur le combat socialiste pour la paix, nous nous demandions quelle serait la meilleure manière de passer de l'autre côté. Avec un camion à nacelle, suggéra l'un, avec un planeur, proposa un autre. Le lendemain, en cours d'éducation civique, nous rédigeâmes un devoir sur table dont le sujet était “Pourquoi il faut protéger la frontière de l'Etat". Anne a gardé mes cahiers de cette année-là – j'étais en huitième. J'ai devant moi la feuille lignée et sa question préimprimée. Ma réponse était : "Parce qu'autrement tout le monde fichera le camp et parce que de l'autre côté ce sont des fascistes." Cela m'a valu moins de la moyenne. La bonne réponse est écrite à côté, à l'encre rouge : "Pour garantir la paix."

Lorsque je feuillette ces cahiers aujourd'hui, les souvenirs me reviennent immédiatement. L'odeur de cuir de mon cartable, la coiffure de mon enseignante, Mme Pankratz, la voix du directeur Griebsch dans les haut-parleurs annonçant le salut au drapeau, mon premier livret de pionnier et le visage de Peggy Sadzinsky, assise deux rangs devant moi. Je trouve des feuilles d'arbre séchées, un petit bout de papier inventoriant les principales caractéristiques du cochon, des photos de Sigmund Jähn et Valery Bykovski, tout juste revenus de l'espace à cette époque, et mon bulletin de pionnier, dans lequel je m'engage à participer à la semaine de la Solidarité socialiste et à ne plus cracher au visage de Ninette Reinel. Une page est intitulée "Les objectifs que nous avons atteints depuis la fondation de la RDA". C'est une énumération sous forme de tableau : "Tout appartient à l'Etat, et l'Etat, c'est nous. Chacun a le droit de participer à la décision. Une vie belle, très belle. Pas de crainte pour son emploi. Les capitalistes et les bellicistes ont perdu leur pouvoir. Toujours plus de logements neufs, samedis libres."

On trouve aussi dans ces cahiers d'autres tableaux qui montrent à quel point les ouvriers allaient mal autrefois et à quel point cela va bien désormais, combien les conditions de vie des gens en Russie étaient épouvantables avant la révolution d'Octobre, et quel paradis c'est devenu par la suite. J'ai appris tout cela par cœur, je l'ai ensuite écrit dans des rédactions en classe, et puis je l'ai oublié. Tout comme les principales caractéristiques du cochon et les formes des feuilles des dix arbres les plus connus. J'ai vu beaucoup d'autres tableaux dans la suite de mes études, les trois facteurs déterminant une situation révolutionnaire, dix raisons qui prouvent la supériorité du socialisme, les cinq résolutions les plus importantes du premier programme du SED. Des enseignants moroses écrivaient ces listes au tableau noir, des enfants moroses les écrivaient dans leurs cahiers, des parents moroses apposaient leur signature sur les devoirs en classe. C'était le socialisme tel qu'il s'est présenté à moi. Des phrases creuses alignées dans des tableaux.

Pendant les récréations, nous échangions des posters du magazine *Bravo* et des autocollants Duplo, et nous parlions des derniers épisodes de la série *Gunsmoke*. Je crois qu'aucun d'entre nous ne se demandait comment on pouvait concilier tout cela. Les séries télévisées américaines, les posters du magazine *Bravo*, publié en Allemagne de l'Ouest, et la supériorité du socialisme. Il était clair, d'une certaine manière, qu'il existait une vérité à l'école et une autre dans la vraie vie. Il fallait juste changer de chaîne. Comme à la télévision.

Plus tard, nous sommes allés nous installer à Karlshorst, un cadre plus vert et plus tranquille que Prenzlauer Berg. Nous logions dans un pavillon aménagé pour deux familles et pourvu d'un petit jardin. Au-dessus de nous habitait la vieille Mme Kaiser, la propriétaire de la maison. Nous n'avions qu'une seule rue à traverser pour nous rendre à l'école – Anne et Wolf y tenaient beaucoup depuis mon accident. Un appel avec salut au drapeau se déroulait une fois par mois dans la nouvelle école.

Peu avant qu'il ne commence, nous passions nos chemises de la Jeunesse allemande libre, la FDJ, pour les enlever immédiatement après les dernières notes de l'hymne de la RDA. Ce n'était pas, je crois, une manière de contester, seulement ça n'était pas cool du tout de porter une chemise de la FDJ.

Je me rappelle que Gerhard, mon grand-père, fut extrêmement surpris le jour où je lui expliquai comment se passaient les choses chez nous, à l'école. Nous en parlâmes parce qu'il avait vu le sac en plastique de l'Ouest dans lequel je cachais ma chemise de la FDJ avant de la fourrer dans mon cartable. Gerhard me parla de l'époque où il faisait partie des Faucons rouges. Eux aussi avaient des chemises bleues ; il trouvait sensationnel de pouvoir aller à une réunion avec les autres et de se retrouver d'un seul coup dans une mer bleue, entouré de jeunes qui partageaient ses opinions. Cette image de la mer bleue m'a plu ; mais je savais que ce genre de rassemblements m'aurait plutôt fait peur qu'autre chose.

Un jour du mois de novembre 1982, la directrice de notre école, Mme Reichenbach, arriva en trombe dans le vestiaire. Nous sortions tout juste du cours d'éducation physique. Mme Reichenbach nous annonça, les larmes aux yeux : "Il s'est passé quelque chose de très grave. Leonid Brejnev, le secrétaire général soviétique, est mort." Le silence régna un moment ; ensuite, nous ne pûmes nous empêcher de rire, parce que Kai Petzold, tout nu derrière Mme Reichenbach, cherchait désespérément son slip. Mme Reichenbach ne comprenait pas ce qui se passait, elle n'entendit que nos rires étouffés et quitta la salle, furieuse. Nous avions en principe, l'heure suivante, un cours de mathématiques, mais la directrice entra dans notre classe et nous annonça qu'après cet incident, chacun d'entre nous devait écrire une rédaction sur Leonid Brejnev. Il s'avéra que certains d'entre nous ignoraient totalement de qui il s'agissait. Mme Reichenbach se remit à pleurer et annonça en criant que cette histoire aurait des conséquences. Mais il ne se passa rien du tout, si ce n'est que quelques mois plus tard un nouveau secrétaire général du PCUS mourut* et que personne ne nous en parla à l'école.

Quelques élèves de notre classe allaient chaque semaine au cours d'initiation au christianisme. Il y avait parmi eux une fille dont j'étais un peu amoureux ; je décidai donc d'y aller moi aussi. Il se trouvait dans l'église une salle recouverte d'un tapis épais. Cinq grands cierges étaient installés en son milieu ; nous étions assis par terre, en cercle, et nous écoutions la pastoresse, Irene, nous raconter les histoires de Jésus. C'étaient de belles histoires et, contrairement à ce qui se passait à l'école, tout le monde écoutait attentivement. A la fin du cours, on priait, ce qui m'était un peu désagréable, parce que je ne croyais pas en Dieu. Mais cela avait quelque chose de séduisant et de mystérieux. J'en parlai à ma mère qui, ignorant la raison de mon intérêt subit pour les questions religieuses, réagit avec inquiétude. Le fait que cela pose un problème à Anne décupla mon intérêt pour la religion. Il m'est même arrivé un soir de prier dans mon lit. Je ne me rappelle plus ce que j'ai dit, mais je sais que j'étais très excité parce que je me demandais s'il n'y avait pas tout de même quelqu'un, quelque part, qui m'écoutait.

Au cours d'initiation au christianisme, Irene expliquait qu'il fallait aimer son prochain comme

* Iouri Vladimirovitch Andropov.

soi-même. A côté de moi était assise une grosse fille de la classe parallèle qui suait abondamment et en permanence, et même avec la meilleure volonté du monde je ne voyais pas du tout comment je pourrais l'aimer. D'autres articles de foi dont Irene discutait avec nous me paraissaient eux aussi bizarres. Le fait de ne pas pouvoir rendre la pareille lorsque quelqu'un vous donne un coup, par exemple. C'était aussi absurde que les tableaux consacrés au socialisme à l'école. Le cours d'initiation au christianisme avait lieu le mardi. Et le mercredi, c'était l'après-midi de la FDJ. Lorsque je fus en quatrième, notre directrice, Mme Reichenbach, décida de déplacer l'après-midi de la FDJ au mardi, parce qu'elle estimait que les élèves de son établissement devaient faire un choix : l'Eglise ou la FDJ. Au bout du compte, la moitié de notre classe choisit l'éducation religieuse, et l'ancien emploi du temps fut immédiatement rétabli. Irene affirma que la foi l'avait emporté. Pour moi, c'est nous qui avions gagné.

A partir de la sixième, nous avions une fois par semaine un cours de "travail productif". Nous nous rendions dans une usine de métallurgie qui produisait des pièces pour les chauffages au gaz. Ils ne savaient vraisemblablement pas quoi faire de nous, raison pour laquelle nous passions des heures à trier des vis que l'on remettait en vrac après notre départ pour occuper la classe suivante. Moi-même et quelques camarades faisions parfois l'usine buissonnière dans le petit bois qui commençait derrière notre parc. A la lisière de ce bosquet se trouvait une caserne soviétique. Les soldats qui patrouillaient devant le mur de la caserne nous offraient des cigarettes avec un embout en carton, si fortes que, même en crapotant, il m'était impossible de les fumer. Les soldats étaient heureux de nous voir. Ils disaient : "Patrie loin, enfants loin, femmes loin", et nous comprenions qu'ils se sentaient assez seuls ici. Il y avait beaucoup de Russes à Karlshorst. On les reconnaissait au premier regard lorsqu'on les croisait sur le trottoir. Les femmes étaient lourdement maquillées et portaient encore au printemps d'épaisses chapkas sur la tête. Les hommes avaient des uniformes couleur sable, le plus souvent un peu trop grands pour eux. Les soldats que nous rencontrions dans le petit bois étaient parfois ivres. Ils nous proposaient leur gnôle, mais nous n'osions pas y toucher. A en croire les habitants de Karlshorst, les Russes buvaient de l'alcool qui rendait aveugle. Un jour, à la Saint-Sylvestre, des soldats russes enivrés avaient jeté des grenades dans un feu de camp. On dit que l'un d'eux y avait laissé ses deux jambes et ses deux bras. Quant aux autres, ils avaient été passés à tabac par leurs supérieurs avant d'être envoyés en prison. Les gens disaient que les soldats russes étaient de pauvres types, mais qu'ils étaient quand même heureux d'être à Karlshorst, parce que c'était encore pire en Russie. Je ne comprenais pas : c'étaient pourtant bien les Russes qui avaient gagné la guerre. On passait à la télévision des films dans lesquels on montrait le combat héroïque de l'Armée rouge. Je savais que Hitler n'aurait jamais été vaincu sans les Russes. Qu'ils nous avaient libérés. Mais les soldats de Karlshorst n'avaient pas l'air de vainqueurs.

Lorsque j'eus quinze ans, je fus obligé, comme tous les garçons de cet âge, de partir pour un camp d'initiation militaire. Les filles, elles, pouvaient rester chez elles et suivre un stage de secourisme. Ma mère trouvait effroyable que l'on nous dresse de si bonne heure pour l'armée. Elle se procura un certificat médical attestant que j'étais physiquement inapte. Mais l'idée de rester à la maison avec les filles me déplaisait. Je voulais aller au camp, et harcelai Anne jusqu'à ce qu'elle me le permette. Nous arrivâmes dans une colonie de baraquements, non loin de Berlin. Le premier jour, il nous fallut enfermer nos affaires dans une armoire, on nous donna des uniformes verts et l'on nous expliqua qu'au cours des deux semaines suivantes on allait faire de nous des hommes, ce que je ne trouvais pas si mal que cela. Je ne savais cependant pas encore, à cet instant précis, que les hommes se lèvent à six heures du matin et courent trois kilomètres avant de prendre leur petit-déjeuner. Le reste de la journée, nous crapahutions dans la forêt, nous apprenions à marcher au pas et à nous protéger d'un éclair nucléaire. C'était tout simple : il suffisait de se jeter par terre et de se couvrir d'une toile de tente, rien ne pouvait vous arriver.

Notre professeur de technologie, M. Krück, qui nous accompagnait à ce camp, montra à cette occasion que rien n'était plus précieux à ses yeux que l'ordre et la discipline. Il nous fallait cirer tous les soirs nos bottes militaires jusqu'à ce qu'elles reluisent, plier nos uniformes au carré et répondre à l'appel devant notre lit. Dans la vie ordinaire, M. Krück était un petit homme paisible assis en blouse bleue dans la salle de technologie, et qui s'estimait heureux lorsqu'on le laissait en paix. A présent, il se pavanait comme un général et braillait des ordres. Je me disais que, pendant ce temps-là, j'aurais pu partager tranquillement la compagnie des filles à Berlin, et me jurais d'écouter désormais ma mère quoi qu'elle dise. Deux fois par semaine, des officiers politiques de l'armée du Peuple, la NVA, venaient nous informer de la situation militaire. Les officiers nous expliquaient les lignes de front possibles et les scénarios de guerre. L'hypothèse de départ était toujours une attaque-surprise nocturne des troupes impérialistes de l'OTAN. J'ignorais jusqu'alors que nous avions autant d'ennemis et qu'ils attendaient tous l'instant de faiblesse où ils pourraient nous anéantir. L'unique motif, expliquaient les officiers, pour lequel l'adversaire n'avait jusqu'ici pas essayé d'attaquer était la force de nos troupes. Mais cette force, ajoutaient-ils, n'allait pas de soi, la République avait besoin, notamment en cette période difficile, de jeunes gens disposés à défendre leur pays. On fit passer des listes sur lesquelles nous pouvions nous inscrire pour un service militaire volontaire et prolongé. Je ne sais pas si cela tenait au fait que juste avant j'avais rampé en uniforme pendant deux semaines ou à l'amabilité et au sérieux avec lesquels les officiers politiques s'adressaient à nous, mais j'ai été à deux doigts de signer. Je me rappelai toutefois que faire trois années d'armée, cela pouvait aussi signifier être envoyé à la frontière. Et ça, je ne le voulais à aucun prix.

L'avant-dernier jour, au camp d'entraînement, on nous permit de tirer au pistolet-mitrailleur. Chacun d'entre nous reçut cinq cartouches, l'arme devait être réglée pour un tir de coups isolés, et il fallait viser la silhouette d'un soldat installée à une cinquantaine de mètres. J'étais tellement excité que toutes mes balles manquèrent la cible, mais cela ne m'empêcha pas d'être fier. Revenu chez moi, je parlai à Wolf de cet exercice de tir. Cela le mit dans une colère épouvantable : il ne savait pas que l'on pratiquait ce genre d'activités dangereuses au camp. Je lui dis que ça avait été super et qu'il fallait qu'il se calme, mais le lendemain Wolf courut chez la directrice de mon lycée, Mme Reichenbach, et hurla que ce fichu lycée allait forcer des enfants à porter des armes. Ce qui affola Anne à son tour, parce que l'on était en pleine période de sélection des enfants qui pouvaient continuer jusqu'au baccalauréat. "Tu viens de gâcher l'avenir de ton fils", s'exclama-t-elle. Et Wolf lui répondit que c'était cet Etat de merde qui gâchait l'avenir des gens.

Grâce à mes parents, j'ai rapidement su comment fonctionnaient les choses. La seule source de confusion était le fait qu'ils étaient rarement d'accord, tous les deux. Wolf disait que la RDA était une dictature de fonctionnaires qui avaient trahi le socialisme. Anne estimait qu'il y avait certainement de gros problèmes, mais qu'on en viendrait à bout. La plupart du temps, les conversations politiques qu'ils avaient avec moi se terminaient en dispute entre les deux, querelles au cours desquelles la position de Wolf se radicalisait encore considérablement. Il parlait alors d'"Etat criminel", de la "prison RDA", et Anne l'avertissait d'une voix grave qu'il ne ferait que rendre tout encore plus pénibles s'il me racontait ce genre de choses. Je savais pourtant assez précisément ce que je devais dire, et où le dire, pour ne pas avoir de problèmes. En cours d'éducation à la citoyenneté, j'avais toujours des vingt sur vingt, grâce aux tableaux. Je me rendais aux réunions organisées par les agitateurs de la FDJ, mais une fois à la maison je lisais le *Spiegel** que ma mère rapportait parfois en secret de la rédaction. J'étais fier d'être initié aux secrets de mes parents et de ne rien en laisser voir aux enseignants. Ma mère m'expliquait surtout les grands contextes historiques, parce que, pour elle, c'était ce qui comptait le plus. Elle disait que

* Principal hebdomadaire d'information d'Allemagne fédérale, de tendance libérale de gauche à l'époque, et très critique sur la RDA.

ma vie devrait être moins compliquée que la sienne, et qu'il me fallait connaître la vérité aussi vite que possible, avant que les autres ne me racontent leurs mensonges. Je savais par exemple qu'une insurrection ouvrière avait eu lieu le 17 juin 1953 à Berlin-Est, et que l'armée soviétique l'avait réprimée dans le sang. Mais dans mes devoirs en classe, j'écrivais que c'étaient des provocateurs contre-révolutionnaires et des agents ouest-allemands qui voulaient nuire à la classe ouvrière de la RDA. Cela ne me demandait même pas d'efforts, je ne me sentais pas dans la peau d'un traître ou d'un lâche parce que je disais ce que d'autres voulaient entendre de moi.

Maxim et Wolf au bord du Liepnitzsee, 1971.

Cela tenait peut-être au fait que rien de tout cela n'était important à mes yeux. Du moins pas suffisamment pour prendre un risque et accepter des inconvénients. Je sais aujourd'hui à quel point Anne a souffert chaque fois qu'elle a courbé l'échine ou accepté des compromis : elle se sentait liée à la

RDA, elle voulait que les choses bougent. Chaque mensonge était pour elle une défaite parce qu'elle croyait sincèrement en cet Etat. Même mon père dit aujourd'hui qu'il a eu l'espoir, malgré tout, de voir quelque chose bouger dans ce pays : la situation, dit-il, n'a jamais été vraiment désespérée. Pour moi, c'était différent. Je pratiquais une sorte d'absence de relation avec cet Etat. Après tout ce que mes parents m'avaient raconté sur la RDA, après tout ce que j'en avais vu, la réalité de ce pays ne m'intéressait plus. Je ne crois pas en avoir été conscient à l'époque. Mais lorsque j'y réfléchis aujourd'hui, je constate que je n'avais en fait aucun sentiment authentique pour ce pays. Il n'y avait ni haine ni amour, ni espoir ni déception. Juste une sorte d'indifférence sourde.

Cela peut paraître étrange : normalement, chacun éprouve un sentiment pour sa patrie, quel qu'il soit. Mais pour ma part j'avais dressé une barrière entre mes sentiments patriotiques et la RDA : le bouleau qui poussait devant notre petite villégiature de Basdorf, notre baignade au Liepnitzsee, le parc du lac à Karlshorst, la rue dans laquelle j'étais né, tout cela n'avait à mes yeux rien à voir avec cet Etat. La RDA, c'était les autres. Mme Reichenbach, la directrice de mon lycée, les fonctionnaires qui se tenaient debout sur la tribune lors de la manifestation du 1er Mai, les policiers avec leur dialecte saxon et la journaliste qui présentait l'émission *Aktuelle Kamera*. La RDA, c'était les interdictions, les règles idiotes, les banderoles rouges où l'on pouvait lire, dans la rue, "Ma main pour mon produit" ou "Comme nous travaillons aujourd'hui, nous vivrons demain". Mes parents m'ont appris à avoir aussi peu de contacts que possible avec cette RDA-là, à garder mes distances. Nous ne devions pas en parler, cela aussi, c'était clair. J'ai vu vivre Anne et Wolf, je les ai vus se protéger de l'Etat. C'est tout récemment que j'ai vraiment compris à quel point Anne tenait à la RDA. Elle dit qu'elle ne voulait pas me transmettre ce sentiment qui l'avait tant fait souffrir.

Anne m'a toujours parlé franchement et sérieusement. Comme à un adulte. Elle n'a pas tenté de me convaincre, elle voulait que je sache, que je comprenne, que je puisse classer les informations. Je lui ai raconté un jour ce que j'avais éprouvé au camp de l'armée, lorsque j'étais à deux doigts de signer pour un service long. C'était un sentiment tout à fait étrange, un besoin "d'en être". Je dirais aujourd'hui que c'était l'envie d'arriver en RDA. Anne m'a dit ce jour-là qu'il existait différentes façons de vivre dans ce pays. On pouvait suivre le mouvement, on pouvait se défendre. On pouvait aussi un peu suivre et un peu se défendre. Anne a affirmé qu'elle me soutiendrait toujours, quelle que soit ma décision. Cela dit, je devais bien comprendre qu'il fallait être très fort pour se défendre pour de bon. Mais qu'une fois que l'on a suivi le troupeau, il est très difficile d'en sortir. Ensuite, elle me regarda tristement. Peut-être se disait-elle qu'il est absurde de devoir expliquer des choses pareilles à ses enfants.

Autant de moments qui prennent un sens maintenant que je les raconte, mais qui, je le crains, n'en avaient aucun à l'époque. La vérité, c'est que ma vie était le plus souvent très normale. Aussi normale qu'elle l'aurait peut-être été à Hambourg ou à Bonn. Tellement normale qu'on pouvait sans difficulté oublier la RDA. Cette vie se déroulait à la maison, au jardin, à la mer, chez nos amis, sur le terrain de football. Il s'agissait de sauter d'un mur d'escalade, d'attraper un poisson, de fumer sa première cigarette et de bécoter les filles dans le parc. C'est seulement plus tard, lorsqu'il n'a plus été aussi facile d'éluder la RDA, lorsqu'elle m'a collé de trop près, que je me suis mis à la regarder avec d'autres yeux.

# XVIII

# VÉTILLES

Au cours de l'hiver 1976, Anne et Wolf reçoivent la visite d'un jeune homme qui se présente comme un collaborateur du service de renseignements de l'armée est-allemande. L'homme s'appelle Rainer et Wolf raconte qu'il lui a fait tout de suite une impression sympathique. Rainer dit qu'ils se sont informés et qu'ils savent que Wolf est un citoyen critique, mais engagé. Il vient donc lui demander un service. Rainer parle de son travail, des agents de renseignements qui, à l'Ouest, fournissent à son service des informations sur la situation militaire en Allemagne fédérale. Il dit que ces informations sont importantes pour protéger la RDA contre les agressions. Pour préserver la paix. Les camarades, auxquels ce travail fait courir de gros risques, ont besoin de soutien, dit Rainer. Il s'agit en réalité d'une vétille, mais un grand nombre de vétilles pourraient, au bout du compte, déboucher sur de grands résultats. Bref, la question est de savoir si Anne et Wolf seraient disposés à mettre leur boîte aux lettres à disposition dans le cas où les camarades, à l'Ouest, auraient de temps en temps une information importante à transmettre. Anne demande comment procéder, et Rainer explique qu'ils n'auront rien d'autre à faire que de lui passer un coup de téléphone s'ils trouvent dans leur boîte une carte postale expédiée par un inconnu vivant en Allemagne fédérale. Dans ce cas, il passera prendre la carte.

Alors survient un phénomène qu'Anne et Wolf ne peuvent pas vraiment s'expliquer : ils ne refusent pas, ils hésitent, ils sont prêts à envisager de rencontrer Rainer une deuxième fois. Lorsque Wolf reconduit Rainer à la porte, il lui dit que c'est bien la moindre des choses. Ils prennent congé l'un de l'autre aussi chaleureusement que deux vieux amis.

A la visite suivante, Rainer est accompagné d'un collègue. Celui-ci demande s'il peut appeler à l'Ouest depuis chez eux, en précisant qu'il s'agit d'une affaire urgente. Anne et Wolf se sentent pris au piège, mais n'osent pas refuser. Le collègue de Rainer demande l'international, mais ne l'obtient pas. Pendant un moment, ils n'ont plus de nouvelles de Rainer, et aucune carte postale n'arrive chez eux. Quelques semaines plus tard, Rainer appelle de nouveau et demande s'il peut avoir la clef de leur appartement afin que ses collègues puissent aussi utiliser le téléphone lorsqu'ils ne sont pas chez eux. Wolf dit aujourd'hui qu'à ce moment, cette histoire a commencé à les inquiéter. Lorsque Rainer pose encore une fois la question de la clef, Anne lui explique qu'ils ne sont pas d'accord : cela n'a plus rien à voir avec ce qui avait été convenu. A leur grand étonnement, cette réponse ne soulève ni problème ni reproche. Rainer revient. Ils doivent signer un papier attestant qu'ils s'engagent à garder le silence sur la prise de contact. Puis ils n'en entendent plus parler.

Qu'est-il arrivé à mes parents au cours de cet hiver 1976 ? Qu'est-ce qui les a amenés à faire des choses qu'ils ne voulaient pas faire ? Cette histoire leur est pénible à tous les deux, parce qu'elle est tellement inexplicable, parce qu'elle ne correspond pas à l'image qu'ils ont d'eux-mêmes. C'est surtout Wolf, le rebelle, qui s'étonne encore aujourd'hui de sa propre attitude tant il ignorait la peur de faire ce qu'il trouvait juste. "Ils m'ont touché là où il m'était difficile de dire non, explique-t-il. Cet homme était gentil et discret, je n'avais pas le sentiment d'avoir affaire à un ennemi. Et je me disais : Si l'on ne fiche pas le camp à l'Ouest, il faut faire quelque chose là où l'on se trouve." Anne dit qu'elle a surtout été soulagée qu'ils ne leur demandent plus rien. S'il s'était agi d'espionner des gens, elle aurait aussitôt refusé. Mais aider des informateurs qui travaillaient à l'Ouest lui paraissait normal. "Nous craignions peut-être aussi d'être considérés comme des ennemis si nous ne collaborions pas", dit-elle.

Je ne sais plus exactement quand mes parents m'ont parlé pour la première fois de cette histoire. C'était forcément après la chute du Mur. On parlait des dossiers de la Stasi et Anne estimait qu'il fallait avoir une attitude offensive par rapport à sa propre histoire, que l'on ne devait rien passer sous silence. Dans le dossier que la Stasi a établi sur Anne se trouve un profil de personnalité de Wolf établi par le service de renseignements du ministère de la Défense nationale, avant la première prise de contact : "Il a envers la RDA une attitude fondamentalement positive. Il a participé activement au travail social dans son quartier et a ainsi apporté une contribution essentielle à la consolidation de la communauté d'habitation. Lors des grands moments politico-sociaux, il a spontanément proposé ses services. L. n'est pas encore membre du parti. Il mène avec son épouse une vie de couple harmonieuse, dans un cadre familial ordonné. Il élève avec elle les deux enfants qu'ils ont eus ensemble. L. a été signalé au département renseignements par une indication officielle."

Ils ont manifestement vu en Wolf quelque chose que lui-même ne tenait pas du tout à voir. Un certain côté de lui qu'ils ont touché et où il ne fallait que gratter un peu pour révéler qu'il avait besoin d'agir, de s'engager, de ne pas toujours être contre, mais aussi, parfois, pour une cause quelconque. Si les camarades avaient été un peu plus habiles, s'ils ne l'avaient pas effrayé avec leurs exigences, Wolf aurait peut-être été prêt à faire plus de choses que lui-même ne pouvait l'imaginer.

Wolf, 1976.

Ces histoires de boîte aux lettres et de téléphone ne sont vraisemblablement qu'un test destiné à vérifier jusqu'où l'on peut aller avec Anne et Wolf. Les dossiers de mes parents seront transmis ultérieurement au service central II de la Stasi, chargé du contre-espionnage. La Stasi, elle aussi, trouve que Wolf est intéressant. Son attitude est "critique, mais pas hostile", lit-on dans une note. Une nouvelle tentative de recrutement est lancée. "En se fondant sur les expériences du service de renseignements du ministère de la Défense nationale, il conviendrait d'établir, dans le cadre d'une légende*, un contact officieux avec le couple. Lors de la tentative de prise de rendez-vous, il s'est avéré que le couple n'est pas disposé à parler au ministère de la Sécurité (MfS) en respectant les règles de la conspiration. Ils ont insisté pour être reçus dans les locaux officiels du MfS. A cette occasion, Wolf Leo a déconspiré le contact avec l'administration de renseignements et l'a qualifié de «charge insupportable». Dans ces conditions, les tentatives de contact ont été suspendues**."

Je tente d'imaginer ce qui se serait passé si Wolf n'avait pas osé envoyer paître la Stasi. Le processus aurait continué, un pas après l'autre. Une vétille après l'autre. Beaucoup ont suivi ce parcours, et la plupart d'entre eux avaient le sentiment de ne rien faire de vraiment grave. Juste prendre quelques notes, fournir quelques informations qui n'avaient vraisemblablement de toute façon aucune importance. Qui n'ont fait de mal à personne, comme on dit. Il ne fallait pas forcément se faire violence pour travailler pour la Stasi. Ils recherchaient même les gens qui n'étaient pas dans le moule. Les petits rebelles qui voulaient provoquer des changements sans savoir comment s'y prendre. Les petits je-sais-tout dont l'opinion, d'ordinaire,

* C'est-à-dire d'une opération montée de toutes pièces sur un scénario fictif.

** Il s'agit là encore du vocabulaire particulièrement indigeste de la Stasi.

n'intéressait personne. Il aurait été possible que Wolf tombe dans ce panneau-là. Il serait devenu un homme de la Stasi sans cesser pour autant d'être lui-même. D'abord, tout aurait collé – seulement, plus tard, personne ne l'aurait plus compris.

Dans les dossiers de la Stasi, on parle aussi d'un "cercle illégal de discussion (constitution de groupe)" auquel Anne et Wolf ont participé en octobre et novembre 1977. Ce cercle se rassemble une fois par mois dans l'appartement d'une relation de mes parents à Treptow, et Anne dit aujourd'hui qu'elle ignorait à l'époque que c'était interdit. Anne et Wolf s'y rendent à deux reprises. "Y ont été évoqués des problèmes liés au journalisme, avec un contenu orienté contre la politique de notre parti et de notre gouvernement. Wolf Leo y a fait une prestation extrêmement négative, il a entre autres mis en garde contre l'infiltration par le MfS de ce type de groupes", lit-on dans le rapport. Wolf sait donc que participer à ce genre de groupes de discussion ne va pas totalement sans danger. Et il a raison. Mes parents l'apprendront plus tard : sur les dix participants à la discussion, quatre sont des informateurs de la Stasi. Par ailleurs, un microphone est installé dans le plafonnier du salon où ils se retrouvent. Quel déploiement de moyens ! Alors que tout était parfaitement anodin, dit Anne – sinon, elle n'y serait pas allée. Quant à Wolf, ces réunions lui paraissaient juste ennuyeuses. Peu après, le cercle se dissout, l'hôte finissant par avoir peur. On donne une fête d'adieux au cours de laquelle, bizarrement, on prend beaucoup de photos. Quelques semaines plus tard, la Stasi se présente chez Anne. On veut lui montrer quelques clichés pour déterminer l'identité de certaines personnes, "afin qu'elles ne nous filent pas entre les pattes". Manifestement, la Stasi continue à croire qu'en réalité, mes parents sont de son côté.

Anne ne regarde pas les photos qu'on lui soumet. Deux semaines plus tard, l'hôte du cercle de discussion perd son poste à l'Académie des sciences ; il est envoyé aux archives municipales, où travaillent déjà quantité d'autres personnes mutées à titre de sanction. Anne et Wolf, eux, n'ont pas de problèmes. Ils regardent tout cela avec étonnement, sachant que rien d'important ne se passait dans ce cercle. Une amie leur explique que la question n'est pas de savoir ce qui s'y disait : le seul fait de former un groupe de ce type est illégal. Dix personnes dans un appartement, c'est un crime d'Etat.

A cette époque, Anne travaille à la rédaction de la revue *Horizon*, spécialisée dans la politique internationale. C'est là qu'elle voulait à tout prix entrer après ses études. C'est là, pense-t-elle, qu'elle pourra enfin réaliser son rêve d'être une journaliste compétente et incorruptible. Mais elle ne tarde pas à constater qu'il n'y a pratiquement pas de journalistes dans cette rédaction. La plupart sont issus de l'appareil du parti et du gouvernement, mais on y trouve aussi beaucoup d'anciens des services secrets. Les différents bureaux de la revue sont directement sous les ordres des départements compétents au Comité central et au ministère des Affaires étrangères. C'est au sein de ces organismes que l'on décide ce qui paraît et comment il faut l'écrire. En comparaison de ce qu'Anne découvre ici, le *Berliner Zeitung* était un journal libéral.

Elle écrit un jour un article sur les crimes de Pol Pot au Cambodge. L'article est bloqué par le Comité central parce que le Cambodge compte encore, officiellement, au nombre des Etats-frères révolutionnaires. Anne se plaint, elle demande si la RDA veut vraiment fraterniser avec des dictateurs qui massacrent leur peuple. On montre de la compréhension pour ses arguments au Comité central, ce qui n'empêche pas l'article de rester encore plusieurs

La première exposition de Wolf à Karlshorst, 1986.

semaines sur le marbre. Et voilà qu'un jour, quelqu'un passe un coup de téléphone pour annoncer que l'article doit paraître immédiatement, de toute urgence. Anne, réjouie, se dit que le journalisme honnête, celui qui dénonce les crimes, finit tout de même par s'imposer. Jusqu'à ce qu'elle comprenne qu'il ne s'agit pas de cela. Une semaine plus tôt, les Chinois ont attaqué le Viêtnam, et le Cambodge est l'un des pays qui soutiennent la Chine. Comme la solidarité avec le Viêtnam paraît stratégiquement prioritaire sur celle que l'on doit au Cambodge, l'article reçoit l'imprimatur. Une fois de plus, Anne a l'impression de n'être qu'un petit rouage d'une campagne. Elle pense à ce que Wolf ne cesse de répéter : que tout dans ce pays n'est que mensonge et propagande. Et elle commence à envisager sérieusement d'abandonner le journalisme.

Une réunion au cours de laquelle devait être élue la nouvelle direction du parti au sein de la rédaction fera pencher la balance. Comme toujours, tout est déjà décidé à l'avance. Lorsque le secrétaire de séance demande si quelqu'un veut proposer un candidat, ceux auxquels on a demandé de le faire se lèvent pour prendre la parole. Et voilà qu'Anne a tout d'un coup l'idée de proposer un collègue pour lequel elle a beaucoup d'estime. Ils en restent tous ahuris : on n'a encore jamais vu ça. Le secrétaire de séance ignore s'il est autorisé à accepter cette proposition ; on passe donc au vote. Treize collègues décident spontanément de soutenir la proposition d'Anne. Mais la majorité s'y oppose ; on en reste donc à ce qui était prévu. Pour Anne, c'est une affaire réglée. Mais un mois plus tard, un homme du Comité central assiste à la réunion du parti. Tous ceux qui ont voté pour la proposition d'Anne se lèvent à tour de rôle pour regretter leur manque de discipline envers le parti. Ils s'accusent eux-mêmes et réclament d'être sanctionnés pour leur comportement indigne. Le pire est la tirade du collègue qu'Anne a proposé comme candidat. Il se livre à une très rude autocritique, implore le pardon, promet de ne jamais vouloir se montrer plus malin que le parti. A la fin de la réunion, quatorze hommes brisés quittent la salle, tête basse et chemise trempée de sueur.

Anne ne le saura que plus tard : immédiatement après l'élection à la direction de section, on a mis en place au Comité central une commission d'enquête qui a passé des heures à interroger les déviationnistes. On parle d'un putsch, d'un attentat contre le parti. Mais pourquoi elle-même n'a-t-elle pas été entendue ? Pourquoi a-t-elle été la seule épargnée ? Un collègue qui connaît les dessous de ce genre d'histoires lui expliquera ultérieurement qu'il s'agit d'un procédé apprécié pour isoler les provocateurs. Si l'on punit tout le monde sauf le responsable, les autres ne voudront plus jamais rien avoir à faire avec la personne qui les a mis dans de tels draps. Et effectivement, à partir de ce jour, aucun des hommes sanctionnés ne lui adresse plus la parole. On dirait qu'elle n'existe plus.

## XIX

## INTERJECTIONS

Wolf suit tout cela de loin. Le soir, dans la cuisine, lorsque Anne lui parle de ses problèmes, il lui lance des regards interloqués, incapable de comprendre comment elle peut supporter tout cela. Ces mensonges, cette angoisse, ce monde étrange qu'il ne connaît que par ses récits à elle. Il ne comprend pas pourquoi elle continue à travailler dans ce journal, dans cette usine à délire. Il tente de la réveiller, de lui donner le courage de se risquer dans autre chose. Mais ça ne marche pas, il ne parvient pas à l'atteindre. On dirait qu'il y a un mur entre eux, une frontière qu'ils ne peuvent pas franchir. Anne dit aujourd'hui que la pression exercée par Wolf a tout rendu encore plus difficile. Que devant lui elle défendait des choses auxquelles elle-même avait cessé de croire. C'était une question de principe. Elle ne voulait pas échanger l'opinion de son père contre celle de son mari. Elle voulait décider elle-même de ce qu'elle avait à faire. “La RDA partageait toujours notre lit”, dit Wolf.

Dans notre maison de Karlshorst, Wolf s'est aménagé un atelier sous le toit. A son bureau, il dessine des histoires de marchand de sable qui passent, le soir, à la télévision est-allemande*. On y voit des grenouilles rigolotes, des princesses blondes et des ours qui font le poirier. Il illustre

* Programme très populaire à la télévision est-allemande, diffusé en fin de journée avant que les enfants se couchent.

des livres de contes russes, dessine des affiches pour des films adaptés des romans de Karl May*, et des cartes postales aux couleurs vives sur lesquelles des Casse-Noisette et des pères Noël rient à qui mieux mieux.

Je montais souvent le voir dans sa mansarde après mes cours. Rien n'a jamais changé dans l'atelier de Wolf. Ça sentait la colle, la peinture et le café. L'hiver, Wolf portait une veste en peau de mouton, l'été une chemise de déménageur bleue à rayures blanches qu'il avait achetée dans une boutique de vêtements professionnels. Il m'arrivait de faire mes devoirs chez lui. Cela me tranquillisait d'être auprès de lui, d'entendre le grattement de la plume d'acier sur le carton à aquarelle, et la musique discrète qu'émettait la radio. Je crois qu'il était heureux, à cette époque. Il pouvait arriver n'importe quoi à l'extérieur : ici, sous son toit, à sa table de travail, tout était comme il le voulait.

Au début des années 1980, Wolf lance ses propres projets artistiques. Il commence à imprimer lui-même des cartes postales qu'il envoie à des amis. Ce sont des commentaires sur le monde qui l'entoure. Des vociférations, des signes de vie en gris et noir. Sur une carte de 1983, on peut voir une tour en jeu de construction. Un nœud entoure l'un des pieds de la tour. Son horloge indique midi moins une. Sur une autre carte, un homme se jette tête contre le mur jusqu'à ce que sa calotte crânienne éclate. "Piste de réflexion", lit-on dessous. Sur sa carte de vœux, en 1985, on voit un wagon-lit est-allemand. Wolf souhaite un "bon voyage". Sur la façade d'un bloc d'habitation tout neuf, une fenêtre est entourée. Le titre : *Wohnhaft*, "domicilié", mais aussi "prison habitable".

* Auteur, très célèbre en Allemagne, de livres d'aventures qui ont bercé des générations d'enfants et d'adolescents.

La route est longue, entre les Casse-Noisette rigolos et les crânes fendus. Entre les cartes aux couleurs vives et les cartes grises. Il a dessiné tout cela à peu près à la même époque. Les uns ne vont pas sans les autres.

Wolf organise sa première exposition dans une librairie de Karlshorst. Au milieu de la salle, un personnage suspendu tourne sur lui-même. Sur un mur, on voit des silhouettes de voyageurs qui se rapprochent d'une porte sans poignée intérieure. Une croisée de fenêtre projette son ombre et des corneilles noires battent des ailes dans l'obscurité. Derrière une grille se trouve un homme de la Stasi coiffé d'un chapeau pointu. "C'est le regard sombre que Leo porte sur notre époque", lit-on dans le rapport que la Stasi consacre à l'exposition. Dans une galerie, à Pankow, Wolf met en scène une non-conversation entre deux personnages en carton. Un jeune homme se vautre nonchalamment sur une chaise, jambes croisées ; face à lui se tient son père, l'air pincé, les jambes ramenées vers la poitrine. Ce vieil homme au chapeau et aux lunettes anguleuses pourrait être son propre père. Il pourrait aussi s'agir de Gerhard.

Mais ces signes camouflés finissent par ne plus suffire à Wolf. Il veut agir, faire changer les choses. En mai 1986, la nouvelle direction de section à l'Union des artistes doit être élue. Une grande réunion est organisée à la Maison de la culture soviétique, Friedrichstrasse. Wolf convient avec quelques autres illustrateurs de mettre au vote ce jour-là sa propre liste de candidats. Au moment où le conseil s'apprête à annoncer la liste officielle, il monte sur scène et fait, le cœur battant, sa contre-proposition. Devant ses collègues réunis, Wolf dit que l'on peut tout de même prendre, pour une fois, la démocratie en main. Il parle de transformation, de la nécessité de commencer quelque chose de neuf avec des hommes nouveaux. Tout le monde est tellement surpris que la proposition est adoptée à l'unanimité. Et c'est au tour de Wolf d'être ahuri que les choses se passent aussi simplement. "Il suffisait de souffler et tout s'est retrouvé par terre, c'était une belle expérience", dit-il.

Mais tout cela ne va pas sans danger. Lorsqu'on veut jouer un rôle, il faut aussi jouer le jeu dans ce monde de permanents du parti, et l'on ne tarde pas à se demander qui transforme qui. Wolf est chargé de concevoir les décors du 750e anniversaire de Berlin. Cette date n'est pas un événement comme les autres, mais l'un des points culminants dans la compétition entre les deux systèmes – car on célèbre cet anniversaire aussi à Berlin-Ouest. Le gouvernement de la RDA tient à présenter sa partie de Berlin comme la digne capitale de l'Etat est-allemand. Et voilà Wolf promu au rang d'une sorte de designer en chef de la vitrine est-berlinoise. Il dit qu'il n'y a pas beaucoup réfléchi. Et que personne ne s'est immiscé dans son projet. Il pouvait faire ce qu'il voulait. Il a conservé ses croquis de l'époque. Ses décors sont modernes et débridés. Des formes rouges, blanches et noires s'entremêlent, flashent sur les toiles, comme des éclairs, ou s'associent pour former de longues vagues. Cette réalisation puissante est aux antipodes du sombre univers de la RDA que Wolf présentait dans ses expositions. Quelque part entre les deux se trouve le pays dans lequel il vit.

Mais Wolf n'a pas non plus carte blanche. L'une des affiches qu'il dessine pour ce jubilé ne passera pas par les rotatives. On y voit une paire de lunettes de soleil où se reflètent deux moitiés de Berlin. Cela va trop loin pour les camarades. Deux semaines après la fête, le maire souhaite remettre à Wolf le Prix de Berlin, en reconnaissance de son travail. Mais Wolf ne se rend pas à la cérémonie. Il sent qu'il a franchi une limite, qu'il a côtoyé les puissants de trop près. Ce jeu entre la récupération et le refus est un jeu dangereux. "Le principe de la séduction du chef* était toujours là, dit Wolf. On se demandait constamment jusqu'où l'on pouvait aller, quel degré d'adaptation on pouvait supporter sans que cela fasse mal."

* *Das Verführerprinzip* : jeu de mots sur le *Führerprinzip*, le "principe du Führer" ou "du chef" sur lequel était bâti le régime nazi, et le mot *Verführer*, le séducteur.

## XX

## ACCOMPAGNATEUR

En mai 1978, Anne n'en peut plus. Elle quitte la rédaction du journal. A l'université Humboldt, elle pose sa candidature pour passer un doctorat. La recherche historique lui semble être un domaine protégé. Elle dit aujourd'hui que c'était une manière de s'évader de la réalité. Son sujet est l'histoire du mouvement syndical espagnol. Elle ne l'a pas choisi, mais il lui semble assez peu compromettant : elle ne veut plus avoir d'ennuis. Anne travaille à la bibliothèque de l'Institut du marxisme-léninisme. Un jour, elle y demande un livre dont la bibliothécaire lui dit qu'on ne peut l'emprunter sans autorisation spéciale. Anne découvre ainsi qu'il existe tout un département de la bibliothèque où l'on conserve les ouvrages interdits en RDA. L'enseignante qui dirige la thèse d'Anne lui obtient une autorisation d'accès, et par un après-midi d'hiver, en 1979, Anne peut pénétrer pour la première fois dans la "salle aux poisons", celle où sont classés les livres dangereux. Elle constate avec surprise que les ouvrages interdits ne sont pas, par exemple, ceux des historiens bourgeois, mais exclusivement ceux des déviationnistes de gauche. Toute la littérature trotskiste est rassemblée ici, en compagnie des livres des théoriciens du mouvement ouvrier auxquels le parti a accolé l'étiquette d'"eurocommunistes", de "conciliateurs" et de “révisionnistes”. Ce sont les livres dont le parti a le plus peur, ceux qu’il combat avec le plus d’acharnement. Cette bibliothèque secrète est une sorte de chambre funéraire des traîtres.

Une fois que l’on a accès à la “salle aux poisons”, on peut demander tous les livres que l’on veut. Personne ne vérifie si les textes empruntés sont liés au projet scientifique sur lequel travaille l’étudiant. Anne emprunte donc tout ce qu’elle peut. Des livres de “renégats” dont elle ne connaissait jusqu’alors que le nom se retrouvent d’un seul coup devant elle, sur sa table. Et parce que son doctorat avance de toute façon beaucoup trop vite au gré de ses collègues, elle profite de son temps libre pour s’imprégner de ces textes interdits. Elle lit Trotski, Boukharine et Soljenitsyne. Tout un univers d’idées et de réflexions s’ouvre alors à elle. Elle trouve des questions qu’elle s’est déjà souvent posées et des réponses qui lui coupent le souffle, tant elles sont éloignées de celles avec lesquelles elle a grandi. Elle comprend que les certitudes et les dogmes auxquels elle a eu affaire jusqu’ici ne sont qu’une interprétation possible du marxisme-léninisme. Qu’il existe une infinité de possibilités différentes de penser le marxisme. Les théoriciens proscrits, qui ont souvent payé leurs réflexions de leur vie, lui paraissent bien plus honnêtes et courageux que les idéologues du socialisme dit “réel”. Chez eux, le socialisme n’est pas la dictature d’un parti, mais la vision onirique d’une nouvelle société dans laquelle liberté et socialisme ne sont plus contradictoires. Chaque livre qu’elle lit la renforce dans sa conviction que la RDA est en réalité une entrave au socialisme, qu’elle le trahit et le pervertit. Pour Anne, c’est à la fois un soulagement et une charge : elle sait désormais qu’elle croit certes en la bonne cause, mais qu’elle vit hélas dans le mauvais pays.

Anne sait qu'un de ces proscrits fait partie de sa famille, un homme que l'historiographie officielle de la RDA dénonce comme un "traître de droite". Il s'agit de son grand-père Dagobert Lubinski, le père de sa mère. Dagobert était un communiste juif qui vivait à Düsseldorf et travaillait comme journaliste économique pour *Freiheit*, le journal du parti. En 1929, il a été exclu du KPD avec d'autres militants pour s'être ouvertement opposé à la politique du parti. Dans la famille, on ne parle pas beaucoup de ce grand-père. Il y a une photo de lui dans la grande bibliothèque du salon. Elle montre un homme chauve aux lunettes rondes en nickel, une cigarette au coin des lèvres, un regard assuré qui ne fixe pas l'objectif. Anne ne cesse de découvrir de nouveaux fragments de son existence, c'est à elle de les assembler. Elle sait que Dagobert a été assassiné par les nazis à Auschwitz en 1943 et qu'avant cette date il avait fait un long séjour en prison à Düsseldorf. Elle sait qu'il a contribué, en 1928, à fonder un groupe intitulé KPO, pour "Parti communiste opposition*". Dans les livres d'histoire est-allemands, on parle d'un "groupuscule passé dans le camp de l'ennemi de classe", des "manigances hostiles de déviationnistes conciliateurs", et l'on explique qu'une fois ces gens démasqués et privés de tout pouvoir, un nouveau chapitre de l'histoire du parti a pu commencer – l'époque de l'unité et de la cohésion, dont Anne a appris qu'elle était un progrès historique.

Lorsque la mère d'Anne parle de Dagobert, les larmes ne tardent pas à lui monter aux yeux. Gerhard, lui, préfère ne pas en parler du tout. Son histoire douloureuse est comme une tache sombre et mystérieuse dans la chronique familiale. Son

* Kommunistische Partei Opposition.

grand-père exerce sur Anne une sorte d'attirance magique. Elle se sent liée à cet inconnu d'une façon qu'elle ne peut expliquer. Elle se promet à maintes reprises de se mettre un jour sérieusement au travail sur son histoire. Et elle abandonne chaque fois. Comme si elle devinait que Dagobert allait changer sa vie.

Au début des années 1980, Anne reçoit, des mains de sa mère, les lettres que Dagobert a écrites en prison à Düsseldorf. Ces lettres sont le testament de son grand-père, c'est là qu'il formule ses dernières réflexions. "Conservez ces lettres !" ne cesse-t-il d'écrire. Il sait peut-être déjà qu'avec une photo, ce sera la seule chose qui restera de lui.

Anne apprend que le Parti communiste opposition a publié une revue intitulée *Gegen den Strom*, "A contre-courant". Elle la cherche en vain dans le catalogue des livres proscrits. Anne pose la question à la bibliothécaire et découvre qu'il existe un catalogue interdit pour lequel même la "salle aux poisons" n'est pas encore assez sûre. Ce catalogue se trouve dans le bureau du directeur de la bibliothèque et il faut une autorisation du plus haut niveau pour y accéder. Quelques mois et une certaine force de conviction sont nécessaires à Anne pour obtenir les visas requis. La bibliothécaire qui finit par lui déposer ces revues dans leurs reliures annuelles poussiéreuses dit que ces titres n'ont plus été demandés depuis longtemps. Anne feuillette le premier numéro, paru fin 1928. Il n'y a que des textes, aucune illustration mais, de temps en temps, un encadré appelant les lecteurs à faire des dons pour que le journal puisse continuer à paraître. La devise de la revue : "Lorsqu'on veut revenir aux sources, il faut nager à contre-courant." Cette phrase plaît beaucoup à Anne.

Elle cherche en vain dans l'index le nom de Dagobert. L'auteur le plus cité dans la partie économique s'appelle Erich Lessing, souvent mentionné sous les initiales E. L. Au bas de l'un des articles, le nom est accompagné de la mention "de notre spécialiste d'économie à Düsseldorf". Dagobert écrivait-il sous un pseudonyme ? Anne demande à consulter un volume de *Freiheit*, le journal du KPD à Düsseldorf, auquel Dagobert a collaboré jusqu'à son exclusion du parti. Là aussi, presque tous les articles économiques sont signés E. L. C'est donc bien lui.

Les revues en apprennent beaucoup à Anne sur l'histoire de son grand-père. La brouille entre le KPD et Dagobert commence lorsque l'Internationale communiste décide en août 1928 de proclamer la social-démocratie principale ennemie du mouvement communiste. Dans ce texte adopté lors d'un congrès à Moscou, on peut lire que les sociaux-démocrates sont au moins aussi dangereux et malveillants que les fascistes. Les ouvriers communistes sont incités à quitter les unions syndicales existantes et à fonder leurs propres "syndicats révolutionnaires". Dagobert est présent au congrès de Moscou. Plus tard, dans un article, il qualifiera la décision du parti de "politique proche de la démence" parce qu'elle divise la classe ouvrière et ouvre ainsi la voie aux nazis. Beaucoup de camarades partagent son avis et plusieurs centaines d'entre eux seront à l'époque exclus du parti pour s'être obstinés à défendre leur opinion divergente. Les leaders de l'opposition s'appellent Heinrich Brandler et August Thalheimer. Tous deux ont travaillé au début des années 1920 à la centrale du KPD, avant d'être démis de leurs fonctions par Moscou pour leur comportement fautif. Pour eux, dès lors que la majorité des ouvriers suit le SPD social-démocrate et les syndicats, il est important d'agir ensemble. Jusqu'en 1928, on tolérera ce genre de point de vue au sein du parti ; mais après le congrès de Moscou, il y a un changement de cap auquel on donna le nom de "bolchévisation" du parti, ce qui signifie tout simplement l'abolition de toute démocratie interne. Jusque-là, comme le découvre Anne dans ces vieilles revues, des débats virulents ont toujours agité le parti. Les différentes fractions se querellaient sans que quiconque dénonce pour autant son adversaire comme un ennemi et un hérétique. A sa grande surprise, elle lit même, dans un article, que les représentants de la minorité bénéficiaient d'un temps de parole supérieur pour pouvoir exposer leurs idées en détail.

Anne a du mal à croire que cette forme de démocratie ait pu exister un jour au sein du parti. Elle ne connaît que l'obligation d'unanimité. Le terme d'opposition, pour elle, est synonyme d'hostilité. Dagobert, lui, avait connu l'ancien parti, c'est pour cette raison que lui et ses compagnons de combat ont défendu leurs convictions avec véhémence et jusqu'à la fin. En octobre 1928, Dagobert est renvoyé de la direction de *Freiheit*. Un mois plus tard débute dans le même journal une campagne "contre la fraction Brandler-Thalheimer, et sa direction, les camarades Becker, Rautenbach, Lubinski et Strobl". Anne lit les articles qui commentent la chute de son grand-père. En décembre et janvier, le ton devient plus dur. Il n'est plus question de "camarades". Ils sont qualifiés de "liquidateurs de droite" qui "mènent un travail de sape à l'aide d'armes empoisonnées". Le 8 janvier 1929, Dagobert est "exclu du parti communiste pour avoir poursuivi son travail groupusculaire hostile au parti", comme on le proclame en caractères gras dans

*Freiheit.* C'est d'ailleurs le journal au sein duquel Gerhard fera ses premiers pas de journaliste après la guerre.

Ce ton, la véhémence avec laquelle on dénonce les "ennemis de la classe ouvrière" dans la presse du parti, Anne les connaît bien. C'est ce même langage, cette même rhétorique de l'anéantissement, dégoulinant de haine, qu'elle a elle-même vus à l'œuvre dans les rédactions de la RDA. Mais cette fois c'est un membre de sa famille que l'on clouait au pilori. Un homme dont on savait qu'il n'était pas un ennemi. Un homme qui allait même avoir raison : quelques années plus tard, la stratégie du Parti communiste allemand se révélerait effectivement être un désastre. Avec leur politique étriquée envers les sociaux-démocrates, les communistes allemands ont contribué de manière décisive à la montée d'Adolf Hitler. Ils en ont été les complices. Que cette erreur ait été reconnue et désignée par la suite n'impliquait pas pour autant que ceux qui avaient voulu l'empêcher dès le début soient réhabilités. Anne se rappelle un séminaire sur l'histoire du mouvement ouvrier allemand, dans lequel leur professeur leur avait expliqué que le KPO avait tout de même eu tort, parce qu'il avait désobéi à des règles du parti. Ce manque de discipline pesait plus lourd que tout le reste.

Anne a désormais constamment ce grand-père à l'esprit. Il est pour elle une preuve qu'il est possible d'avoir raison quand on se trouve dans le camp des opposants. Que les prétendus traîtres sont parfois les meilleurs camarades. Dagobert la libère de la peur de devenir un jour, à son tour, une traîtresse. Il devient pour elle la clef permettant d'échapper à la "prison de la loyauté". C'est ainsi qu'elle nomme elle-même ce profond sentiment qui l'a si longtemps liée à cet Etat. Ce sentiment de ne pas avoir le droit de nuire à la RDA parce qu'elle est le havre de paix qui offre calme et protection à ses parents persécutés.

Anne dit aujourd'hui qu'elle s'est identifiée au destin de ses parents, aux persécutions qu'ils ont endurées. C'était, dit-elle, le cœur de sa dépendance à l'égard de l'Etat est-allemand. Et voilà qu'elle découvrait un autre membre de sa famille qui avait lui aussi été persécuté, qui avait lui aussi été un bon communiste, et qui avait pourtant suivi ses convictions personnelles. Un homme dont l'histoire, elle aussi héroïque, était pourtant tellement différente de celle du père d'Anne. Avec cet autre héros, elle le sent, elle pourrait peut-être défaire ses anciennes attaches, se libérer. Ce qui l'avait freinée jusqu'ici – l'histoire et la famille – pourrait désormais l'aider à trouver son propre chemin.

Le 3 novembre 1936, à six heures du matin, la Gestapo arrête Dagobert dans son appartement à Düsseldorf. On lui reproche d'être membre d'un groupe communiste illégal. Le dernier témoignage qu'Anne détient à son propos est son certificat de décès, établi en avril 1943 par l'état civil du camp d'Auschwitz II. On y atteste "que le journaliste Dagobert Israel Lubinski est mort le 22 février 1943, vers 6 h 45, à Auschwitz, Kasernenstrasse".

Ce n'est pas pour ses activités politiques que Dagobert a été déporté à Auschwitz, mais parce qu'il est juif. Lorsque Anne commence à s'intéresser à son histoire, elle tombe aussi sur les traces de la famille de Dagobert, qui vivait à Breslau, à Prague et à Hambourg, et qui se retrouve à l'automne 1941 au ghetto de Litzmannstadt. En mai 1942, ils sont dans l'un des premiers convois à entrer dans le camp d'extermination de Chełmno.

Ils y sont tous mis à mort dans des camions à gaz*. Anne est bouleversée lorsqu'elle l'apprend : jusqu'ici, elle connaissait surtout l'histoire des parents juifs de son père, dont la plupart avaient pu se mettre en sécurité à temps. L'épouse de Dagobert, Charlotte, a survécu parce qu'elle était "aryenne" ; ses deux filles, Nora et Hannah, ont échappé de justesse à la déportation qui menaçait ces "métisses de premier degré". C'est alors, seulement, qu'Anne découvre la peur dans laquelle sa propre mère, Nora, a vécu pendant des mois, parce qu'elle se trouvait à l'automne 1944 sur la liste des déportations et ignorait si l'on viendrait la chercher un jour ou non. Le propriétaire d'une carrière d'argile du Westerwald avait abrité Nora chez lui. Il lui avait proposé, si nécessaire, de la cacher dans la carrière et de lui apporter à manger. Le lendemain de l'entrée des Américains dans le Westerwald, cet homme lui demanda une attestation écrite pour l'aide qu'il lui avait apportée. Il était membre du parti nazi et de la SA. Le fait d'avoir sauvé une demi-juive lui a peut-être évité certains désagréments.

Pour la première fois, Anne a le sentiment d'appartenir à une famille juive. C'est une étrange sensation. En tant qu'historienne, elle a l'habitude de prendre du recul sur les événements ; or la voilà elle-même rattrapée par l'histoire. Elle ne sait pas quelle place elle doit prendre dans cette famille-là. Elle en fait certes partie, mais elle trouve aussi déplacé de se mettre sur le même rang que les morts. Ses parents ont refoulé leur héritage juif : même Dagobert, son nouveau héros, ne voulait rien avoir à faire avec cela. L'assimilation, aurait-il

* L'une des premières méthodes d'extermination de masse, avant la mise en place des chambres à gaz.

dit à ses filles, était la seule voie possible pour les juifs en Allemagne. Anne se rend à la bibliothèque de la communauté juive et se met à lire. Elle tente de donner au sujet une dimension objective, car les sentiments l'inquiètent. Mais plutôt que de s'extraire du tourbillon des émotions, elle s'y enfonce de plus en plus profondément. Au sein de la communauté israélite, elle rencontre d'autres enfants de survivants. Elle comprend qu'il est impossible de mettre tout cela de côté, qu'il est trop tard pour adopter une vision objective et prendre ses distances. Elle est au cœur de sa propre histoire. Un jour, l'un des membres de la communauté lui demande si elle ne veut pas les rejoindre. Elle lui répond qu'elle est justement en train de se libérer d'un autre genre d'Eglise. "Cela suffit amplement pour une vie."

Je me rappelle un jour où Anne venait à ma rencontre, dans la rue, à Karlshorst. Je devais avoir une quinzaine d'années. Lorsqu'elle me vit, elle se mit à pleurer. Nous nous serrâmes dans les bras l'un de l'autre, et elle me raconta que le fils du boulanger Augustin avait traité mon frère de "sale juif" à l'école. Je n'avais aucune idée de ce qui avait pu faire penser au fils du boulanger Augustin que nous étions juifs. Anne ne le savait pas non plus. Mais cela l'affecta beaucoup. Quelques semaines plus tard, elle est venue lire dans la classe de mon frère les Mémoires d'un détenu juif survivant d'Auschwitz. Il y eut ensuite un long moment de silence. C'est aussi l'époque à laquelle j'ai réfléchi, pour la première fois, à ce que cela signifiait, pour moi, d'être issu d'une famille juive. Ma mère m'avait expliqué que les juifs avaient toujours été des gens sans illusions, raison pour laquelle la lignée juive ne se transmettait que par la mère, et non par le père dont on ne savait jamais s'il était bien celui de l'enfant. Comme, dans sa famille, seuls les deux grands-pères étaient juifs, il ne devait pas m'en être resté grand-chose. Dans le livre qu'Anne devait publier ultérieurement sur son grand-père, elle exprime en ces termes ce que le judaïsme signifie pour elle : "Peut-être la sensation d'un stigmate, l'idée des morts, des survivants dispersés dans le monde, et un peu d'étrangeté vis-à-vis de moi-même." Je trouve que c'est une belle description.

En mars 1982, Anne subit un "entretien de vérification du parti", une sorte de confession de routine pour camarades "croyants". Dans une salle de séminaires du bâtiment central de l'université Humboldt, elle parle debout, face à trois camarades de la direction de section assis devant elle. Cette fois, Anne se propose de tout dire. Elle a décidé d'accepter l'exclusion du parti si elle ne peut l'empêcher. Anne parle de ses nombreux points de désaccord. Des mensonges, de la pensée figée, d'une idéologie pétrifiée. Elle dit qu'elle éprouve de profonds doutes. Elle s'écoute elle-même, voit les mots s'échapper de sa bouche comme si elle ne les contrôlait plus. Elle s'attend à ce que quelque chose de grave arrive d'un instant à l'autre. Mais il ne se passe rien du tout. Les camarades lui sourient aimablement, lui répondent que chacun a ses doutes et ses problèmes. Que la seule chose importante est qu'elle reste socialiste au plus profond d'elle-même. Il semble que les choses aient un peu changé. Le parti est devenu plus tendre. Et il est clair que personne ne l'en expulsera plus. Cette démarche, ce serait à elle de l'entreprendre. Mais Anne n'en a plus aucune intention. Elle est soulagée de pouvoir garder son opinion tout en restant une camarade.

Après son doctorat, la revue *Neue Berliner Illustrierte* propose un poste à Anne. En réalité, elle n'a plus envie de faire du journalisme en RDA. Mais il faut bien qu'elle fasse quelque chose. Elle décide de mener une dernière tentative. Mais elle comprend rapidement que cela ne fonctionne plus, que son esprit s'est déjà trop éloigné de tout ça. Au printemps 1986, elle doit écrire un article sur le monument édifié pour Marx et Engels à proximité de la tour de télévision de Berlin. Elle trouve le monument hideux et le sculpteur débile. Elle résume tout cela dans un texte ; mais les quelques aspects qui lui semblent intéressants sont coupés, et l'on change son titre : "La mémoire de la classe ouvrière", lit-on désormais au-dessus de son article. Le soir, en quittant la rédaction, elle sait qu'elle est arrivée au bout de ses compromis. Elle démissionne et reste chez elle dès le lendemain. Rien ne va plus.

Dans l'appartement de Karlshorst, il y a une belle véranda dont les grandes baies donnent sur les quatre points cardinaux. De vieux tilleuls se dressent devant le vitrage. C'est dans cette véranda qu'Anne veut désormais travailler. Wolf construit des étagères et un bureau avec des lattes de plancher. Il est heureux qu'Anne se décide enfin à travailler chez eux, comme il le lui a toujours conseillé. "Tu sens cette liberté ?" demande-t-il, et elle ne peut s'empêcher de pleurer, tant elle a l'impression d'être perdue. Elle sait que désormais elle est définitivement sortie du système, qu'il n'y aura pas de retour. Elle est livrée à elle-même, seule dans son petit univers. Bien entendu, elle peut faire ce qu'elle veut, désormais – mais que veut-elle au juste ? Il lui faut un moment avant de décider d'écrire un livre sur Dagobert. Après tout, il porte une part de responsabilité dans son incapacité à fonctionner dans le monde du dehors. La photo qui se trouvait sur la bibliothèque de ses parents est désormais sur son bureau. Le grand-père proscrit est devenu son nouvel accompagnateur.

## XXI

## PROFESSIONS DE FOI

Deux semaines après que Wolf s'en fut pris à Mme Reichenbach à propos de l'affaire du pistolet-mitrailleur, on nous annonça que ma candidature à la filière longue, celle qui menait au baccalauréat, avait été rejetée, ce qui rendit Wolf très triste, persuadé que tout était de sa faute. La lettre de l'inspection d'arrondissement précisait : "Parmi les candidats, de nombreux élèves ont un potentiel beaucoup plus élevé, associé à des comportements exemplaires." Dans la plupart des cas, seuls les deux meilleurs de chaque classe étaient autorisés à fréquenter l'*Erweiterte Oberschule**. Dans la nôtre, il s'agissait de Christiane et de Sven, qui étaient effectivement meilleurs que moi. En russe et en mathématiques, j'avais à peine la moyenne, et mon travail était jugé "insuffisant". Anne fit cependant appel. Elle disait qu'elle ne pouvait pas admettre que cet Etat fasse de son fils un ouvrier. Anne écrivit à l'inspection qu'elle se plaindrait auprès d'Erich Honecker si l'on ne m'autorisait pas à m'engager dans la filière longue. Cela n'impressionna manifestement pas beaucoup l'administration. Elle resta

* Le plus souvent appelée "EOS", cette filière formait les élèves destinés à accéder à l'enseignement supérieur. La sélection – scolaire et politique – y était rigoureuse, l'enseignement intensif.

sur son refus, et je priai ma mère de ne pas écrire à Erich Honecker, estimant que le secrétaire général aurait peut-être plus important à faire que de se soucier de me trouver une place au lycée.

Cet épisode nous affecta beaucoup. Je ne savais pas quoi faire après mes études, Anne comprenait que ce pays n'était pas bon pour ses enfants, et Wolf continuait à avoir mauvaise conscience. Je ressentais pour la première fois le pouvoir de cet Etat, qui avait tout simplement les moyens de décider la voie que prendrait chacun de ses sujets. Et je me demandais aussi pour la première fois quel chemin je pourrais emprunter. Jusqu'ici, tout était clair et régulé ; et d'un seul coup nous allions devoir prendre des décisions.

Ceux qui n'étaient pas autorisés à préparer le baccalauréat devaient apprendre un métier à seize ans. Se contenter de ne rien faire était impossible en RDA. En fait, je voulais devenir chimiste : la chimie m'amusait et n'avait rien à voir avec la politique. Mais il est aussi possible que cette profession m'ait intéressé pour la simple raison que mon ami Sven voulait lui aussi l'exercer. Anne et Wolf se renseignèrent et me trouvèrent un poste de formation alternée comme laborantin au département de chimie à l'Académie des sciences. Le projet était de me faire ultérieurement détacher par mon entreprise pour une formation. Mais je devais déjà commencer par suivre cet apprentissage. La partie pratique se déroulait à la VEB* Berlin Chemie à Adlershof. On commençait à sept heures le matin, je devais quitter la maison à six heures. A cette heure, le tramway qui reliait Karlshorst et Schöneweide était tellement bondé qu'il

* *Volkseigener Betrieb*, "entreprise appartenant au peuple", le terme désignant les entreprises d'Etat.

fallait forcer le passage pour se coincer entre les voyageurs. Je ne me doutais même pas, jusqu'alors, que tant de gens fissent déjà le trajet de si bonne heure. La plupart étaient des ouvriers qui se rendaient à l'usine de câbles Oberspree. Ils avaient le visage blême, le regard fixé dans le vide. Certains arrivaient même à dormir debout. Au bout d'un an, j'en étais moi aussi capable. Le pire, c'était l'hiver, au matin, lorsque le jour n'était pas encore levé. Le chemin qui séparait le portail de l'entreprise et le hall des machines n'était pas tout à fait dénué de risques. Un gaz malodorant sortait en sifflant des tuyaux rouillés, de petits ruisseaux de liquide corrosif coulaient sur les passages. Lorsqu'on fabriquait de l'insuline destinée aux diabétiques, l'air empestait le placenta de porc en décomposition. Notre enseignant nous demandait d'être à l'heure et, comme dans la plupart des cas je n'y arrivais pas, je devais, en guise de punition, récurer la grande marmite contenant cette mixture.

Passer ainsi de mon enfance protégée à la réalité de la RDA fut un choc. Je me sentais perdu, pas à ma place. Je pensais aux autres, ceux qui étaient autorisés à préparer le baccalauréat, aux salles de classe chauffées et propres, aux livres, à la fierté qu'ils ressentaient certainement à l'idée d'être parmi les meilleurs. Je regardais mes collègues vêtus de leurs vestes en ouate grise, les arbres blanchis par la poussière de chaux, la cloche de fumée qui semblait suspendue au-dessus de l'usine. Cette réalité me paraissait tellement irréelle, tellement laide, d'une pauvreté tellement exagérée. Je ne voulais pas travailler dans cette entreprise, je ne voulais plus devenir chimiste, je n'avais plus qu'une idée en tête : partir. J'étais comme un enfant gâté qui doit faire ses premiers pas par lui-même et trébuche dès le début. Je compris tout d'un coup combien le monde de mes parents avait peu de rapports avec ce qui se passait dans le reste de ce pays. A quel point j'avais été protégé de la réalité dans ce foyer d'intellectuels où régnaient la chaleur et l'air frais. Je comprenais à présent pourquoi mon père tenait tant à travailler chez lui et à être indépendant, pourquoi ma mère voulait absolument empêcher qu'on fasse de moi un ouvrier. Les amis de mes parents étaient photographes, peintres, designers, architectes ou médecins. Ils vivaient tous éloignés de la vie quotidienne en RDA, très loin des masses actives qui maintenaient ce pays debout. Je me faisais l'effet d'un réprouvé, d'un homme banni dans la réalité.

Le lycée professionnel ne fonctionnait pas non plus comme je me l'étais imaginé. Notre professeur d'éducation civique, M. Thumm, un homme barbu et massif dont la deuxième discipline était le sport, trouvait important d'avoir un point de vue de classe bien ancré. Que nous apprenions par cœur les débilités qu'il nous racontait ne lui suffisait pas. Il exigeait des professions de foi et, quand on ne s'y prêtait pas, on avait la vie dure au lycée : M. Thumm était aussi secrétaire de section du parti, et aucun collègue n'osait le contredire. M. Thumm ne tarda pas à m'identifier comme un ennemi, parce que j'avais avoué un jour que je regardais la télévision de l'Ouest pour m'informer. Il m'entraîna dans des discussions qu'il dirigeait avec suffisamment d'habileté pour me forcer à lui révéler mes véritables pensées, celles qui me trahissaient. Alors il hochait la tête, l'air triomphant, comme un policier qui vient de prendre un voleur en flagrant délit. Ses yeux se serraient pour ne plus former que deux petites fentes, et il disait qu'un jour ou l'autre il m'écrabouillerait. “Il n'en restera que ça, chapeau compris”, disait-il en désignant son pouce charnu. Aujourd'hui encore, je ne peux m'empêcher de penser de temps en temps à ces discussions. Je m'imagine que je pourrais les reprendre depuis le début et lui lancer à la figure, qu'il avait barbue, des arguments en acier trempé. Dans mon fantasme, M. Thumm se retrouve finalement muet, incapable d'échapper à ma démonstration. A l'époque, c'était plutôt moi qui me taisais et luttais contre les larmes. Cet homme était parvenu à me faire peur. Et à m'écrabouiller un peu.

Anne me conseilla de préparer mon baccalauréat en cours du soir. Mais on ne pouvait le faire que si l'on exerçait déjà une profession. Dans des cas exceptionnels, on acceptait toutefois aussi des apprentis. La directrice de la Volkshochschule, l'université populaire de Treptow, me demanda comment je comptais à la fois étudier au lycée professionnel et préparer mon baccalauréat. "Vous ne résisterez pas", m'annonça-t-elle. Mais je voulais au moins essayer. Mon apprentissage se déroulait de sept à seize heures. Les cours du soir, de dix-sept à vingt-deux heures. Pour être sincère, je ne sais plus aujourd'hui comment j'ai pu tenir ce rythme pendant trois ans. Je voulais à tout prix revenir dans mon ancien monde. Et cela supposait que j'aie mon bac.

Le premier jour, à l'université populaire – c'était au printemps 1987 –, la salle de classe était tellement bondée qu'il n'y avait pas assez de tables pour tout le monde. Notre enseignante de physique nous annonça que nous n'avions pas de soucis à nous faire : d'ici un mois au plus tard, chacun aurait un banc entier pour lui tout seul. Et c'est bien ce qui arriva. Nous étions un peu moins chaque semaine, pour ne plus être que quinze élèves au bout du compte. Notre professeur d'éducation civique se prénommait Ecki, et il tenait à ce que nous l'appelions ainsi. Ecki avait une barbe, de petits yeux tranquilles, il portait des sandales et de grosses chaussettes de laine. Au premier cours, il inscrivit au tableau une citation de Heine : "Nous avons grand besoin d'une Allemagne unie, unie de l'extérieur et de l'intérieur*." Pendant un cours entier, nous avons discuté de cette phrase qui me paraissait tellement dangereuse que je n'osai pas la recopier dans mon cahier. Je ne m'étais encore jamais demandé si une réunification pourrait avoir lieu un jour. Cela impliquait que la RDA aurait été condamnée à disparaître, ce que je ne pouvais pas imaginer. Ecki nous expliqua qu'en philosophie, il était important de penser l'impensable, sous peine de rester constamment bloqué dans le présent. "Soyons donc des philosophes, pour une fois, et réfléchissons à ce qui pourrait venir après la RDA." Nous étions comme électrisés : aucun d'entre nous n'avait jamais entendu quoi que ce soit de semblable en cours d'éducation civique. Ecki dessina deux colonnes sur le tableau noir. Nous devions lui énumérer tous les avantages et tous les inconvénients de la RDA, tels qu'ils nous venaient à l'esprit en l'espace d'une minute. Bizarrement, seuls les avantages me vinrent alors à l'esprit – il est vrai que nous n'avions jamais cessé de les apprendre par cœur. Les autres réagissaient apparemment de la même façon. La deuxième colonne resta vide. "Voilà qui semble être un pays parfait", dit Ecki avant d'écrire sous la rubrique "Inconvénients" : "Les élèves n'osent pas dire ce qu'ils pensent." Mais nous n'acceptâmes pas ce reproche, et c'est ainsi que débuta une assez longue énumération de problèmes. Pas

* Deux vers du recueil *Deutschland, ein Wintermärchen* (*Allemagne, un conte d'hiver*).

de liberté d'opinion, pas de liberté de voyager, trop peu de fruits, pas d'élections libres, pas de jeans dignes de ce nom, pas de liberté de la presse. Tels étaient, dans mon souvenir, les points principaux. Nous étions assis là, excités, le visage brûlant, c'était la première fois que nous pouvions dire ce que nous pensions vraiment dans un établissement scolaire.

Les autres enseignants de l'université populaire étaient eux aussi différents de ceux que nous avions côtoyés jusque-là. Il s'avéra que certains d'entre eux n'étaient plus autorisés à enseigner dans le secondaire, et qu'on les embauchait désormais comme vacataires. Notre enseignante d'allemand, Mme Bietz, venait avec des livres de Boulgakov et nous en lisait des passages. Celle qui nous apprenait le russe regrettait certes qu'aucun d'entre nous ne veuille parler cette langue*, mais disait qu'elle pouvait le comprendre et, pendant les contrôles, nous laissait seuls dans la classe pour que nous puissions tranquillement recopier nos antisèches. Au bout de deux ans, nous n'étions plus que huit. Et moins nous étions nombreux, plus nous étions soudés. Nous nous retrouvions le week-end pour faire nos devoirs en commun. Je donnais des cours de rattrapage en chimie et en allemand, en échange d'un soutien en mathématiques et en russe. Mes condisciples étaient des personnalités assez originales. L'un d'eux avait un emploi de concierge d'une crèche et voulait absolument faire des études de musique. Une autre était couturière dans un théâtre et avait le projet de devenir designer en textile. Chacun d'entre nous était passé à un moment à travers le tamis du système scolaire est-allemand, chacun avait encore un projet à mettre en œuvre.

* Le russe était un enseignement obligatoire en RDA.

Peu avant Noël 1986, Gerhard me demanda si cela me plairait de faire un voyage en France avec lui l'été suivant. Il m'expliqua qu'il voulait montrer à tous ses petits-enfants les lieux où il avait combattu avec la Résistance et, comme j'étais l'aîné, j'étais le premier à passer. Je fus tellement étonné que dans un premier temps je ne prononçai pas le moindre mot. Qu'un adolescent de seize ans puisse faire un voyage à l'Ouest était à peu près aussi vraisemblable en RDA que de voir Erich Honecker coiffé à la punk. Gerhard dit qu'une de ses relations au Politburo se chargerait d'obtenir l'autorisation. D'ici là, je devais améliorer mon français pour qu'il n'ait pas à avoir honte de moi. Un mois plus tard, j'étais convoqué à la préfecture de Police, sur l'Alexanderplatz. Les gens étaient alignés en longues files au rez-de-chaussée pour déposer leurs demandes d'autorisation de sortie. Gerhard m'avait dit de prendre l'ascenseur jusqu'au bureau spécial du deuxième étage, où les couloirs étaient lambrissés et où l'on ne faisait pas la queue. La seule personne que je rencontrai dans la salle d'attente était Frank Schöbel, une star des variétés est-allemandes, qui avait apparemment lui aussi de bonnes relations. Un peu plus tard, on appela mon nom et une aimable policière en uniforme rouge me demanda de signer mon passeport. La policière me demanda combien de temps je comptais rester en France, et par quel point de passage je préférais franchir la frontière. Vouloir passer l'été en France paraissait la chose la plus normale du monde. Dix minutes plus tard, j'étais revenu dans l'ascenseur et j'avais en main un passeport bleu pourvu d'un visa de sortie. J'aurais normalement dû crier de joie, mais j'étais comme paralysé. Tout était tellement irréel, cette salle d'attente, cette policière affable. Comment pouvait-il être aussi simple, tout d'un coup, de franchir cette frontière de merde ? En un coup de téléphone, Gerhard m'avait ouvert le Mur.

Le Politburo informa mon lycée professionnel de mon voyage imminent en France. Je fus convoqué chez la directrice qui, totalement bouleversée, m'accorda deux semaines de congés supplémentaires. Le plus beau, c'était le visage de M. Thumm, notre professeur d'éducation à la citoyenneté, qui ne comprenait plus rien au monde dans lequel il vivait. Pourquoi un garçon comme moi était-il autorisé à se rendre à l'Ouest ? Il tenta de ne rien en laisser paraître, mais il était évident que, peut-être pour la première fois de sa vie, M. Thumm doutait d'une décision du Politburo.

Au début de juillet, nous partons à bord de la Citroën Pallas GSA beige de Gerhard. Plus nous approchons de la frontière, à Marienborn, plus l'autoroute est déserte. Un écriteau nous annonce la dernière sortie avant de quitter la RDA. Nous continuons notre route et, même si nous sommes encore à l'Est, on ne voit plus de voitures d'ici. Nous roulons au pas le long des clôtures barbelées et des barrières d'acier, devant les soldats armés de pistolets-mitrailleurs et les chevaux de frise. Gerhard allume la radio, règle la fréquence sur une station de musique classique et fredonne la mélodie. Il ne fait jamais ça d'habitude. Il est peut-être gêné que je puisse voir à quel point ce pays s'est barricadé. Ce qu'est devenu son rêve du socialisme.

Un policier des frontières contrôle nos passeports, et nous pouvons reprendre notre route. Je demande à Gerhard si nous sommes déjà à l'Ouest. Il me répond par une autre question : est-ce que je ne le sens pas ? L'air ici est tellement différent du nôtre. Il éclate de rire. Je crois que c'est la première fois que je l'entends faire une plaisanterie sur la RDA.

Nous nous rendons d'abord chez tante Hannah, à Düsseldorf, la ville où est née Anne. Hannah me donne cinquante marks de l'Ouest et je vais un peu me promener dans les rues, j'achète un paquet de Camel et je me sens comme un roi. Le lendemain, nous reprenons notre route vers Aix-la-Chapelle et Bruxelles. Je suis étonné de ne voir aucun contrôle au point de passage avec la Belgique. Gerhard raconte la manière dont il a passé la frontière ici, à Aix, autrefois, lorsqu'il fuyait avec ses parents. Je l'écoute, mais je suis beaucoup trop occupé à enregistrer toutes les nouveautés que je découvre. Les couleurs, les odeurs, les voitures. A Bruxelles nous dégustons des moules et des frites, et Gerhard m'explique qu'il a mangé la même chose avec ses parents, autrefois.

Aujourd'hui seulement, je comprends que ce voyage était un jeu de pistes historiques. Ce n'était pas de l'Ouest qu'il était question, mais de l'histoire de Gerhard. Il est possible que je l'aie un peu déçu, parce qu'à l'époque le passé m'intéressait beaucoup moins que le temps présent. Le Troisième Reich m'était à peu près indifférent. J'étais à l'Ouest pour la première fois, c'était cela, l'important.

Plus tard, lorsque nous arrivons en France, Gerhard n'est plus le même. Le voilà tout d'un coup détendu et plein d'esprit. Il parle sans arrêt, il paraît étrangement rajeuni. Il semble se porter beaucoup mieux ici qu'en RDA.

Je n'y ai pas réfléchi plus longuement à l'époque, mais je crois aujourd'hui qu'il se sentait vraiment chez lui en France. Dans le pays de sa jeunesse, entouré de ses vieilles histoires et de ses aventures, celles du temps où la vérité historique était encore si simple. Ce n'est certainement pas un hasard qu'il soit constamment allé vivre à l'étranger, qu'il ait toujours voulu s'en aller. Même s'il s'était mis dans le crâne que cet Etat est-allemand était antifasciste et historiquement supérieur, il savait bien que vivaient aussi en RDA des Allemands qui avaient acclamé Hitler. Et l'uniformisation de la pensée que l'on constatait en RDA ne lui rappelait-elle pas quelque chose ? N'éprouvait-il pas un certain malaise en voyant la FDJ défiler au pas avec ses torches le long de l'allée Staline ?

La haine d'Israël à laquelle la propagande est-allemande laissait libre cours ne peut pas non plus l'avoir laissé de marbre. Dans le dossier de Gerhard à la Stasi, on trouve une note de juin 1967 dans laquelle on relate un incident à la télévision est-allemande. A cette époque, Gerhard était l'animateur d'un magazine de politique étrangère intitulé *Objectif* et diffusé une fois par mois. Dans la note de la Stasi, on peut lire : "Pour le numéro du magazine *Objectif* diffusé ce jour, on avait préparé un reportage destiné à faire ressortir les rouages de l'Etat agressif d'Israël. Il y était prouvé que l'Etat d'Israël, avant-poste de l'impérialisme mondial dans la zone arabe, consolide systématiquement ses fonctions dirigées contre les Arabes dans l'intérêt des monopoles pétroliers. Le camarade Leo a jugé qu'on ne pouvait pas faire ça. Il a refusé de commenter ce reportage dans l'émission. Il a affirmé que le reportage était antisémite. On le sait, Gerhard Leo est d'origine juive, il aurait même des parents en Israël. L'émission *Objectif* du DFF le 15 juin 1967 a été annulée et remplacée par des extraits de la réunion électorale avec le camarade Walter Ulbricht à Leipzig, dans laquelle la politique agressive d'Israël jouait aussi un rôle.

L'annulation de l'émission *Objectif* est un épisode sans précédent et que rien ne permet d'expliquer à mes yeux. Leo a immédiatement été relevé de ses fonctions au sein de la chaîne."

Qu'est-ce qui a bien pu l'inciter, ce jour-là, à se considérer de nouveau, pour une fois, comme un juif ? Lui qui aurait préféré oublier tout cela s'était senti forcé de prendre parti pour Israël, parce que personne d'autre ne le faisait. Lui, le juif, a été sanctionné parce qu'il ne supportait pas l'antisémitisme. Il a sans doute refoulé tout cela, mais il ne l'a sûrement pas effacé de sa mémoire. Je me représente ses relations avec la RDA, à cette époque, comme un mariage de raison. Mais celle qu'il aimait vivait en France.

En France, 1987.

Cette amante l'ensorcelle pendant les semaines de notre parcours à travers le pays de sa jeunesse. Nous buvons du champagne avec ses camarades de résistance en Corrèze et, lorsque Gerhard est un peu éméché, il chante avec eux leurs chansons d'autrefois. Il raconte des histoires de belles femmes et de ribouldingues, et lorsque nous nous retrouvons à la gare d'Allassac, là où les partisans lui ont redonné la liberté, des larmes lui coulent sur le visage. Le voilà tout d'un coup tellement humain, tellement vulnérable. Et tellement heureux. Dans un restaurant du Vieux-Port de Marseille, il commande des huîtres et du vin blanc. Il me rappelle que l'on m'a enseigné, au lycée, que le capitalisme avait un pied dans la tombe. Puis il fait une pause et sourit. "Tu admettras que c'est une belle mort." Je ne reconnais plus mon grand-père. Chez nous, j'avais le sentiment qu'il avait un ruban d'acier autour de la poitrine. Et le voilà assis au soleil, à sourire comme un potache.

Nous sommes aussi les invités de son ami Gilles Perrault, qui, en France, est un écrivain connu. Il possède à proximité d'Avignon une maison de campagne où l'on trouve même une piscine. D'autres hôtes sont aussi présents dans la maison entourée de vignobles. Par exemple Régis Debray, un petit homme aux traits ronds qui, au dîner, raconte ses combats avec Che Guevara en Bolivie. Il nous parle aussi de Tamara Bunke, une femme originaire de la RDA et qui se trouvait à l'époque au côté du Che. "Une femme hors du commun, une combattante", dit-il. Mon français assez médiocre ne me permet pas de tout comprendre ; mais ce que je saisis, c'est que tout le monde, dans cette maison, trouve que la RDA est fantastique. Gilles Perrault dit que je devrais être fier de vivre dans un pays révolutionnaire comme celui-là, parce que seule la révolution libère vraiment les gens. Je n'ose pas le contredire, entre autres parce que je vois à quel point ces phrases rendent Gerhard heureux. Mais je ne discerne pas la logique de tout cela. Comment peut-on loger dans une villa pareille et chanter les louanges de la RDA ? Ou bien faut-il justement habiter dans ce type de demeure pour pouvoir le faire ? J'ignore quelle image ces gens ont de la RDA, et même s'ils y ont déjà été. Régis Debray nous confie un secret. Il exerce des fonctions de conseiller politique auprès du président de la République française, François Mitterrand, et dit que celui-ci a lui aussi beaucoup d'estime pour la RDA. "Si la RDA n'existait pas, l'Allemagne serait beaucoup trop grande", dit Debray. Et Gilles Perrault rappelle la phrase de l'écrivain François Mauriac, qui a dit un jour qu'il aimait tellement l'Allemagne qu'il préférait qu'il y en ait deux. Les hommes rient, ils trinquent et je me dis qu'il est bien agréable d'être révolutionnaire dans le Sud de la France.

Sur le trajet qui me ramène dans la RDA révolutionnaire, je rentre seul en train à partir de Düsseldorf. Cela me permet de faire une étape à Berlin-Ouest. Je veux me rendre au pied du Mur, ce sera pour moi l'apogée de ce voyage : voir le Mur, une fois, depuis l'autre côté. Je passe toute la journée à marcher le long de la frontière, je touche le béton froid que l'on a, côté ouest, recouvert de couleurs vives. Je monte sur des belvédères et je regarde de l'autre côté. Pendant des heures. Je vois la bande de la mort*, son sol soigneusement ratissé, les gardes-frontières installés avec leurs jumelles dans leurs miradors. La coupole de la tour de télévision brille au soleil. Tout est si proche et si lointain à la fois.

Je parcours à cinq ou six reprises, en train urbain, le trajet entre la gare Lehrter et la Friedrichstrasse.

* Un no man's land désert, situé au pied du Mur, côté est, sur lequel les gardes-frontières avaient ordre de tirer à vue.

La gare de la Friedrichstrasse est déjà à l'Est mais, si l'on reste sur le même quai, on peut repartir vers l'Ouest. Je ne me lasse pas de cette sensation pendulaire : me rendre à l'Est et en ressortir tout de suite. C'est à la fois palpitant et oppressant, perturbant et exaltant, grandiose et triste. Je sens mon cœur battre plus fort chaque fois que le train franchit le pont sur la Spree et passe devant le bâtiment du Reichstag sur lequel flotte le gigantesque drapeau noir-rouge-or. Je ne sais pas vraiment quel trajet me plaît le plus. Celui qui me mène à l'Est, dans ma prison natale, ou celui qui me conduit à l'Ouest, vers la liberté d'un pays qui m'est étranger. Je me demande ce que cela ferait, de ne plus revenir, de rester à l'Ouest, tout simplement. Je pourrais le faire à présent, personne ne m'en empêcherait. Je vivrais peut-être quelques mois en foyer, le temps que je sois majeur. Mais je pourrais passer un bac de l'Ouest et avoir une petite amie de l'Ouest. Si je reviens, je serai de nouveau coincé. Mais d'un autre côté qu'est-ce que je ferais, tout seul, à l'Ouest ? En tant que fugitif, je ne serais plus autorisé à rentrer chez moi, et ma famille ne pourrait plus aller nulle part. Cela vaudrait de sérieux problèmes à Gerhard, tout comme à Anne et à Wolf. Le jeu en vaut-il la chandelle ? Je l'ignore.

Peu avant minuit, quelques minutes avant l'expiration de mon visa, je me rends une dernière fois à la gare de la Friedrichstrasse. Cette fois, il n'y a plus de retour possible. J'avance dans les longs couloirs carrelés, où des clochards de l'Ouest traînent avec leurs chiens. Ils boivent de grandes bouteilles de schnaps qu'ils achètent les boutiques est-allemandes de la gare, les Intershop, parce que l'alcool y est moins cher qu'à l'Ouest. Je glisse mon passeport sous une vitre, un garde-frontière scrute mon visage. Le tampon claque sur le papier et je continue mon chemin jusqu'à cette porte métallique dotée d'une seule poignée, celle de l'intérieur. La porte se referme derrière moi comme une souricière. Je suis de retour chez moi.

C'était bien entendu la bonne décision : je rentrais à la maison, tout simplement. Mais je savais désormais que je voulais partir pour l'Ouest dès que j'aurais l'âge de me chercher un nouveau chez-moi. Ce n'était pas seulement une idée, mais un projet auquel je croyais fermement.

Lorsque j'en parle à Anne et à Wolf, un soir après le repas, le silence se fait subitement à notre table. Ils sentent peut-être à quel point je suis sérieux. Que je serais prêt, un jour ou l'autre, à les quitter. Anne dit qu'elle-même n'irait jamais à l'Ouest, quoi qu'il arrive à l'Est. Elle peut cependant me comprendre, dit-elle, seulement je ne dois rien faire sur un coup de tête : j'ai encore le temps. Wolf raconte cette scène au cours de laquelle lui-même s'était retrouvé devant les barbelés de Teltow. C'est la première fois qu'il m'en parle. Il me dit qu'il ne voulait pas laisser sa mère toute seule, et je ne sais pas si c'est une manière de me demander de ne pas partir.

Je ne peux pas parler de ce genre de choses avec Gerhard. Il n'a vraisemblablement même pas deviné ce qu'il a déclenché en moi en m'emmenant en France. Lui voulait me montrer les lieux où il s'était battu ; moi, j'étais en passe de trahir sa RDA. Mais comment s'imaginait-il que je prendrais les choses ? Etait-il incapable d'imaginer qu'un garçon ayant grandi à l'Est veuille un jour aller à l'Ouest ?

Après mon retour, la RDA me paraît encore plus loqueteuse qu'auparavant. Quelques jours durant, je vois l'Est comme les gens de l'Ouest l'ont sans doute toujours vu. On dirait que quelqu'un, tout d'un coup, a ôté les couleurs du monde. Même les photos de France que je confie pour développement et tirage à la papeterie de Karlshorst prennent un côté blafard sur le papier de l'Est. Tout me paraît désormais laid et stupide, et je me plais beaucoup dans ce rôle du globe-trotter qui fait sentir aux ploucs de sa province un peu de son mépris. Le seul problème, c'est que cela dure. Je n'arrive plus à sortir de ce rôle. Je me refuse à redevenir normal. Peut-être parce que cela me ferait l'effet d'une rechute, d'une défaite.

C'est à cette époque – j'ai alors dix-sept ans – que commence ce jeu étrange dans lequel le rêve et la réalité se mêlent jusqu'à ce que je ne puisse plus faire la part de l'un et de l'autre. Non seulement je rêve constamment de l'Ouest, mais je fais comme si j'étais de là-bas : un garçon de l'Ouest qui vivrait à l'Est. Tout commence avec un plan de ville des éditions Falk*, que j'ai rapporté de Berlin-Ouest. Quelques mois après mon retour, je guide dans Berlin-Est une relation munichoise. J'ai ce plan aux couleurs vives entre les mains, et je me rends compte que les gens me regardent d'une tout autre manière qu'à l'ordinaire. Ils me prennent manifestement pour un touriste venu de l'autre côté. C'est un sentiment fantastique. Le bonheur de voir ces gens m'observer du coin de l'œil et me suivre ensuite du regard, l'air curieux.

Cela dit, je n'ai pas encore la certitude que cela ne tienne pas uniquement au fait que je me promène

* Des plans luxueux au pliage très sophistiqué, imprimés par une maison située à l'Ouest.

avec un authentique habitant de l'Ouest. Je demande donc un jour à deux copains du lycée professionnel si cela les amuserait de jouer les Occidentaux pendant un après-midi. L'un d'entre eux possède un exemplaire du *Frankfurter Allgemeine Zeitung* qu'une tante lui a apporté des années auparavant. Nous portons tous les trois des jeans de l'Ouest, ce qui simplifie beaucoup notre affaire. Plan et journal à la main, nous nous rendons à la porte de Brandebourg, et nous nous mettons à discuter, à voix haute, sur le fait que la frontière a une tout autre allure du côté est que chez nous. Et voilà les mêmes regards qui se rallument aussitôt. Nous visitons le Französischer Dom et nous demandons à des gens du cru de nous expliquer le chemin. Je parle tout le temps comme le ferait un Allemand de l'Ouest, c'est-à-dire sans dialecte berlinois et un peu plus fort que d'habitude. Il m'arrive aussi de temps en temps de lancer un *"Gelle ?"*, une interjection que j'ai entendue à l'Ouest. Au café de l'Opéra, nous demandons si nous pouvons payer en marks de l'Ouest, ce qui déclenche une petite mêlée chez les serveurs, qui veulent tous s'occuper de notre table – et qui seront très déçus au bout du compte, lorsque nous ne trouverons finalement dans nos poches que quelques marks de l'Est, "ceux qu'on nous a forcés à prendre en arrivant*", expliquons-nous.

Nous continuons notre petit jeu. Une fois par semaine, nous avons notre journée d'Occidentaux. Nous allons visiter le château de Sans-Souci et le cimetière juif à Weissensee, nous montons dans la tour de télévision et visitons le musée de Pergame, enfin, tout ce que font les Occidentaux

* Chaque visiteur entrant en RDA devait acheter une somme minimale de devises est-allemandes.

lorsqu'ils se promènent à l'Est. Chacun de nous s'est imaginé une biographie de l'Ouest, pour ne pas se trahir en discutant avec les habitants. Ma mère est journaliste au magazine *Stern*, mon père tient une galerie à Charlottenburg. Moi-même, je passe mon baccalauréat dans un lycée classique à Steglitz, avec option latin, ça, personne ne le parle à l'Est. Je viens d'une famille bourgeoise de gauche. J'ai un logement ancien avec des portes à deux battants, je passe mes vacances en France et je fais du ski en Autriche.

Nous racontons aux personnes que nous rencontrons à l'Est notre vie à l'Ouest, cette société élégante et nonchalante au sein de laquelle chacun décide lui-même de ses faits et gestes. Notre Ouest à nous est un pays où les gens sont bien habillés et conduisent des voitures confortables, et où il règne partout une odeur aussi agréable que dans les Intershop. Le contraire absolu de la grisaille miséreuse, l'anti-RDA. Sans doute seul un faux Occidental peut-il ainsi chanter les louanges de l'Ouest devant quelqu'un de l'Est. Nous connaissons parfaitement leurs aspirations : ce sont les nôtres. Plus nous en parlons, plus nous nous enfonçons profondément dans notre univers fantasmé.

Pour nous qui sommes de l'Ouest, draguer les femmes de l'Est ne pose plus aucun problème. Cela dit, ça ne mène jamais bien loin, puisque nous devons repasser "de l'autre côté" à minuit. Un jour, deux femmes d'Iéna nous accompagnent jusqu'à la salle des Larmes de la gare de la Friedrichstrasse. Et les larmes coulent bel et bien. Nous prenons notre place dans la file de ceux qui s'apprêtent à repartir, nous demandons aux femmes de s'en aller pour que les adieux nous soient moins difficiles, et nous fichons discrètement le camp. Juste après nous nous trouvons assez moches. Nous laissons tomber le jeu et pour la première fois je pense sérieusement à m'en aller.

A cette époque, au printemps 1988, presque tous ceux que je connais cherchent plus ou moins sérieusement une idée pour quitter ce pays aussi vite et aussi élégamment que possible. Pas une fête ne se passe sans que l'on aborde ce sujet à un moment ou à un autre. Les gens parlent d'autres personnes qui viennent tout juste d'y parvenir ou de faire une nouvelle tentative. Deux amies à moi veulent épouser des hommes de l'Ouest pour pouvoir émigrer, d'autres attendent le soixante-dixième anniversaire de la grand-mère de l'Ouest pour tenter leur chance*. Certains se rendent à la représentation permanente d'Allemagne fédérale à Berlin-Est pour se faire ensuite discrètement exfiltrer vers l'Ouest. On dit qu'à l'ambassade ouest-allemande à Prague, on a aménagé des dortoirs pour les fugitifs est-allemands. Les gens qui ont un dossier officiel de demande de visa en cours accrochent des rubans blancs à l'antenne de leur voiture. Les habitants filent les uns après les autres. Et ceux qui restent ont l'impression d'être des ratés. A l'époque, on appelle la RDA "le résidu idiot**". Pour l'instant, je me contente avant tout d'étudier cette question du départ et de garder cette possibilité à l'esprit. Lorsque j'y pense, j'éprouve un agréable fourmillement dans le ventre.

Il faut dire qu'à cette époque, l'Est devient franchement intéressant. On voit surgir tout d'un coup des groupes fabuleux dont je n'ai encore jamais entendu parler, on ne joue plus que de la musique

* A partir du milieu des années 1980, il était possible pour les habitants de la RDA de rendre visite à un membre de leur famille à l'Ouest.

** DDR (RDA) devient ainsi l'abréviation pour *der dumme Rest*.

de l'Ouest dans les boîtes, et des fêtes sauvages se déroulent de tous les côtés. Cela tient aussi, je pense, à cette atmosphère de fin des temps qui règne à l'époque, au moins dans le quartier de Prenzlauer Berg. On fait la fête comme si c'était la dernière fois. Les gens vivent l'instant présent, parce que l'avenir, de toute façon, n'a rien à leur offrir. Je me rappelle un défilé de mode donné dans l'ancienne piscine de l'Oderberger Strasse. Une compagnie de designers met en scène un spectacle aussi beau qu'effrayant ; ensuite, on danse dans la piscine asséchée. Et un ami à moi, qui a de bons contacts à l'Ouest, a toujours à son domicile une bonne quantité de haschich. Il s'est installé dans un gigantesque appartement de la Marienburger Strasse, où l'on fait la fête une fois par semaine. Sur un écran de télévision passe le film des Pink Floyd, *The Wall*, et nous restons allongés devant, à fumer des pétards et à bécoter les filles. Il y a toujours parmi nous quelques enfants de diplomates de la représentation permanente. Un jour, le fils de l'ambassadeur de Grande-Bretagne amène ses parents. C'est l'été, nous faisons la fête sur le toit. L'ambassadeur est assez impressionné par ce tableau débridé : cela ne correspond pas du tout à l'image qu'il avait de la RDA.

Mais ces fêtes finissent elles aussi par perdre leur charme. Elles sont certes l'occasion d'oublier tout le reste pour quelques heures. Seulement voilà, une fois l'ivresse dissipée, le reste est toujours là. Et plus on se laisse aller aux excès, plus la gueule de bois est sévère. Pendant l'une de ces soirées, je fais la connaissance d'une comédienne qui a épousé un Autrichien et possède deux passeports, la RDA autorisant la double citoyenneté dans ce genre de cas. Elle habite à Berlin-Est et peut se rendre à l'Ouest quand elle veut. Cela me semble être le meilleur moyen d'associer liberté de l'Ouest et cocon familial. Et puis la sœur de Gerhard vit à Vienne : je me dis qu'on trouvera bien une cousine éloignée qui serait prête à m'épouser. La comédienne me recommande d'aller demander conseil à l'avocat Lothar de Maizière, qui a servi d'intermédiaire pour son propre mariage. Une semaine plus tard, en mars 1989, je me retrouve dans un cabinet d'avocats de la Chausseestrasse, devant le bureau d'un homme qui, moins d'un an plus tard, sera le premier chef de gouvernement librement élu de la RDA. Debout à sa fenêtre, Maizière m'écoute exposer mon projet. Puis il demande : "C'est une histoire d'amour ou de passeport ?" Je ne me suis pas préparé à une telle question, et j'élude la réponse. Maizière dit que l'affaire prendra au moins deux ans, et que le tout est de savoir si mon problème ne se résoudra pas d'ici là par une autre voie. Je ne comprends pas ce qu'il veut dire. Maizière s'assoit à son bureau, sourit et dit qu'une double citoyenneté suppose l'existence de deux Etats. Dans le cas de l'Autriche, explique-t-il, il n'y a vraisemblablement pas de soucis à se faire, mais il existe d'autres Etats dont l'avenir n'est pas tout à fait aussi certain. "Gardez donc le mariage pour une femme que vous aimerez vraiment, voilà mon conseil", dit-il avant de prendre congé de moi.

# XXII

## SENTIMENTS PRINTANIERS

En octobre 1986, Wolf part pour les mers du Sud. Enfin, en réalité, il va juste emprunter quelques livres à la bibliothèque municipale. Il veut partir aussi loin que possible, et les mers du Sud sont ce qu'il se représente de plus éloigné. Il veut en faire un voyage imaginaire, une aventure intellectuelle. Pendant ce voyage, il compte peindre des tableaux, et plus tard, peut-être, organiser une exposition. Une exposition exprimant son désir profond, une petite provocation, une plaisanterie. Il voyage pendant des mois, il plonge dans cet autre monde, s'enroule dans ses histoires comme dans du coton. Il rêve d'eau turquoise, de lagunes blanches, de barques sculptées dans du bois et de femmes aux seins nus qui portent des fleurs dans les cheveux. Ses tableaux montrent sûrement les îles du Sud du Pacifique beaucoup plus belles qu'elles ne l'ont jamais été dans la réalité. Wolf dessine des cartes avec des itinéraires, écrit un journal de bord dans lequel il note ses principales expériences. Tout son style se transforme, même ses histoires de marchand de sable qu'il dessine pour la télévision se déroulent tout d'un coup sous les palmiers. Wolf peint des cartes postales peuplées de plantes étranges et de motifs aux couleurs vives. Les cartes se retrouvent même dans le commerce, sous le titre *Polynésie*. A la même époque, Wolf refait encore une carte postale grise. Anne et lui y sont assis sur le canapé, devant eux se dresse un petit palmier d'intérieur, la jalousie est baissée devant la fenêtre.

Wolf dit qu'au cours des dernières années de la RDA, ce jeu qui le confronte non seulement à l'Etat mais aussi à lui-même est devenu de plus en plus intéressant. Il n'y a plus de règles claires, les frontières s'estompent. On voit naître des espaces de liberté, des possibilités qui disparaissent parfois de nouveau par la suite. Nul ne peut dire ce qui est encore autorisé ou ce qui est déjà interdit. Il faut tenter le coup. Wolf parle d'un week-end artistique qui s'est déroulé dans la petite ville de Coswig, à proximité de Dresde. Un collègue peintre berlinois a trouvé un prétexte pour y louer la Maison de la culture. Et ce sont des centaines de personnes qui y ont afflué tout d'un coup de tout le pays. Pendant deux jours, on y joue de la musique, on danse, on peint, on fait la fête. La police est débordée, la Stasi ignore tout. Quelques mois plus tard, une gigantesque fête estivale est organisée dans une ferme de l'Uckermark. La cour est pleine de tentes, on fait des grillades, on se baigne tout nu, le soir des groupes viennent donner un concert. On propose un programme de cabaret avec Wolfgang Krause-Zwieback, un impressionnant jongleur de mots qui n'est pas autorisé à se produire en RDA – ce qui n'intéresse cependant personne ce soir-là. Le lendemain, la police finit par arriver et tout le monde doit inscrire son nom sur une liste, mais là encore cela n'aura pas de conséquences. Wolf dit qu'à l'époque, ils ont eu l'impression que seule la façade de cet Etat subsistait, comme s'il n'y avait plus rien derrière.

Mais un jour, à Karlshorst, un homme se présente de nouveau à la porte de l'appartement ; il vient expliquer à Wolf qu'il doit choisir son camp.

Anne, 1988.

L'homme demande un entretien, mais Wolf ne veut pas discuter avec la Stasi. Lorsque la voisine du dessus descend l'escalier, l'homme entre de force dans le logement : il ne veut pas être vu. Wolf l'attrape par la veste et lui fait dévaler l'escalier. Un peu plus tard, une Wartburg blanche se gare devant notre immeuble ; quatre hommes y sont assis et nous regardent sans rien dire. Dès que la Wartburg repart, c'est une Lada grise qui prend sa place, elle aussi occupée par quatre hommes. J'avais à l'époque une panoplie d'astronome qui m'a permis de les observer à la longue-vue. Ceux de la Lada sont assez gros. Ils passent des heures entassés dans leur voiture. Ils ne sont vraisemblablement pas autorisés à descendre. Au bout de quelques jours, ce petit jeu a cessé d'amuser Wolf. La peur, qui s'était dissipée, est revenue.

A la même époque, en mars 1988, l'Union des artistes adopte une délibération prévoyant la délivrance d'un passeport au collègue Wolf Leo, assorti d'une autorisation de se rendre à Berlin-Ouest trois jours par an. Difficile de dire s'il existe un lien entre la voiture de la Stasi garée devant sa porte et le passeport qu'il a en poche. Veulent-ils que Wolf choisisse de rester à l'Ouest ? Wolf s'en moque, il apprécie les journées qu'il passe à Berlin-Ouest et y fait la connaissance d'un peintre, Nil Ausländer, qui possède une galerie sur la Savignyplatz. Nil est un homme bourru qui cultive une allure prolétarienne. Dans sa galerie, il a accroché des portraits de parents juifs qui n'ont jamais existé. Qu'il se peigne ainsi une nouvelle famille plaît à Wolf. Les deux hommes sympathisent, et Nil propose à Wolf de faire une exposition chez lui. Dans un premier temps, cela paraît assez utopique. Mais Wolf ayant, l'année suivante, reçu un nouveau visa de trois jours pour Berlin-Ouest, il décide de monter l'opération sans plus de formalités. Le 14 mai 1989, il se présente à bord de notre Trabant 601 beige au poste-frontière de la Heinrich-Heine-Strasse. La voiture est bourrée de tableaux et de sculptures. Sur la galerie de toit, il a couché un personnage en carton de trois mètres de long, *Le Danseur*, qui peut ainsi passer à l'Ouest pour la première fois. Les policiers de la RDA sont surpris par ce transport d'œuvres d'art non annoncé, mais le laissent passer tout de même sans faire d'histoires. Derrière la frontière, Nil attend dans sa Volkswagen Polo rouge. Ils roulent l'un derrière l'autre vers Charlottenburg. Lorsqu'ils s'arrêtent à un carrefour, les passants étonnés suivent des yeux, cette voiture en carton-pâte avec son danseur en carton bouilli.

Le soir, au vernissage, la bourgeoisie de Charlottenburg se presse pour contempler l'art de l'Est, un verre de vin rouge à la main. Nil annonce solennellement qu'il s'agit de la première exposition privée d'un artiste de la RDA à l'Ouest. Les habitants de Charlottenburg trouvent tout cela nouveau et passionnant ; beaucoup aimeraient acheter quelque chose. Mais Wolf ignore s'il a le droit de vendre. Il ne veut pas se mettre dans son tort et préfère donc refuser. Nil trouve ça idiot, mais amusant.

Plus tard dans la nuit, on fait encore la fête à l'étage d'une usine de Kreuzberg. Un homme offre un joint à Wolf, qui ne sait pas ce que c'est et tombe à la renverse après quelques bouffées. Vers trois heures du matin, la tête lourde, il se traîne jusqu'au poste-frontière de la Heinrich-Heine-Strasse. Tout est déjà plongé dans le noir. Wolf frappe à une porte, appelle. Un bon moment s'écoule avant qu'un policier des frontières lui ouvre la porte et le laisse revenir à l'Est.

Anne se rend de plus en plus souvent dans les locaux de la communauté juive, elle s'y sent bien. Le parti, lui aussi, lui est redevenu sympathique. Il lui arrive d'aller aux réunions de la cellule de quartier à Karlshorst ; elle y rencontre des retraités qui passent aussi leurs journées chez eux et veulent juste discuter un peu. Pour la première fois, elle ne ressent aucune peur lorsqu'elle se rend à ces réunions. Le parti, désormais, ce sont de vieux messieurs aimables qui l'aident à ôter son manteau. On dirait que le système a perdu le pouvoir qu'il exerçait sur elle. Le bras de l'Etat ne va pas jusqu'à sa véranda. Anne lit le texte d'une poétesse qui décrit son repli sur elle-même et le compare à une hibernation : "Mort à l'extérieur, vivant à l'intérieur, le cœur bat plus doucement. Il attend le printemps."

Ce printemps, Anne croit déjà pouvoir le sentir un peu. Il lui semble que tout le pays devient peu à peu plus doux, plus perméable. Une nouvelle loi sur les voyages est promulguée qui permet de rendre plus facilement visite aux parents vivant à l'Ouest. Anne part pour Düsseldorf, Hambourg, Vienne, Jérusalem. Elle travaille comme pigiste dans des journaux, et il n'est plus aussi simple de caviarder ses articles. L'un de ces articles paraît en septembre 1988 dans le magazine culturel *Sonntag*. Il y est question de la relation entre les fondateurs de la RDA et leurs enfants. Elle décrit le parcours de ces combattants antifascistes qui, sans avoir pu prendre un instant de repos, ont accédé aux commandes de l'Etat après la guerre. "Comment ont-il pu ravaler leur colère, lorsqu'ils sont sortis des camps, en 1945, et ont assumé les responsabilités au nom du peuple ? Combien d'entre eux pourraient faire confiance à quiconque n'a pas enduré leur destin ? Ne se comportent-ils pas envers nous, la génération des enfants, comme des pères rigoureux qui, bien évidemment, ne veulent que notre bien ? Ne veulent-ils pas décider trop souvent à notre place de la nature de ce bien ?" Ce sont des questions que l'on ne posait pratiquement jamais en public auparavant. Parce qu'elles vont au fond des choses et s'adressent à de vieux hommes qui continuent à assumer les responsabilités.

Mais il se peut aussi que, pour Anne, cet article soit avant tout un dialogue avec son propre père. Une discussion qu'elle ne peut pas avoir directement avec lui, parce que Gerhard ne le tolère pas. Anne multiplie les tentatives pour extraire son père de la gangue où il est figé. Mais la plupart d'entre elles s'achèvent sur des disputes. En octobre 1988, Anne rend visite à ses parents en compagnie de Wolf pour la première fois depuis longtemps. L'ambiance est aimable et réservée, ils ne veulent pas se quereller. Mais l'orage finit tout de même par éclater ; Gerhard dit qu'il apprécie ce qui se passe à ce moment-là en Union soviétique, que la glasnost et la perestroïka seraient aussi nécessaires pour la

RDA. Sur ce, Wolf demande où en sont la glasnost et la perestroïka au sein de la famille. Tous les vieux conflits remontent en même temps à la surface. Wolf dit qu'il réclamait déjà vingt ans plus tôt ce que Gorbatchev veut mettre en place à présent à Moscou, et que cela lui avait valu d'être considéré comme un ennemi par Gerhard. Au bout du compte, ils se retrouvent de nouveau face à face, silencieux. Il semble ne pas y avoir de chemin commun.

Mais Anne ne parvient pas non plus à se libérer de son père. Le lien qui la rattache à lui est comme une corde qui la retient encore à sa vie d'autrefois et l'empêche d'être totalement elle-même. Gerhard est le dernier reliquat de sa dépendance – elle-même dira, plus tard, que seule la chute de la RDA lui a enfin permis de sortir de son statut d'enfant. En revanche, elle coupe un autre lien quelques mois plus tard : elle démissionne du parti. La lettre qu'elle a écrite à l'époque à son chef de groupe se trouve dans l'un de ses classeurs en plastique transparent digne d'un document important. Elle écrit : "Je ne peux plus supporter plus longtemps l'attitude de déni de réalité qu'a adoptée notre direction. Le refoulement du réel a eu pour conséquence la paralysie de la vie sociale. Cette situation n'est pas seulement regrettable, elle est aussi dangereuse. Il me paraît absurde de rester dans cette organisation totalement paralysée et d'où n'émane plus aucune vie."

Les gens sont de plus en plus nombreux à filer à l'Ouest. C'est ainsi que je m'installe dans mon premier appartement, abandonné par une amie danseuse à l'Opéra-Comique qui n'est pas revenue d'une tournée à Berlin-Ouest. Au cours de l'été, les ambassades ouest-allemandes à Budapest et à Prague se remplissent de réfugiés. Dans le même temps, il se passe quelque chose en RDA. Une force d'abord imperceptible émerge et enfle chaque semaine. On dirait une grande vague qui se forme lentement et emporte sur son passage tout ce qui n'est pas fermement accroché. A la surface, on ne voit pas encore grand-chose, mais dans les profondeurs les tiraillements sont déjà considérables. Je me rappelle une soirée d'août 1989 à l'Erlöserkirche de Lichtenberg, où je m'étais rendu avec Anne. Je trouve dans cette église des gens qui se donnent le nom de défenseurs des droits civiques. Ils ont des coiffures bizarres, portent la barbe et ont un langage qui m'impressionne beaucoup par son honnêteté et sa clarté. Ils disent publiquement et clairement ce qui les anime. C'est quelque chose de nouveau pour moi. J'ai l'habitude de deviner des messages cachés dans des allusions habiles, des phrases inachevées, des nuances. Au théâtre, par exemple. Une petite phrase, un seul mot-clef pouvaient plonger les gens dans l'enthousiasme, parce que cela leur permettait de mener eux-mêmes à son terme la réflexion qu'ils avaient entamée, de la parachever en silence dans leur esprit, et de s'en réjouir haut et fort ensuite. Cet art de la critique dissimulée, de la contradiction camouflée, ne semble plus indispensable à présent. Les défenseurs des droits de l'homme de l'Erlöserkirche disent qu'il s'agit de défendre les libertés fondamentales, de ne plus nous laisser traiter comme des enfants. Il est fini, le temps où l'on demandait, où l'on quémandait : nous devons désormais, disent-ils, réclamer nos droits comme des citoyens fiers d'eux-mêmes.

Je m'attends à ce que quelque chose arrive d'un instant à l'autre, à ce qu'on arrête ces gens sur-le-champ, ou à ce qu'on leur interdise au moins de parler. Mais il ne se passe rien. Dans l'église, les gens applaudissent et poussent des cris de joie. Ils disent d'une voix forte "C'est tout à fait ça" et "C'est ce que nous allons faire". Comme si la chape de plomb faite d'interdits et de peurs avait disparu d'un seul coup. Anne est tout aussi surprise que moi par ce ton nouveau, par le courage et l'énergie qui règnent dans cette église. Je comprends tout d'un coup qu'il est beaucoup plus intéressant de rester ici que de se rendre à Budapest ou à Prague pour passer à l'Ouest. La vague s'est emparée de moi, elle m'emporte avec elle. Quelques jours plus tard, me voilà dans la Gethsemanekirche, une autre église, à Prenzlauer Berg. Là aussi, les gens ont confiance en eux, ils sont d'humeur joyeuse, et même exubérante. Tous semblent sentir qu'il se passe quelque chose, que les frontières ne tombent pas seulement au loin, que l'on est aussi en train de réviser les nôtres. Je vois un homme qui, debout devant l'église, ne cesse de crier à gorge déployée, comme s'il venait tout juste de découvrir sa voix, comme si le fait de sentir sa propre existence lui causait un plaisir infini. Des policiers attendent non loin de l'édifice. Des voitures de patrouille sont garées dans les rues. Des hommes de la Stasi se promènent devant l'église et font tout pour être vus. Ils nous montrent qu'ils sont là, mais ils se retiennent.

Chaque fois que je sors d'une église ou d'une réunion, je me sens rempli d'énergie. On y dit et l'on y réclame toujours la même chose. Et pourtant cela a toujours un goût de neuf. Comme une ivresse qui ne se dissipe pas. Il n'est même pas nécessaire de se rendre à une réunion pour la sentir, cette ébriété. Il suffit de regarder autour de soi dans le métro, d'adresser un sourire et de savoir que celui qui vous fait face pense exactement la même chose. Une étrange ambiance règne dans la ville, une tension semblable à celles qui précèdent les grands bouleversements. J'ai le sentiment que, si nous sommes aussi nombreux, rien ne peut plus nous arriver. Mais à ce moment-là les choses ne sont pas encore aussi claires.

A Pékin, on massacre les manifestants de la place Tianan men. La "solution chinoise" est un scénario possible et qui nous obsède. Nous ne savons pas comment le gouvernement de la RDA va réagir. S'il se laissera emporter par le mouvement ou s'il tentera de briser la vague.

Maxim après une réunion à l'Erlöserkirche, 1989.

En septembre 1989, une femme se présente à la porte de l'appartement de Karlshorst. Elle collecte des signatures pour le Nouveau Forum. Anne signe et demande quelques formulaires pour pouvoir les faire signer à son tour. Elle rencontre des amis et des connaissances au café Expresso, sur l'avenue Unter den Linden. La liste de signataires est posée sur la table, visible de tous. Elle n'a plus peur à présent, bien que le Nouveau Forum soit encore interdit, bien que personne ne sache ce que peut entraîner le fait d'apposer sa signature à la fin d'un document comme celui-là. Le 6 octobre 1989, Anne participe au premier rassemblement de tous les groupes de l'opposition, dans l'Erlöserkirche. Les chaînes de télévision du monde entier sont venues rendre compte de l'insurrection. Les groupes présentent leur programme. Une femme dit qu'il faut organiser en RDA des élections libres sous contrôle des Nations unies. Anne trouve cela exagéré. Des élections libres... Elle se contenterait de voir le parti écouter les autres, pour une fois. A la fin de la manifestation, on cherche une personne parlant le français : le journaliste d'une radio belge aimerait faire une interview. Pensant qu'il s'agit juste de traduire, Anne propose ses services. Il s'avère que c'est elle qui sera interviewée. Elle est embarrassée, elle a peur de dire quelque chose de déplacé, mais il est trop tard pour faire marche arrière. Le journaliste lui demande si elle se considère comme une ennemie de la RDA. Anne répond que les ennemis de ce pays siègent au gouvernement et au Politburo. Elle est surprise et bouleversée par ses propres mots. Elle se sent transportée, légère, enthousiaste, comme si elle se trouvait sur un tapis volant. Et elle se sent forte et heureuse.

Wolf part pour Leipzig avec quelques amis et peint un décor pour un concert punk. La scène se trouve dans un quartier en démolition, à l'est de la ville. Il voit les passages étroits et déserts entre les maisons, les rues abandonnées. Le soir, quand le concert commence, les façades lépreuses brillent sous le feu des projecteurs. On dirait une ville fantôme. Dans un café, près du boulevard circulaire, un serveur ivre injurie les clients dans une langue imaginaire qui rappelle le français. Un groupe venu de l'Ouest semble intimidé. Wolf leur dit de ne pas prendre cela tellement au sérieux : tout va de toute façon bientôt s'arrêter. Les gens de l'Ouest ne comprennent pas ce qu'il veut dire. Ils ont faim.

Anne et d'autres fondent la section de Karlshorst du Nouveau Forum. Lors de la première réunion, elle est élue porte-parole. Tous les jours, des journalistes et des historiens de l'Ouest viennent rendre visite à Anne et Wolf chez eux. Assis dans la cuisine, ils boivent du café, ils fument et ils racontent. L'ancienne RDA a déjà totalement disparu de ces discussions. Un autre pays est né, une démocratie où coexistent plusieurs partis, mais sans propriété privée, parce que cette fois tout doit réellement appartenir au peuple. On parle de troisième voie, de compromis entre capitalisme et socialisme. Tout semble être possible, à cette époque, pourvu qu'on laisse faire le peuple.

Wolf travaille sans répit. Il a tant d'idées et si peu de temps. Il peint des banderoles révolutionnaires pour la Volksbühne et des images sur tissu pour une soirée contestat à l'Erlöserkirche. La nuit, sur l'Alexanderplatz, il colle des affiches qui appellent à la solidarité avec la Roumanie. Il dit qu'il est parti le matin à toute vitesse sans avoir la moindre idée de ce qui allait arriver. Les journées défilent sans même qu'il s'en rende compte. Deux de ses dessins datent forcément de cette époque. Deux personnages, l'un recroquevillé sur lui-même et hésitant, l'autre les épaules larges, la tête haute. *Angoisse* et *Fierté* sont les titres que Wolf a donnés à ces études. Ce sont les deux âmes qui vivent alors en lui.

## XXIII

## CHŒURS

Je vois à la télévision les images des manifestations du lundi à Leipzig. En comparaison, Berlin est encore assez calme. La rumeur annonce la première grande manifestation berlinoise pour le 7 octobre, date du quarantième anniversaire de la RDA. Le rendez-vous est donné à dix-sept heures, devant l'horloge universelle de l'Alexanderplatz. Le 3 octobre, je suis convoqué à la préfecture de police de Lichtenberg pour retirer mon visa pour la Hongrie, demandé plus d'un mois auparavant. Je suis étonné que l'on en délivre encore : entre-temps, le premier ministre hongrois a ouvert la frontière avec l'Autriche, et n'importe quel citoyen est-allemand qui arrive en Hongrie peut émigrer sans le moindre problème. Ce petit formulaire verdâtre rédigé en allemand et en russe pourrait me conduire à l'Ouest. Mais je ne compte partir que si la situation vire à la chinoise le 7 octobre à Berlin. Il est clair que cette journée sera décisive.

Dès le matin du 7 octobre, je suis sur les charbons ardents. La radio annonce que Gorbatchev et les chefs des autres Etats socialistes sont déjà arrivés à Berlin. Le secteur de l'Alexanderplatz est surveillé par des policiers. Arriverons-nous seulement jusqu'à l'horloge universelle ? Et comment réagiront-ils si nous perturbons leur cérémonie d'anniversaire ? L'après-midi, je me rends sur l'Alexanderplatz avec mon amie Christine. Il est quatre heures et demie ; devant l'horloge, on ne voit que quelques manifestants, mais une foule de policiers. Je suis déçu, je ne comprends pas pourquoi la contestation ne fonctionne pas à Berlin. Les Leipzigois nous ont pourtant montré comment faire. Nous nous rapprochons de l'horloge ; alors seulement, je vois que toute l'Alexanderplatz est noire de monde, et que les gens n'attendent que le moment où cela démarrera enfin. Peu après cinq heures, le cortège se met en mouvement, et c'est à cet instant que les gens affluent de toute part. Je n'arrive bientôt plus à voir le bout de la manifestation. Nous avançons dans la Rathausstrasse, le long du palais de la République*. Cela fait du bien, de se retrouver soudain avec autant de monde autour de soi. La peur s'est envolée. Qui pourrait nous retenir à présent ?

Un mur de camions de police se dresse devant le palais de la République. On a monté sur les véhicules de larges grilles qui sont manifestement destinées à repousser les manifestants. A l'intérieur du palais, Erich Honecker reçoit au même instant les chefs d'Etat des pays frères. Nous crions "Gorbi, Gorbi" : nous voulons voir Gorbatchev. Mais il ne se montre pas. Les policiers, en revanche, tentent de nous repousser. Les camions se mettent en marche et font refluer la foule. Les hommes de la Stasi viennent y piocher quelques manifestants et les emmènent. On commence à s'agiter, personne ne semble vraiment savoir ce qui va se passer maintenant. Un homme, porteur d'un mégaphone, crie que nous allons à présent défiler en direction du quartier de Prenzlauer Berg. Le cortège se reforme et remonte la Karl-Liebknecht-Strasse. Des hommes

* Ce gigantesque bâtiment était l'un des symboles du pouvoir est-allemand. Il a été démoli en 2008.

de la Stasi, des policiers et des jeunes de la FDJ tentent de nous retenir. Ils font la chaîne et bloquent la rue, mais ils sont submergés. Je vois une jeune femme portant la chemise bleue de la FDJ, en larmes, le visage décomposé, qui hurle dans la rue : "Pourquoi faites-vous ça ?"

Juste à côté de nous, deux hommes de la Stasi tentent d'arracher l'un des nôtres au cortège. Trois manifestants lui prêtent main-forte et frappent les agents. L'un d'eux tombe derrière nous et reste couché sur le macadam ; l'autre réfléchit quelques secondes et s'en va en courant. Je revois encore aujourd'hui le visage de l'homme de la Stasi en fuite. Cet effroi dans ses yeux. L'idée que ces gens osent se défendre ! Les policiers, sur le trottoir, regardent sans rien faire. "Ils ont peur, crie l'un des manifestants. Les flics chient dans leur froc !"

Plus nous avançons, plus nous nous sentons puissants. Les haut-parleurs résonnent dans les rues vides. Des gens sortent en courant des immeubles et prennent leur place dans les rangs, d'autres nous font signe depuis leurs fenêtres. L'ambiance est décontractée, la tension et l'angoisse se sont dissipées. Nous avançons jusqu'à la Gethsemanekirche, où le cortège se disperse. Quelques centaines de manifestants s'assoient dans la rue, on allume des bougies, on chante. Les camions à grilles de la police convergent dans notre direction. Un policier crie dans un mégaphone qu'il s'agit d'un rassemblement illégal et que ceux qui ne quittent pas immédiatement les lieux seront arrêtés. Voilà la peur qui revient, d'un seul coup. Mon amie Christine et moi-même nous demandons ce que nous allons faire. Nous ne voulons pas être arrêtés. A quoi bon ? La manifestation a été un succès, et il y en aura d'autres. Nous partons – avec mauvaise conscience, parce que nous laissons ces gens seuls avec leurs bougies. Ces gens plus courageux que nous.

Christine habite Anklamer Strasse, tout près du Mur. Nous descendons l'Eberswalder Strasse et voyons des centaines de soldats alignés, épaule contre épaule, devant le Mur. Silencieux, éclairés par la seule lueur des réverbères, ils attendent, pistolet-mitrailleur au dos, mains jointes à la hauteur du ventre, le regard fixe. Ils sont alignés sur toute la rue. C'est alors seulement que je comprends à quel point cet Etat se sent menacé. Et à quel point il se trompe sur les manifestants. Car ce soir-là aucun d'entre nous n'aurait eu l'idée de prendre le Mur d'assaut, alors qu'il s'agit justement de changer les choses à l'intérieur. Un officier contrôle nos papiers pour vérifier si nous devons vraiment emprunter cette rue pour rentrer chez nous. Nous marchons le long de cette haie silencieuse, nous entendons nos pas sur le pavé humide. Quelques instants plus tôt, nous défilions encore au centre de Berlin en chantant et en poussant des cris de joie. Quelques instants plus tôt, la rue était à nous. Et nous voilà redevenus des citoyens corrects qui remercient poliment l'officier et se réjouissent qu'on les laisse rentrer à la maison.

Le lendemain, tout est redevenu effroyablement normal. Dans l'escalier, je rencontre notre voisine, qui revient tout juste de faire ses courses et n'a absolument pas entendu parler de notre manifestation. Les soldats ont quitté la rue où se trouve le Mur, les enfants jouent à l'élastique sur le trottoir. La vie continue comme si rien ne s'était passé. Aux informations de l'Est, on ne dit pas un mot sur la manifestation ; mais les images de la nuit défilent à la télévision de l'Ouest. On voit des policiers passer des contestataires à tabac, et une jeune femme, ensanglantée mais souriante, qui parle de victoire. L'après-midi, je rends visite, avec Christine, à une amie de mes parents. Anne et Wolf s'y trouvent aussi, et nous leur racontons notre nuit.

Tout me semble déjà remonter si loin. Anne est soucieuse, elle dit que nous devrions faire attention : l'Etat, désormais, est capable de tout. Elle a vu à la télévision les policiers qui frappaient les manifestants. Mais je crois qu'elle est aussi un peu fière de nous. Wolf, lui, est furieux de ne pas avoir entendu parler de la manifestation : il y aurait volontiers participé. Anne dit que, pour elle, ça aurait été trop loin. Manifester contre l'Etat, le jour de l'anniversaire de la République. Ce serait tout de même une sorte de provocation. "Eh oui, justement", dit Wolf en hochant la tête.

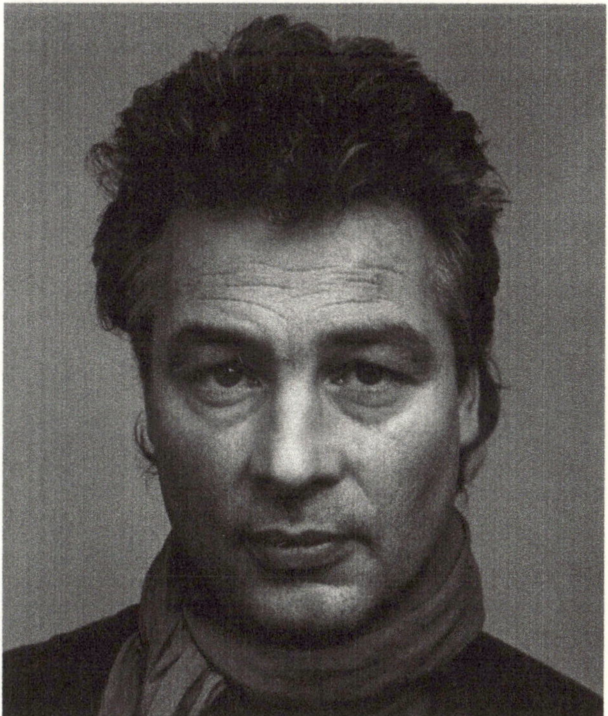

Wolf, 1989.

L'amie de mes parents nous donne un exemplaire d'un journal clandestin du mouvement Neues Forum, publié par l'Eglise protestante, et dans lequel elle raconte pourquoi elle vient de quitter le parti. Christine met les feuilles dans sa poche – moi, je n'en ai pas. Nous allons prendre le métro à la station Alexanderplatz pour rentrer chez nous. Sur le quai, un homme en civil avance vers nous ; il y en a un autre dans notre dos. L'homme nous demande nos papiers ; je lui demande pourquoi, mais n'obtiens pas de réponse. Nos papiers disparaissent et l'homme nous demande de le suivre. Je vois qu'on arrête aussi d'autres jeunes sur le quai. Ils ne veulent peut-être pas que nous prenions cette ligne qui mène à la Gethsemanekirche, me dis-je. L'homme nous pousse sans ménagement vers la sortie du métro. Nous montons les escaliers et voyons les camions de la police sur l'Alexanderplatz. On nous fouille, je pense au journal que Christine porte dans la poche de son manteau. Je veux la prévenir discrètement, mais il est déjà trop tard. Un policier tient ses feuilles dans la main et nous demande qui nous l'a donné. "Trouvé dans le train", dit Christine. On l'emmène, et je dois monter dans l'un des camions. A l'arrière, sur la plate-forme, une vingtaine de jeunes sont déjà assis sur des bancs. Tout cela me fait l'effet d'un mauvais rêve. Je n'arrive pas à y croire : nous sommes arrêtés, sans avoir encore rien fait !

Les camions démarrent, je demande à deux garçons assis à côté de moi s'ils savent ce qui se passe. Mais ils en savent tout aussi peu que moi : ils sortaient tout juste du cinéma, et on les a emmenés sans autre explication. Une fille pleure et demande si nous allons tous nous retrouver en prison. Pendant tout ce temps, je pense à Christine et au journal. Je ne peux pas voir où nous allons : la bâche du camion est refermée. De l'air froid passe par ses fentes, cela sent le gazole et la sueur. Au bout d'une demi-heure, le camion s'arrête. On soulève la bâche, un policier nous ordonne de descendre et de nous aligner, les mains croisées derrière la tête. Nous sommes dans une cour, entre des murs surmontés de barbelés. Sommes-nous déjà en prison ? Autour de nous, une trentaine de policiers armés. L'un d'eux, un petit homme fluet chaussé de bottes en cuir noir, crie que nous savons sans doute tous pourquoi nous sommes ici. Il nous traite de "vermine" et de "racaille", il nous menace de la plus extrême dureté si l'un d'entre nous devait avoir l'idée de ne pas respecter ses ordres. Nous devons nous disposer en rangs dans un grand garage à l'éclairage criard, "à un mètre des voisins de devant et de côté, on regarde droit devant et on ferme sa gueule".

Nous restons toute la nuit debout dans le garage. Je regarde pendant des heures les épaules du garçon qui se trouve devant moi : nous ne sommes pas autorisés à baisser les yeux. Il a des cheveux bruns et porte une veste bleu marine. Aujourd'hui encore, j'ignore à quoi ressemble son visage. Je me demande ce qui va nous arriver, ce qu'ils peuvent bien avoir à nous reprocher. S'il n'y avait pas ce journal de l'Eglise, je n'aurais pas de souci à me faire. Mais plus je réfléchis, plus ma peur grandit. Nous allons peut-être nous retrouver en prison pour des semaines, des mois, sans contact avec le monde extérieur. Le gouvernement n'a de toute façon plus rien à perdre ; après la manifestation du 7 octobre, ils ont peut-être opté pour la solution dure, à la chinoise. De quoi est capable une dictature lorsqu'elle se sent acculée ? Comme toujours, l'angoisse m'inspire des scénarios effroyables. Peut-être pour que je puisse me dire ensuite que les choses ne seront pas aussi terribles que cela. Et puis je pense à Gerhard, je me dis qu'il me fera certainement sortir de là si c'est nécessaire. Si Gerhard pouvait me voir ici, moi, son petit-fils, emprisonné sans motif, continuerait-il à défendre cet Etat, ou bien aurait-il honte ? En tout cas, il m'aidera. Cette idée me tranquillise un peu.

Dans le garage, l'un des détenus finit par s'asseoir. Il dit qu'il ne peut plus rester debout. Deux policiers l'arrachent du sol et l'emmènent, nul ne sait où. Au petit matin, je demande à un policier de me conduire aux toilettes. Sur le chemin, je regarde autour de moi. Apparemment, nous avons atterri dans une caserne de la police. Ce qui est sûr, c'est qu'il ne s'agit pas d'une prison. Je dis au policier qu'aucun de nous ne sait pourquoi nous sommes ici. "C'est ce qu'on verra", dit le policier avant de me ramener à ma place dans le garage. Quelques heures plus tard, les premiers d'entre nous sont conduits "pour interrogatoire" dans le bâtiment principal. Lorsqu'on m'appelle, je suis presque soulagé que cette attente insupportable prenne fin. On me conduit dans une pièce où se trouve un bureau surmonté d'un portrait de Honecker. Honecker sourit, mais l'homme assis derrière le bureau se contente de grogner que je dois m'asseoir. Il a un certain âge, une couronne de cheveux gris et le haut du crâne dégarni. Il n'a pas l'air méchant, on dirait plutôt que toute cette histoire lui tape sur les nerfs. "Plus vite vous direz la vérité, mieux ça vaudra pour vous", dit-il. Il veut savoir ce que j'ai fait pendant la soirée qui a précédé mon arrestation. Je lui raconte notre rencontre chez l'amie de mes parents et je lui dis que nous voulions juste rentrer chez nous. Il me demande d'où vient le journal qu'on a trouvé sur Christine, celui publié par l'Eglise. Je lui dis, comme l'a fait Christine, que nous l'avons ramassé dans le train. Il me demande, en criant, de ne pas le prendre pour un imbécile. "Votre amie a déjà tout avoué, alors arrêtez de faire l'andouille !" Je vois mes mains qui commencent à trembler, j'ai le visage en feu. "Allez, vas-y, déballe", dit l'homme. Je ne sais pas quoi faire. Il est possible que Christine n'ait rien avoué du tout, qu'il veuille juste me prendre au piège. Mais j'éprouve le besoin de tout lui dire : au moins, ça sera fini. L'homme m'offre une cigarette, et soudain tout jaillit hors de moi. Je lui raconte que nous tenons ce bulletin de l'amie de mes parents, que Christine n'a rien à voir avec toutes ces histoires. L'interrogatoire est terminé, on me conduit dans une salle d'attente. Je remarque seulement à cet instant que je suis trempé de sueur. Je suis accablé. J'aurais tant aimé être courageux – mais ce n'était pas possible. Je suis un raté, un minable.

Deux heures plus tard, on m'autorise à m'en aller. J'appelle mes parents depuis une cabine téléphonique. Anne dit que je dois rentrer en vitesse à la maison, que Christine est déjà arrivée. Je vais à Karlshorst et remonte en courant la rue qui mène à notre immeuble. Tout est calme, on entend juste quelques corbeaux voler en croassant au-dessus de la chaussée. J'ai l'impression d'être parti depuis une éternité. Arrivé à la maison, avant que je ne raconte ma nuit, Anne va chercher un magnétophone. Elle dit qu'il faut garder une trace de tout cela. Elle se comporte moins en mère qu'en historienne, cela lui facilite peut-être la tâche. Lorsque j'ai commencé à écrire ce livre, Anne m'a donné la cassette qu'elle avait enregistrée ce jour-là. C'est une étrange impression de m'entendre de nouveau, si longtemps après. Je parle d'une voix basse et très distante, comme si ce n'était pas ma propre histoire. Je crois qu'il m'était pénible d'être une victime. Ils m'avaient atteint, avaient écorné l'idée que je me faisais de moi-même. Je ne dis rien du journal, de ma peur, de ma défaite. C'est pour cette raison que j'ai longtemps gardé mauvaise conscience. Cet interrogatoire est resté une zone d'ombre. Par la suite, je n'ai cessé de le rejouer par la pensée, en répondant comme je l'aurais attendu de ma part. J'avais fait la même chose pour les discussions que nous avions en cours d'éducation civique. J'étais déçu par moi-même, et c'était bien pire que la nuit dans le garage.

Plus tard, Christine m'a raconté que son père travaillait pour la Stasi. Elle m'a dit que, cette nuit-là, elle avait eu plus peur de lui que des policiers. Et pourtant elle avait été plus courageuse que moi. Bien plus tard encore, nous avons appris que l'amie de mes parents, celle qui nous avait donné le journal de l'Eglise, travaillait elle aussi pour la Stasi. Il est difficile de voir clair dans tout cela, de séparer le bien et le mal.

Mais à l'époque les événements qui se succèdent désormais chaque jour nous font provisoirement oublier tout cela. Partout, les gens se mettent à prendre des risques. Il y a des manifestations spontanées, on crée des partis et des syndicats, on rédige des appels, on récolte des signatures. Le pays tout entier est sorti de ses gonds. Pour la première fois, on discute, en public et librement. Je me rappelle une soirée passée à la Maison de l'enseignant, sur l'Alexanderplatz. Des centaines de pédagogues, d'élèves et de parents y sont rassemblés et parlent de ce qui s'est passé pendant toutes ces années dans les écoles. Les mensonges, la contrainte, ce jeu que nous avions joué avec nous-mêmes. Une femme, professeur d'histoire, se lève et dit, en larmes, qu'elle voudrait s'excuser auprès de tous ceux à qui elle a causé du tort. Puis elle perd connaissance, et l'on doit faire appel à un médecin secouriste. Dans les théâtres allemands, les comédiens viennent sur scène appeler en chœur au courage et au changement ; sur la Bebelplatz, les propagandistes du SED se font siffler par la foule. La vague qui s'est accumulée pendant des semaines et des mois rompt toutes les digues, balaie l'angoisse et la prudence, et fait jaillir des profondeurs le passé qui s'y est déjà soulevé. Il n'y a plus désormais ni certitude, ni vérité, les croyances éternelles et les choses censées être sacrées s'effondrent. Il n'y a même pas de grande explosion, tout se désagrège presque sans bruit, même ce que l'on prenait pour du béton armé. Tout va si vite que personne n'arrive vraiment à sortir de son étonnement ni à comprendre. Quarante années sont emportées par les flots en l'espace de quelques jours. Et chaque fois que l'on pense avoir touché une terre ferme, un nouvel abîme s'ouvre sous nos pieds.

Je suis encore impressionné aujourd'hui par la vitesse à laquelle les gens ont pris conscience, à l'époque, de leur dignité et de leur force, par la vitalité de leurs instincts, par leur envie de liberté et de vérité. Ces grands mots retrouvaient tout d'un coup leur sens. Il suffisait de regarder autour de soi pour le comprendre. On voyait cette fierté dans les yeux des hommes et des femmes qui, autour des tables rondes, négociaient l'avenir avec les représentants de cet Etat en faillite ; on entendait la voix claire de cette fille de quatorze ans qui, debout dans l'Erlöserkirche, racontait comment elle avait distribué des tracts manuscrits avec sa petite sœur ; il y avait les larmes des femmes libérées de la prison de la Stasi à Hohenschönhausen ; et le regard éteint d'Erich Honecker après le vote du Politburo demandant son départ.

Le soir du 9 novembre, je regarde avec Christine l'émission *Tagesthemen** ; l'animateur, Hajo Friedrichs, dit que les portes du mur de Berlin sont grandes ouvertes. Nous nous habillons en vitesse et nous descendons dans la rue. Nous y retrouvons d'autres personnes, qui viennent elles aussi de regarder l'émission. Un homme nous conduit en voiture jusqu'au point de passage de la Heinrich-Heine-Strasse. Quelques centaines de personnes attendent près de la barrière, devant le hall d'enregistrement. Les hommes de la police des frontières disent qu'ils n'ont jamais entendu parler d'une ouverture du Mur. Puis un officier arrive et nous annonce que nous devons nous rendre à la Maison du voyage, sur l'Alexanderplatz, où l'on délivre des papiers qui permettent de sortir du pays. Les gens partent en courant et sautent dans leur voiture. Un couple nous y emmène dans la sienne. Les mains du mari tremblent d'excitation, j'ai peur qu'il ne cause un accident et nous fasse rater l'ouverture du Mur. La Maison du voyage est fermée et plongée dans l'obscurité. Alors seulement, nous comprenons que l'officier voulait sans doute juste gagner du temps. Comment avons-nous pu être assez bêtes pour croire que, dans une situation pareille, on a encore besoin de visas de sortie ?

Nous nous rendons à Check point Charlie. Nous n'avons pas besoin de beaucoup nous rapprocher pour comprendre que le Mur est ouvert. Les gens crient de joie. Une femme pleure à côté de nous. Elle dit qu'elle avait vingt ans lorsqu'on l'a construit. "Il était là tout d'un coup, et tout d'un coup il disparaît, et ma vie est passée tout d'un coup, elle aussi." Elle pleure de rage et de joie, et j'aimerais

* Emission de la télévision de l'Allemagne de l'Ouest.

pouvoir pleurer moi aussi. Mais comme toujours, dans ce genre de situations où je sens qu'il faudrait être ému, je suis incapable de l'être. Tous ces sentiments ricochent sur moi, ils ne m'atteignent pas. Je regarde tout cela comme si je n'en faisais pas partie. Il en va de même pour Christine, nous nous prenons par la main, nous nous laissons pousser vers la porte ouverte, incapables de dire quoi que ce soit. Les gardes-frontières ne veulent même pas voir nos papiers, ils nous font signe de passer, nous franchissons les guérites, nous voyons les bandes de la mort vivement éclairées, et peut-être vingt mètres plus loin le Mur et les gens assis dessus qui nous font signe. Nous franchissons la ligne blanche qui sépare l'Est de l'Ouest. Un homme essaie de me serrer dans ses bras, mais c'est au-dessus de mes forces. J'ai l'impression que mon cerveau est trop lent pour absorber tout cela. Tout se passe comme si un film se déroulait devant moi. Christine pleure, nous nous embrassons, et j'ai envie d'une cigarette.

Ce soir-là, au journal télévisé de l'Ouest, Anne et Wolf voient Günther Schabowski, membre du Politburo, lire une déclaration. Il s'agit d'un nouveau règlement pour les voyages à l'Ouest. Anne, exercée dans l'interprétation des communiqués du Politburo, comprend qu'il est question des citoyens de la RDA qui veulent quitter le pays. Wolf propose de se rendre au Mur, mais Anne est fatiguée, et puis elle ne tient pas du tout à aller à l'Ouest. "Que veux-tu qu'il se passe sur le Mur ?" demande-t-elle, et Wolf se laisse convaincre de rester à la maison. Ils vont se coucher à dix heures et demie. Et lorsqu'ils se réveillent, le lendemain matin, la RDA a déjà presque disparu.

# ÉPILOGUE

Le lundi qui a suivi la chute du Mur, je me suis rendu dans un commissariat de police de Berlin-Kreuzberg* pour déposer une demande de passeport de l'Ouest. C'était une mesure de précaution. Je voulais avoir un recours si le Mur finissait tout de même par se refermer. J'ai montré ma carte d'identité est-allemande ; le policier de faction s'est levé de sa chaise, m'a serré la main et m'a dit qu'il était heureux que je sois enfin, moi aussi, en liberté. Il a appelé quelques collègues, qui sont tous venus à leur tour, l'air rayonnants, pour me serrer la main. Tout cela me gênait. Je me faisais l'effet d'un Bochiman dont l'arrivée dans le monde civilisé est saluée par les hommes blancs. Le policier m'a indiqué que la question du passeport allait être réglée immédiatement, puisque j'étais, de naissance, citoyen d'Allemagne fédérale et que seules des circonstances défavorables m'avaient forcé à attendre ce jour pour retirer ce document – les circonstances défavorables, dans son esprit, c'était la RDA. Une demi-heure plus tard, j'avais mon passeport en main. Il était vert, et une mention en lettres d'or indiquait que j'étais désormais un homme de l'Ouest, un vrai.

Quelques semaines plus tard, je suis entré en RDA avec mon passeport de l'Ouest. Ce fut une

* Situé dans la partie occidentale de la ville.

étrange expérience : j'en avais toujours rêvé, mais tout se passait autrement que prévu. La RDA n'était plus là qu'en apparence, et chaque Allemand de l'Est pouvait désormais aussi être un Allemand de l'Ouest. A cela s'ajoutait le fait que ceux de l'Ouest commençaient déjà à me taper sur les nerfs. Ils parlaient de la RDA comme s'il s'agissait d'une zone touchée par une épidémie de choléra. On disait que nous étions corrompus par la dictature, que notre caractère était faible et notre formation insuffisante. Je prenais ça pour moi, ce qui me déstabilisait encore plus, moi qui voulais n'avoir jamais rien eu à faire avec la RDA. Mais il s'installa tout d'un coup, ce sentiment que je n'avais jamais éprouvé auparavant : ce "nous" qui avait eu tant de mal à me venir aux lèvres. Je crois que je ne me suis jamais senti aussi proche de la RDA qu'après son naufrage.

Dans les premiers temps qui suivirent la chute du Mur, Anne aurait donné beaucoup pour pouvoir rester chez elle. Elle se serait installée dans le fauteuil, sous la véranda, avec du thé et un livre. Comme si rien ne s'était passé, comme si le monde à l'extérieur était toujours identique, à l'instar de son bureau douillet. Mais ce n'était pas possible, mon petit frère voulait absolument voir l'Ouest et la força à sortir. Wolf souffrait du dos et resta dans son lit pour quelques jours. C'est ainsi qu'Anne, le week-end qui suivit la chute du Mur, franchit l'Oberbaumbrücke*. Ils avançaient à peine : toute la RDA semblait s'être donné rendez-vous à Berlin-Ouest. Un cortège sans fin s'étirait dans les rues, il était

* Pont à deux étages sur la Spree, l'un de ceux qui reliaient autrefois les deux parties de la ville.

impossible d'échapper à la masse. Anne dit que cette journée a été l'une des plus effroyables de son existence. Elle voyait tous ces gens, ces visages heureux, et elle sentait que quelque chose qui n'avait même pas vraiment encore commencé était en train de s'achever. Les réformes, la troisième voie, tout cela n'avait été que rêveries. Lorsqu'elle eut fait quelques centaines de mètres à l'Ouest, elle constata qu'elle ne pouvait plus parler. Seul un léger croassement sortait de sa gorge. L'événement l'avait littéralement laissée sans voix.

Anne dit qu'à l'époque, elle a eu peur que tout le sens de son existence ne disparaisse en même temps que la RDA. Elle ne pouvait pas s'imaginer vivre sans ce pays qui avait toujours été là. Elle avait l'impression de se trouver sur l'une de ces scènes rotatives qui, tout d'un coup, vous font apparaître un nouveau monde là où l'ancien se trouvait encore un instant plus tôt. Tout allait tellement vite. Mais elle constata ensuite avec étonnement qu'elle n'était pas triste. Qu'elle n'éprouvait même pas le besoin de pleurer. Elle avait plutôt l'impression d'être débarrassée d'un poids. Elle n'avait plus besoin de la RDA, cet amour de jeunesse, cet amour malheureux. Elle était devenue adulte.

Lorsqu'elle eut retrouvé sa voix, Anne devint porte-parole du Nouveau Forum dans l'arrondissement de Lichtenberg, puis chargée des relations avec la presse du groupe Bündnis 90/Die Grünen* au conseil municipal de Berlin-Est. Cela l'intéressa un certain temps, jusqu'à ce qu'elle cesse de vouloir parler au nom des autres, jusqu'à ce qu'elle veuille s'exprimer enfin elle-même. Elle ne savait

* "Alliance 90/les Verts", une coalition contestataire et écologiste née en RDA ; Bündnis 90 fusionnera avec les Grünen en 1993.

pas très bien ce qui allait se passer, mais elle appréciait l'ouverture, les nouvelles opportunités. Des certitudes, elle en avait eu pendant assez longtemps. Elle alla chercher dans son tiroir les textes qu'elle avait écrits au cours des dernières années de la RDA. Les textes se transformèrent en livre, et Anne en historienne reconnue. Elle disséquait ce pays qu'elle avait aimé et qui l'avait fait souffrir. Elle l'observait avec le regard froid d'une scientifique. Ce regard lui a donné du recul, lui a permis de faire son deuil plus rapidement. Pour elle, la RDA était devenue de l'histoire.

Wolf ne pouvait pas jouir de cette nouvelle liberté : elle l'exténuait. Il passait des nuits blanches à imaginer l'avenir. Les organismes publics qui avaient été ses commanditaires étaient en cours de démantèlement, un policier de Bielefeld qui avait hérité de l'immeuble de Karlshorst voulait introduire une procédure pour les faire expulser de leur logement, et une indivision d'héritiers de Berlin-Ouest réclamait la restitution de la petite maison de Basdorf. Lorsqu'il restait éveillé pendant de longues heures, la nuit, il s'imaginait sous les ponts, un artiste sans domicile fixe, une épave de l'Est. Il lui manquait cette sécurité qui lui faisait jadis l'effet d'un insupportable carcan. Il lui manquait cet Etat auquel il pouvait se frotter. L'Ouest n'avait pas de tranchant, pas de résistance. Il pouvait faire ce qu'il voulait, désormais, il n'y avait pas de réponse, pas de réaction. Ce nouveau pays était comme un bloc de mousse en caoutchouc, on pouvait taper dedans sans laisser la moindre empreinte. Pour qui devait-il faire de l'art, désormais ? Et surtout contre qui ?

Dans la période qui suit la chute du Mur, ses tableaux se font de plus en plus tristes, ses personnages sont agenouillés et baissent la tête. Ou bien ils sont allongés, torse nu, sous des vols circulaires de corneilles, au loin la porte de Brandebourg projette de longues ombres. "Ouverture du Mur", lit-on sous le dessin. Il a écrit un bref texte à propos d'une installation présentée en 1993 lors du congrès des Eglises protestantes à Potsdam : "La foi dans le progrès est ébranlée, l'*à-venir* au sens propre du terme, la question du taux de croissance, associée au sens de la vie et aux catastrophes écologiques, produit la mentalité du *Titanic*. Le combat pour la niche dans le canot de sauvetage est en cours. La peur de l'eau froide."

Il lance un projet avec Nil, son ami peintre de la Savignyplatz. A l'automne 1990, un petit écriteau noir est accroché à la porte de la galerie de Charlottenburg. "Nil-Ouest, Leo-Est", peut-on y lire. C'est une expérience. Ils veulent montrer, tous les deux, qu'Allemands de l'Est et Allemands de l'Ouest, ensemble, peuvent faire bouger les choses. Mais rien ne bouge du tout, et c'est le clash. Wolf veut laisser les choses se développer lentement et parler beaucoup. Nil veut démarrer immédiatement et mettre tout le marché de l'art dans le coup. Wolf accuse Nil de ne penser qu'à l'argent. Nil reproche à Wolf d'être trop discret et trop posé. Ces deux hommes qui se veulent des avant-gardistes se laissent pétrifier par les clichés Est-Ouest. Au bout de quelques mois, Nil décroche l'écriteau noir de la porte de la galerie. C'est terminé. Et Wolf est déçu par l'Ouest comme il l'a été auparavant par la RDA. Il voulait faire quelque chose de neuf, aller de l'avant à toute allure. Mais ses soucis étouffent sa créativité. Il participe à des projets de réinsertion, il suit des cours payés par l'Agence pour l'emploi. Il est comme un loup qu'on aurait relâché d'un parc animalier et qui devrait tout d'un coup se débrouiller dans la nature. Le parc a fermé ses portes.

Werner a continué sa vie, comme il l'avait toujours fait. Il passait ses étés dans une cabane qu'il avait construite en 1970 sur le terrain de l'association sportive, au bord du lac de Zeesen. Une simple cabane de bois de quatre mètres sur quatre, sans eau ni électricité. "Mon paradis", avait écrit Werner sous un dessin en couleur qu'il a fait en 1992. Il est assis devant sa cabane, devant une table dressée, à la lumière chaude du soir. Une femme, au seuil de la porte, arrive avec un plateau et lui sourit. Le dessin est accroché dans sa chambre à coucher à Berlin, à côté du portrait de sa fille, Karola, et d'une photo de Hildegard, sa deuxième épouse défunte.

Werner s'était déjà allongé avec mamie Sigrid sur la rive du lac de Zeesen, jadis, à la fin des années 1920, lorsqu'ils avaient fait connaissance. Ils y avaient nagé et avaient joué au volley-ball avec les autres. Werner contemplait parfois la surface lisse et scintillante de l'eau. Et souhaitait que tout puisse rester en l'état. C'est du moins ainsi qu'il le décrit dans un poème consacré au lac et rédigé "par une nuit d'insomnie de décembre 1989". Le poème s'achève sur ces vers : "Toi, bel, unique, fidèle ami, nous ne nous sommes jamais perdus. Quoi qu'il puisse arriver désormais, tu m'as choisi pour être un veinard."

J'ignore pourquoi Werner ne pouvait pas dormir, cette nuit de décembre 1989. S'il réfléchissait à sa vie. S'il avait peur de l'avenir. Ce poème consacré au lac de Zeesen ressemble au bilan d'un homme qui, au terme de son existence, a compris à quel point tout est vain. On lit dans la deuxième strophe : "J'ai cru à tellement de choses, et à la fin tout espoir m'est ravi. Mais toi, mon vieux, tu ne m'as pas déçu, tu étais là lorsqu'il fallait, tu ne t'es jamais enfui."

Werner est mort le 30 décembre 2008. Curieux que ce grand-père que je venais juste de découvrir ait à présent disparu à tout jamais. J'ai été à son enterrement, j'ai jeté du sable sur son urne et je n'ai rien ressenti. Un musicien de cimetière joue *Le Chant du petit trompettiste**. Je l'ai appris à l'école. Il s'achève sur les mots "Dors bien petit trompette, ô joyeux sang de garde rouge".

Werner, 1985.

Gerhard a désormais une orthophoniste française : depuis son attaque, il comprend mieux les mots français que les allemands. Les médecins

* Ode à un joueur de trompette membre des gardes rouges, qu'une balle atteint au moment où il joue pour donner du courage à ses camarades. Le chant, qui date des années 1920, avait été détourné par les nazis, puis était redevenu l'un des chants les plus populaires des militants communistes en RDA.

disent que le cerveau de Gerhard ne peut plus donner de sens qu'aux mots liés pour lui à un événement qui lui a causé une grande émotion. Peut-être la France est-elle, à un moment donné, véritablement devenue sa patrie. En tout cas, ce pays était son point de fuite lorsque la RDA touchait à sa fin, lorsqu'il pouvait encore parler mais ne savait plus quoi dire. Des semaines durant, il est allé faire des lectures en France. Le livre qu'il avait consacré à sa Résistance venait juste d'y paraître en français, et il préférait vraisemblablement parler de cette époque plutôt que de ce qui se passait chez lui à la même époque. Pour Gerhard, cette unité allemande était une atrocité. Elle était revenue tout d'un coup, la grande Allemagne. Et sa petite RDA antifasciste était perdue à tout jamais. Il m'a dit un jour combien il trouvait agréable le fait que les Français portent sur tout cela un regard aussi sceptique que le sien. En France, il se sentait en de bonnes mains pour faire face à ses angoisses et à sa déception.

Au cours des années suivantes, la RDA, je crois, a peu à peu disparu de ses pensées. Lorsque je l'interrogeais à ce sujet, j'avais l'impression qu'il lui fallait du temps pour la retrouver dans son esprit. Une fois, pour plaisanter, je lui ai souhaité un bon anniversaire – c'était le 7 octobre, l'anniversaire de la République. Il n'avait aucune idée de ce dont je parlais. Même les noms de camarades importants, de gens qu'il avait connus personnellement, échappaient à sa mémoire. Au lieu de cela, il se retirait de plus en plus dans sa jeunesse, dans sa Résistance. Il reprit la tournée des écoles pour raconter le combat contre les fascistes, il participait, comme témoin, à des congrès et des conférences. Des équipes de télévision l'accompagnaient régulièrement sur les lieux où il avait mené son combat. On aurait dit que toute sa vie se résumait à ces quelques années, qui ont vraisemblablement toujours été les plus importantes à ses yeux.

Je lui ai récemment rendu visite à Friedrichshagen. Son orthophoniste française était présente et il apprenait des mots, comme il l'avait fait jadis à l'hôpital pour enfants, à Paris. Il était très éveillé et concentré ; parfois, il riait. Il se rappelait peut-être encore la belle doctoresse, son premier amour. Cette femme qui avait fait de lui un Français.

Je reviens assez souvent désormais à Basdorf, dans la petite maison au grand jardin. Il y a quelques années, j'y avais fait un tour pour voir ce qu'était devenu le paradis de mon enfance. Le jardin était revenu à l'état sauvage, mais la maison avait toujours la même allure. J'ai appelé l'un des héritiers de Berlin-Ouest, ceux qui ont récupéré le terrain après la chute du Mur parce qu'il leur appartenait avant sa construction. Cet homme m'a dit au téléphone qu'il ne savait pas quoi faire de cette baraque. Il voulait parler de notre maison. Je lui ai demandé s'il accepterait de me louer le terrain, et deux semaines plus tard j'avais la clef. J'ai ouvert la porte. Sous la véranda se trouvait la table que Wolf avait construite lorsque j'avais quatre ans. Les rideaux à carreaux étaient toujours accrochés dans la chambre des enfants. L'odeur, elle non plus, n'avait pas changé.

Le week-end, à présent, nous parcourons souvent à vélo la route qui mène au Liepnitzsee par la forêt de hêtres. Il n'y a plus de gros animaux, les murs et les panneaux ont disparu. On peut visiter les maisons de la forêt, celles où logeaient jadis les membres du Politburo. Ce sont des maisons simples, à la façade grise. Sur la presqu'île du Liepnitzsee, là où Erich Honecker avait son lieu de baignade, il y a une pelouse. Nous y jouons au soleil avec les enfants, nous plongeons dans l'eau depuis la passerelle où se trouvaient autrefois les soldats avec leurs pistolets-mitrailleurs. De temps en temps, je raconte aux enfants ce qui se passait à l'époque, et ils disent que je le leur ai déjà raconté des dizaines de fois. Alors je me fais l'effet d'un homme vieilli prématurément. Un homme qui a déjà sa vie derrière soi.

Ces week-ends à Basdorf sont beaux, mais perturbants. Tout a changé dans ce pays, mais la maison, la table sous la véranda et les rideaux à carreaux sont restés. C'est comme un musée de l'enfance, un morceau de RDA qui a survécu à tout. Même le bouleau sur lequel je grimpais, derrière la maison, n'a pas changé. Peut-être parce que nous avons grandi tous les deux.

TABLE

# BABEL

*Extrait du catalogue*

976. ALBERTO MANGUEL
Le Livre d'images

977. NINA BERBEROVA
L'Affaire Kravtchenko

978. JEAN-MICHEL RIBES
Batailles

979. LEÏLA SEBBAR
La Seine était rouge

980. RUSSELL BANKS
La Réserve

981. WILLIAM T. VOLLMANN
Central Europe

982. YÔKO OGAWA
Les Paupières

983. TIM PARKS
Rapides

984. ARNON GRUNBERG
L'Oiseau est malade

985. CHRISTIAN GOUDINEAU
Le Dossier Vercingétorix

986. KATARINA MAZETTI
Les Larmes de Tarzan

987. STEFANO BENNI
La Dernière Larme

988. IBN HAZM
Le Collier de la colombe

989. ABÛ NUWÂS
Le Vin, le Vent, la Vie

990. ALICE FERNEY
Paradis conjugal

991. CLAUDIE GALLAY
Mon amour ma vie

992. ANTOINE PIAZZA
La Route de Tassiga

993. ASSIA DJEBAR
Nulle part dans la maison de mon père

994. LUIGI GUARNIERI
La Jeune Mariée juive

995. ALAIN BADIOU
La Tétralogie d'Ahmed

996. WAJDI MOUAWAD
Visage retrouvé

997. MAHASWETA DEVI
La Mère du 1084

998. DIETER HILDEBRANDT
Le Roman du piano

999. PIA PETERSEN
Une fenêtre au hasard

1000. DON DELILLO
L'Homme qui tombe

1001. WILFRIED N'SONDÉ
Le Cœur des enfants léopards

1002. CÉLINE CURIOL
Permission

1003. YU HUA
Brothers

1004. ALAA EL ASWANY
J'aurais voulu être égyptien

1005. RACHID EL-DAÏF
Qu'elle aille au diable, Meryl Streep !

1006. SIRI HUSTVEDT
Elégie pour un Américain

1007. A. J. JACOBS
L'année où j'ai vécu selon la Bible

1008. DANIEL KEHLMANN
Gloire

1009. NANCY HUSTON
L'Espèce fabulatrice

1010. ALBERT SÁNCHEZ PIÑOL
Pandore au Congo

1011. BREYTEN BREYTENBACH
Le Monde du milieu

1012. MICHEL TREMBLAY
Bonbons assortis

1013. KHADIJA AL-SALAMI
Pleure, ô reine de Saba !

1014. SOROUR KASMAÏ
Le Cimetière de verre

1015. LAURENT GAUDÉ
La Porte des Enfers

1016. SAM SAVAGE
Firmin

1017. WAJDI MOUAWAD
Littoral

1018. ROMAN DE BAÏBARS 5
La Trahison des émirs

1019. ROMAN DE BAÏBARS 6
Meurtre au hammam

1020. MATHIAS ÉNARD
Zone

1021. JEANNE BENAMEUR
Laver les ombres

1022. JÉRÔME FERRARI
Dans le secret

1023. PASCAL MORIN
Bon vent

1024. A. M. HOMES
Ce livre va vous sauver la vie

1025. ANDREÏ GUELASSIMOV
L'Année du mensonge

1026. HANAN EL-CHEIKH
Londres mon amour

1027. WAJDI MOUAWAD
Incendies

1028. DAVID HOMEL
L'Analyste

1029. FABRICE NICOLINO
Bidoche

1030. NAOMI KLEIN
La Stratégie du choc

1031. DARINA AL-JOUNDI / MOHAMED KACIMI
Le Jour où Nina Simone a cessé de chanter

1032. WILLIAM T. VOLLMANN
Pourquoi êtes-vous pauvres ?

1033. CÉSAR AIRA
La Princesse Printemps

1034. INTERNATIONALE DE L'IMAGINAIRE N° 25
Le Patrimoine culturel immatériel,
premières expériences en France

1035. NAGUIB MAHFOUZ
Le Cortège des vivants

1036. RÛMÎ
Le Livre du Dedans

1037. IBN 'ARABÎ
La Profession de Foi

1038. IBN KHALDÛN
La Voie et la Loi

1039. ANNE-MARIE GARAT
L'Enfant des ténèbres

1040. KARSTEN LUND
Le Marin américain

1041. CHI LI
Préméditation

1042. JOSEPH E. STIGLITZ
Le Triomphe de la cupidité

1043. LILIANA LAZAR
Terre des affranchis

1044. YÔKO OGAWA
La Marche de Mina

1045. SONALLAH IBRAHIM
Le Comité

1046. SONALLAH IBRAHIM
Cette odeur-là

1047. MOURAD DJEBEL
Contes des trois rives

1048. CLARO
Madman Bovary

1049. JEANNE BENAMEUR
Les Reliques

1050. KATARINA MAZETTI
Entre Dieu et moi, c'est fini

1051. STEFANO BENNI
Margherita Dolcevita

1052. OLIVIER PY
Théâtre complet III

1053. CLAUDIE GALLAY
Les Années cerises

1054. IN KOLI JEAN BOFANE
Mathématiques congolaises

1055. ANDRÉ BENCHETRIT
Impasse Marteau

1056. MARIE-SABINE ROGER
Les Encombrants

1057. PIERRE RABHI
Manifeste pour la Terre et l'Humanisme

1058. MOHED ALTRAD
Badawi

1059. AKIRA YOSHIMURA
Le Convoi de l'eau

1060. SEFI ATTA
Le meilleur reste à venir

1061. LIEVE JORIS
Les Hauts Plateaux

1062. FRANS DE WAAL
L'Age de l'empathie

1063. PAUL AUSTER
Seul dans le noir

1064. KATARINA MAZETTI
Entre le chaperon rouge et le loup, c'est fini

1065. DON DELILLO
L'Etoile de Ratner

1066. RACHID EL-DAÏF
Passage au crépuscule

1067. SHAHNON AHMAD
Le Riz

1068. METIN ARDITI
Loin des bras

1069. LYONEL TROUILLOT
Yanvalou pour Charlie

1070. VÉRONIQUE BIZOT
Mon couronnement

1071. SYLVAIN COHER
Hors saison

1072. KALÂBÂDHÎ
Traité de soufisme

1073. GHAZÂLÎ
Temps et prières

1074. ETGAR KERET
La Colo de Kneller

1075. KHALED AL KHAMISSI
Taxi

1076. JOËL DE ROSNAY
Et l'homme créa la vie…

1077. NOURJEHAN VINEY
Les Contes du roi Vikram

1078. *
Histoire de 'Arûs, la Belle des Belles, des ruses qu'elle ourdit et des merveilles des mers et des îles

1079. JOUMANA HADDAD
Le Retour de Lilith

1080. JOSÉ CARLOS SOMOZA
La Clé de l'abîme

1081. PETER HØEG
La Petite Fille silencieuse

1082. MAGYD CHERFI
Livret de famille

1083. INTERNATIONALE DE L'IMAGINAIRE N° 26
Labyrinthes du réel : écrivains estoniens contemporains

1084. HENRY BAUCHAU
Déluge

1085. CLAUDIE GALLAY
Les Déferlantes

1086. KATARINA MAZETTI
La fin n'est que le début

1087. ALBERTO MANGUEL
Tous les hommes sont menteurs

1088. JACQUES POULIN
Les Yeux bleus de Mistassini

1089. MICHEL TREMBLAY
Un objet de beauté

1090. ANNE-MARIE GARAT
Pense à demain

1091. CLAUDE PUJADE-RENAUD
Les Femmes du braconnier

1092. M. J. HYLAND
Le Voyage de Lou

1093. MARINA TSVETAÏEVA
Mon Pouchkine

1094. LAURE ADLER
L'Insoumise, Simone Weil

1095. XAVIER HAREL
La Grande Evasion

1096. PAUL VIRILIO
La Pensée exposée

1097. SÉBASTIEN LAPAQUE
Il faut qu'il parte

1098. IMRE KERTÉSZ
Le Drapeau anglais

1099. AKIRA YOSHIMURA
Liberté conditionnelle

1100. YÔKO OGAWA
La Bénédiction inattendue

1101. SALIM BARAKAT
Le Criquet de fer

1102. RUSSELL BANKS
Le Livre de la Jamaïque

1103. WAJDI MOUAWAD
Forêts

1104. JEANNE BENAMEUR
Ça t'apprendra à vivre

1105. JOSEPH E. STIGLITZ
Le Rapport Stiglitz

1106. COLINE SERREAU
Solutions locales pour un désordre global

1107. MAJID RAHNEMA
La Puissance des pauvres

1108. ALAIN GRESH
De quoi la Palestine est-elle le nom ?

1109. JANE GOODALL
Nous sommes ce que nous mangeons

1110. *
Histoire des quarante jeunes filles

1111. MATHIAS ÉNARD
L'Alcool et la Nostalgie

1112. NANCY HUSTON
Infrarouge

1113. JÉRÔME FERRARI
Un dieu un animal

1114. PAUL AUSTER
Invisible

1115. W. G. SEBALD
Les Anneaux de Saturne

1116. ALAIN CLAUDE SULZER
Un garçon parfait

1117. FLEMMING JENSEN
Imaqa

1118. ALAIN LE NINÈZE
Sator

1119. AMARA LAKHOUS
Choc des civilisations pour un ascenseur Piazza Vittorio

1120. EVA GABRIELSSON
*Millénium*, Stieg et moi

1121. INGVAR AMBJØRNSEN
Elling

1122. WAJDI MOUAWAD
Ciels

1123. AKI SHIMAZAKI
Mitsuba

1124. LAURENT GAUDÉ
Ouragan

1125. CÉLINE CURIOL
Exil intermédiaire

1126. ALICE FERNEY
Passé sous silence

1127. LYONEL TROUILLOT
Thérèse en mille morceaux

1128. FRÉDÉRIQUE DEGHELT
La Grand-Mère de Jade

1129. AHMED KALOUAZ
Avec tes mains

1130. FABIENNE JUHEL
A l'angle du renard

1131. W. G. SEBALD
Vertiges

1132. ANNE ENRIGHT
Retrouvailles

1133. HODA BARAKAT
Mon maître, mon amour

1134. MOUSTAFA KHALIFÉ
La Coquille

1135. JEREMY RIFKIN
Une nouvelle conscience pour un monde en crise

1136. PRALINE GAY-PARA
Récits de mon île

1137. KATARINA MAZETTI
Le Caveau de famille

1138. JÉRÔME FERRARI
Balco Atlantico

1139. EMMANUEL DONGALA
Photo de groupe au bord du fleuve

1140. INTERNATIONALE DE L'IMAGINAIRE N° 27
Le patrimoine, oui, mais quel patrimoine?

1141. KATHRYN STOCKETT
La Couleur des sentiments

1142. MAHASWETA DEVI
Indiennes

1143. AKI SHIMAZAKI
Zakuro

Ouvrage réalisé
par l'Atelier graphique Actes Sud.
Achevé d'imprimer
en janvier 2022
par Normandie Roto Impression s.a.s.
61250 Lonrai
sur papier fabriqué à partir de bois provenant
de forêts gérées durablement
pour le compte
des éditions Actes Sud
Le Méjan
Place Nina-Berberova
13200 Arles.

Dépôt légal
1re édition : septembre 2013
N° impr. : 2106765
*(Imprimé en France)*